君子以泽

作品

【画仙·序言】

小时候，去过美国的长辈跟我说，美国特别好。我问他们哪里好，他们说，什么都好。这种说法让人一脸问号，作为只知道迪士尼好的小朋友，我决定无视他们。长大后我去了美国，才知道他们说的是实话。若说发达国家是及格线六十分，欧洲列强是六十分到八十分，美国是一百五十分。不管去几次，在什么城市停留，我都会钦佩这个国家的综合国力、公民素质和自由环境，也会感慨咱们国家还有很长的路要走。然而，母亲问我是否考虑去美国永久定居，我发现自己兴趣略显寡淡。她又问为什么。我想了半天，能给出的答案只有：不太想移民到一个完美的陌生国度，出去短期工作、学习还可以。母亲说，这说明你对现在的生活很满意。

这话有几分道理。因为我意识到除去喜欢异国生活或工作环境的，有很大一部分想出国定居再不回来的人，都是生活受挫、不满现状的人。其实，在国内遇到的挫折，到国外就不会遇到了吗？福利再高、再富裕的和平国度，也有一部分不快乐的人。我们能逃得了生活环境，但逃脱不了生活态度。抱着逃避的心境换了环境，最终还得面对那个不够坚强的自我，让他或她成熟起来。

我曾经思考、联想过两位大师概括的思想，一句是王小波写的："人的一切痛苦，本质上都是对自己的无能的愤怒。"另一句来自韩愈议中晚唐诽谤风气的策论文，大致意思是，"诽谤来自嫉妒，嫉妒来自懈怠"。这两句话看似没什么关联，但从心理学角度思考，本质意义是一样的，都在批判性地描述一个群体的自身期待、自身实力、实际境况和预期落差。这四个要素影响了我们的言谈举止，我们的言谈举止又跟欲望、本能、智慧、情绪控制力、生长环境、生物自动保护机制等环环相扣，这一切都影响着我们的人生观与命运。

那么，到底是生活影响了思想，还是思想影响了生活呢？这个问题我很早就开始思考了，《画仙》的灵感最初也是源自这一主题。2013 年我开始写《画仙》，曾去西安采风，拍了几千张唐朝历史文物资料的照片，回来整理得天昏地暗，读者们看了杂志连载，都以为我要写十册起的鸿篇巨制了，没想到最后写出来只有这么一本，表示跌破眼镜。我嘚瑟地表示"万万没想到吧"。

这本书分大唐篇和仙界篇两个部分，大唐篇的风土人情都尽量还原历史，也有许多我杜撰的部分，如郭子仪在《画仙》中的年龄比他的实际年龄要小、"胡气"的用法、安禄山和史思明的爱恨情仇等。对史实有兴趣的读者记得考据，不然之前的乌龙很可能会再来一次：《画仙》中出现了《广仙志》这本书和关于逸疏的记载。不少读者以为真有《广仙志》这本书，还去网上搜，我只能解释这是书中书……

与《月都花落，沧海花开》一样，《画仙》中也有一些配合小说写的诗作，不过不像《月都花落，沧海花开》的诗是叙事抒情用，它们大部分出自羲岚之手，这样就有些麻烦：诗出现在不同时期，羲岚的文笔理应有所不同。我还得模拟她写诗时的心境。最初她是小朋友，应该幼稚俏皮；仙界篇初期她是自由散漫又才气逼人的北落仙子，风格应该张扬、飘逸、繁复；仙界篇后期她感情受挫、情绪低落，文字应该浪漫却收敛……写小说是体力活，精神分裂是常态，现在连作诗都要分裂，感觉写完都要羽化登仙了。

老实说，每次我写序都会有些担心。因为，我创作的过程很严肃，写出来的东西反差却很大，要么欢快活泼有如脱缰的野马，要么就感性得一塌糊涂。我怕读者看了太认真的序会觉得我真的精神分裂。其实，写小说就跟拍电影一样。你看着觉得轻松幽默、容易进入剧情的电影，但导演拍片时表情很可能就像在升国旗。

对读者而言，读小说是一种娱乐的方式。但对我而言，写小说是一件崇高的事情。我一直认为，一部小说的水准不只取决于作者的创造力和擅长题材的研究深度，还取决于作者对人性、社会、历史、生物、天文地理等貌似和小说内容无关的知识量的掌握，也决定了一部小说能走多远，存留多久。地球上没有人类完全悉知的宇宙万物，因而没有一部完美的小说。这是作家需要不断探索的原因，也是我对创作的爱没有上限的原因。我会在力所能及的情况下对作品负责，把诚意奉献给每个字、每句话。至此，我又想起了羲岚的人生观：

“生如纸，人如画。每一笔都是自己画上去的，既已种因，终当结果，是好是恶，也唯有自己承担。”

希望你喜欢《画仙》。

君子以泽

2016 年 9 月 21 日于上海

画仙

HUAXIAN

君子以泽
作品

中国友谊出版公司

图书在版编目（CIP）数据

画仙 / 君子以泽著. —北京：中国友谊出版公司，2017.3

ISBN 978-7-5057-3938-3

Ⅰ. ①画… Ⅱ. ①君… Ⅲ. ①长篇小说—中国—当代 Ⅳ. ①I247.5

中国版本图书馆CIP数据核字（2016）第299988号

书名	画仙
作者	君子以泽
出版	中国友谊出版公司
发行	中国友谊出版公司
经销	新华书店
印刷	三河市冀华印务有限公司
规格	880毫米×1230毫米　32开
	9印张　226千字
版次	2017年4月第1版
印次	2017年4月第1次印刷
书号	ISBN 978-7-5057-3938-3
定价	36.00元
地址	北京市朝阳区西坝河南里17号楼
邮编	100028
电话	（010）64668676

第一幅画

故人梦

冷月夜，我的一生就要结束了，我的意中人不知道。

八百年来，他浅眠在爱妾晋蝶的柔情中，其他女子的爱与恨、苦与乐，胸膛中为他跳动、为他冰凉的心，都只是伤心潭中的月影，破碎得一塌糊涂，风一吹也似不存在过。

“逸疏，现在是几更了？”晋蝶从昏迷中睁开眼，楚楚可怜地看着床前人。

“三更。你身子虚弱，又有了身孕，多休息。”

说话的青年是我的丈夫，逸疏。他背对着我坐在床头，紫衫白袍缠绵曳地，一如龙腾谷的千年云雾。他位居太微仙尊，素来性冷寡言，不怒自威，即便是我，也很少看见他眼神温软的模样。而此刻，他在床边守了晋蝶四个时辰，却毫无倦意，声音比哄孩子入睡的父亲还要轻柔。

“我可是……要死了……”晋蝶嘴唇苍白地说道。

“有我在，你不会死的。”

流苏帐垂下，把帐内、帐外隔成了两个世界。我站在帐外望着他们，手中半个时辰前冒着热气的汤药，都被我端成了凉的。但我感觉不到烫。毕竟我已失去三感，没了仙元，没了心跳，魂与身子又分了家，闻不到逸疏房内的金蟾啮锁焚香，再无法为这味道脸红心跳，只能看铜龙漏中玉兰水一滴滴落下，奏起我这一生的倒计时。

“逸疏，我不怕死。我真不怕。一个女子活得再久，若是得不到心爱之人的垂怜，活着也毫无意义……我只担心肚子里的孩子。”说到此处，晋蝶脸颊朝外侧了侧，仿佛在看向帘外的我，“在我这短暂的一生中，能怀上你的孩子，已是三生修来的福分。只要孩子无恙，哪怕现在死去，也不再有遗憾。我唯一的遗憾，便是令你与羲岚姐姐有了裂痕。毕竟，她才是你的正室……”

我一边拨弄着汤药，一边浅浅笑了。这话说得颇有水准，我想为她鼓掌三次。其实，晋蝶出身有些低微，即便没有我的存在，她再修炼万年也不可能当正室。可逸疏就是迷恋她。曾有人背后偷偷议论过：“太微仙尊虽坐享齐人之福，口味却甚是专一，妻妾情与貌，俱相似，不过妾是小家碧玉，妻是天人之色，仙尊却独独爱那妾，有趣，有趣。莫不成真是妻不如妾，妾不如偷，偷不如偷不着？”

我也想不通，都说以色侍人，色衰而爱弛。我的色还正值巅峰爱就弛了，有点违反天地之化。为此，我特意问过男性挚友，说“男子好色”一说，到底靠不靠谱啊。他说，爱可令一个男人怜惜一个柔弱女子至此，宁可不顾三纲五常、背负骂名，也要把最好的给她。我有些明白，又有些不明白，毕竟他答跑题了。但看他解释得那么俨然，想必是亲身体验，不太好揭他伤疤，只好点头说：“深刻。”

“不要再说那么一通毫无意义的话。快休息，我去命人为你熬药。”

与别人对话时顺理成章地跳过我，早已变成逸疏的习惯。他转身时手被捉住，晋蝶眼中溢满泪水，手腕细得仿佛一折就断：“我死了以后，除了羲岚姐姐，你可以晚一点点再爱其他人吗？”

“我不会再爱任何人。”

她又一次把脸侧向我的方向，悲哀道：“羲岚姐姐可以，她是我此生唯一敬佩的女人。自打我入了九霄殿，她从未对我说过一句重话，而且没有夫君的宠爱，她依然可以活得坚强大度，坦坦荡荡，换我是做不到的。我若没了夫君，那跟死了也没什么区别……”说罢又哭了起来。

良久，逸疏才缓缓道：“羲岚是自由的，她可以和别人在一起。”

听见这句话，我脸上还是挂着笑，但碗里的药汤微微颤抖，像煮沸的水一般。其实这没什么好介怀的。他不是不曾对我动情，而不过是把心撤回来给了别人而已。不必介意，真不必介意。

逸疏背帐而坐，背影漠然而疏远：“我不会爱羲岚，也不会碰她。”

一时殿内只有暖香醉人，一双夜蝶飞入堂，在猩色画屏上稍作停留，又娉娉离去。活了三千多年，我第一次知道，人真能听见心碎的声音，即便这颗心已经寒冷如冰，而且也不再跳了。

我把药碗轻搁在案上，转身施法，烟袖轻扬，飞出九霄殿。

途经万里星河，踏碎满溪琼瑶，我在龙腾谷中点燃了红莲之火。见火势越烧越旺，莲瓣随着火舌一朵朵落下，我只觉得如释重负。毕竟，我也没有完全输给晋蝶，最起码我还是比她狠，爱得比她狠，对自己发狠的程度也比她狠。我觉得，自己是个真娘们儿。

这时，逸疏的声音自极远处传来：“羲岚，你疯了吗？”

我诧异地回头，见他正以光影之速追来，用万里传音道：“你进去即刻会灰飞烟灭，冲动也该有个度！退后！”

我的思绪中有短暂的空白，正想着如何开口，却听见他的声音冷静得骇人：“慢着，你的仙元去了何处？”

他倒是提醒了我要紧事，脑子空白也无用。晋蝶是凡胎飞升，而他是仙中仙，两人不仅门不当户不对，连寿命也不怎么匹配。奈何他俩又爱得水乳交融，整得我经常觉得，我这第三者，不，第四者的存在，实在是对不起他俩。后得知晋蝶下仙，母体承受不住上仙后嗣的负荷，导致她寿命将尽，我总算想清自己该如何选择。我在三昧真火中煎熬了七七四十九天，忍受堪比十八层地狱酷刑的身元分离之苦，把仙元提出交给了徒儿。明早他会以仙术将之度入晋蝶体内，她便能继承我的仙力、寿命与正室之位。当然，我可不是为了他俩能幸福。自盘古开天辟地以来，上界未曾有过安宁之日，高位仙族之间尔虞我诈，危机四伏，还得防着魔族兴师来伐，逸疏有本事却过于耿直单纯，与沧海神尊曾经的从属关系弊大于利，若想太平度日，须得有继承人才行。可以我跟逸疏的关系，再过一万年也不会有子嗣。我这样做，对所有人都好。

仔细回想这一切前因后果，我也不后悔。

生如纸，人如画。纸会枯黄，但即便被焚烧成灰，墨也不会消失。每一笔都是自己画上去的，既已种因，终当结果，是好是恶，也唯有自己承担。

我只是不明白，命运、他人、自身，终其一生，究竟何为真实，何为虚无?

我又看了一眼逸疏。从他不再爱我之后，这是他第一次奋不顾身奔向我。

我觉得小心肝儿受不住，有些嫌弃自己的软骨头。毕竟，在这饱受折磨的四十九天里，我曾想，我确实快死了，但也不会祝福他们。若没那孩子，或许还可以放把火让他俩去当烤鸳鸯。可直到此刻即将与他永别，我才恍然大悟，原来爱一个人，真的只要他幸福就好。我希望晋蝶母子平安，她早日康复，把逸疏照顾好。这几千年来，逸疏一直对自己太苛刻，而且越来越消瘦了。虽然他不再需要我的关心，但看见他日复一日挑灯夜读，时常睡不足两个时辰，深夜便穿戴整齐，端坐正殿等候天亮上值……我总是担心他的身子。希望晋蝶和孩子能改变他，不要让他那么操劳，为他抚平沉睡时紧皱的眉，多给他快乐，多使他笑。只要他的妻子能做到这些，是不是我，其实无所谓。

不过，我可是北落仙子羲岚，这番言语会破坏我俊美飘逸的形象，打死我也不会说出口。

我往前踏了一步，红莲火焰如蛇吐芯，把已死的肉身吞噬得干干净净。他赶到我面前，伸手捞了个空，只有狂风翻动他的袖袍，流云般舞动在长空星斗下。

最后的意识渐渐浮现，我只觉缥缈如月影，与跟他初遇时有些相似。

我挥了挥袖袍，抱住胳膊："逸疏，我活完了这辈子，最大的感悟便是人不能欠人，一欠人，那势必是要还的。我在摇光山上缠了你千年，吸了你不少仙气，你待我恩同再生，我时刻惦记着。还记得你化作人时对我说的第一句话吗？'菟丝附神柏，引蔓故不长'，当时我听了只想笑，现在我服。"

他又悲又怒，神色紧绷至极，却不敢上前触碰我："你到底在胡诌妄言些什么？你都做了些什么？你知不知道你做了什么？！"

"我说我恨你！现在我们两不相欠了！"想我千年来日日吟诗饮酒，游戏人间，这恐怕是我最失态的一刻。仔细想想，失态也好，再不失态，只怕以后在他心中我永远得是个师太了。

他肤色如皓月光，身形如菩提树，声音却低沉到了谷底："羲岚，你内心喜欢的人可是……我？"

这都是些什么孽债，他跟我的节奏压根儿没在一条线上。甚好，我还保留了些许尊严。

我眼中盈满泪水，本来有很多很多的话想说，但最终只是笑了一笑："你不是说了么，我根本不懂如何爱一个人。"

北落仙子羲岚，青春三千六百四十三年。这一生，最后一瞬，我看见的是逸疏震惊的双眼。

可悲的是，即便到这一刻，我依然觉得他清秀出尘，眉目如画，一如昔日摇光山上那个回眸一笑的少年。如此令人怀念。想想这也没什么好惊讶的，当年他把晋蝶娶到仙界，与她在寝殿中彻夜缠绵，我同样感受不到愤怒。我洒脱恣意地活了那么久，早养成了睚眦必报的臭脾气，那还是第一次知道，心痛到极致，会连愤怒的力气都没有，就只剩了痛。后来的岁月里，我渐渐习惯了这种感觉，于是渐渐忘记了，曾经我们也相爱过。

皓色千里，当红莲之火焚烧殆尽，一颗极大的明星从青天坠落。

你相信吗？当年新婚之时，我曾为一丁点儿不顺，矫情地对他说："我觉得自己一无所有，活不下去了，死了算啦。"他皱眉道："别胡闹，你还有夫君，我挺羡慕你，因为我没有夫君。"我破涕为笑，顿时觉得天地也变成了明灿灿的。

你相信这个故事吗？我爱一个人，爱了三千六百四十三年。因为得到了他的爱，我曾认定自己是世上最幸福的姑娘，任何人都不能跟我比。就是如此任性，就是如此自信。

那年情至深处，我曾对天发誓，要与他白头偕老，共度此生。他小心翼翼地把我搂在怀里说："不仅此生，要生生世世。"

他说的每一个字，我都无条件地相信。他说会生生世世爱我，永远陪在我的身边，他不会走，也不会变的。

真是有些遗憾。后来他变了。

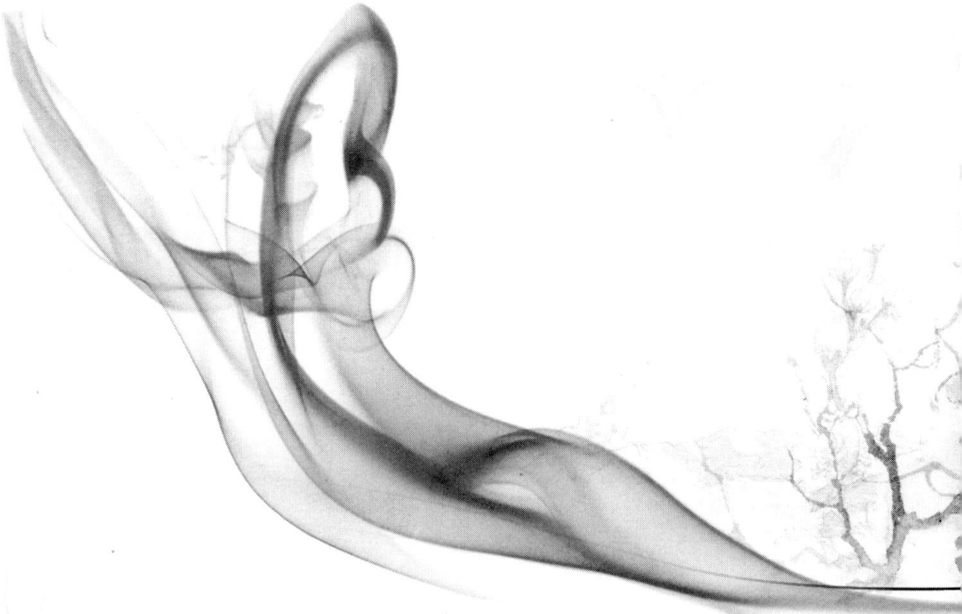

第二幅画 丹青仙

开元二十二年二月，裴羲岚做了一个关于神仙的梦，梦里她变成了宛若寒梅的仙子，爱着玉树临风的仙尊，这些个神仙都还带具体称号，真是造化了。梦境中的悲伤她不能理解，梦中人的无奈她也感受不到，只知道那里有千仞险峰，万星凌空，还有展开剧情的男女主人公，各种春风沉醉。

裴羲岚不打算跟任何人分享这个梦，毕竟她从小就是个很有志向又很有城府的孩子。有志向是指她思维敏捷清晰，意志坚定，譬如想睡觉她便会睡到午时，无论别人如何评价，都动摇不了她半分；有城府是指她为了实现她的志向，绝不会做些傻事来坏了这些志向，譬如她知道告诉家人这场梦，他们必然会说："乖乖岚儿呀，快快把梦画出来。"待她画完后，舅妈、婶婶们必然又会捧着她软嫩的脸，用一种如沐甘霖的口吻说："乖乖岚儿呀真是我们家的宝，古有曹冲，今有岚儿，你这样聪明可爱叫我们如何是好，快来，这是给你的糖。"裴羲岚认为，父亲每次叫旺财坐下握爪再赏它根骨头，跟这事基本是一个原理。一个成熟多智的孩子，绝不与这些愚蠢的大人为伍。

羲岚其妞，八岁神童。号称神童，其实是大唐严苛教育下的悲壮产物。因为她娘姓杨，即是杨隋王朝的那个杨，也是当今天子祖母武则天的老本姓。弘农杨氏女性骨子里都有一种壮妇情结，这一点在她娘的教育风格上得到了切实验证。她娘怀孕时做了个梦，梦里有神仙说，你女儿叫羲岚。她的名字便这样草率定下了。加姓后，这名字更加有水准了：配戏烂，戏配烂，烂配戏，烂戏配，如何排列组合，都不会出现病句。她娘又请算命先生看孩子是否有仙缘。算命先生算了一卦，说你这孩子是文智仙女下凡，勤加苦练，日后必有所成。于是，羲岚从小被押着学尽诗画，因而有所造诣。等懂事后，她翻遍经史子集，对她娘说，我没找到什么文智仙女的记载，这文智仙女的出处到底在哪里呀。她娘认定算命先生为他们泄露天机，凡书怎会记载。裴羲岚有点欣赏不来算命先生，因为相比作诗、画画，她更喜欢玩耍。不过，想想越王勾践，大丈夫能屈能伸，何况小女子。她卧薪尝胆，终于等到这年大年初四随叔叔入宫，面对每次见了她都会脸红的皇子，她果断地朝他屁股扔出爆竹，拔了个头筹，隔天便被送到洛阳三舅家闭门思过。从那以后，她再没碰一下笔，每天睡到午时起来，只觉得自己腹有韬略，善晓兵机，深藏功与名。

这一天，春风吹遍东都，红了桃花，绿了春水，皱了满池潋滟。吃饱睡足的裴羲岚摇着扇子，晃悠到三舅家后院的桃林里，眼见一群小伙伴儿在前方，便加快脚步往前走，却不小心踢着一个东西，差点绊倒在地。她疑惑地低头一看，发现那是一支插在泥土里的笔。她将笔拔起来，见是硬毫，长锋，木材坚实，十分破旧，但笔尖形状优美，在桃花下闪闪发亮，散发着神秘的光辉，一看即知并非凡物。于是，裴羲岚微笑着把它扔在路边了。

她走上前去，见郑公千金郑蕙正与其他姑娘在桌旁作画，颇有雅兴。周围小娘子都畏惧郑家势大，马屁拍得一个比一个响。裴羲岚凑过去看，发现郑蕙正在画一个美仪容的白衣郎君，轻轻笑了两声。郑蕙怏然不悦道："没见过本小姐的大作吗？哂笑何解？有本事你也画一张啊！"

"画画好生无趣，我才不画。要画你自己画。"

"我看你是画不出来吧。"

"不是画不出，是不想画。"

"你就是画不出来。平日只听你三舅说你颇有文才，来了洛阳却从不见你动笔，我看你是浪得虚名，别给你玉环姐姐丢人啦。"

"玉环姐姐"是裴羲岚的表姐，姓杨，闺名玉环。她是裴羲岚大舅的女儿，家在川蜀，前些年因为大舅去世，也到三舅家寄住。姐妹俩相聚的日子，别提有多舒爽。裴羲岚不在乎别人如何看待自己，却不能丢姐姐的人，于是对郑蕙摊开手："笔来。"

看见郑蕙递来的笔，裴羲岚呆了一下，发现这是险些绊倒她的破笔。既然郑蕙有捡破烂的习惯，她也不便多说，蘸了点墨，把手腕搁在案上，在纸上勾出眼前的美景：一车酒坛，十丈芳草，百花云林，千仞巍山，万里东都韶光。然后，她在画的右下角题字：

"八里七里花气好，六坛五坛酒香飘。

四朵三朵胭脂透，最是一年柳眼娇。"

至此，周围的小孩子们都整齐地"噢"了一声。郑蕙也是官家女子，自认容姿优雅，文采非凡，但造不出这般诗画。看着裴羲岚的画，她只觉得无比刺眼，想把它拽来撕掉。她冷笑道："原来，这便是你的本事，几棵桃树，几座破山，几个酒坛子。"

"那不然呢？"

郑蕙提起自己的画道："风景有何难，你有本事画一个这样的美郎君，我便服了你。"

"画就画，这有何难。"

作画不难，但画怎样的美郎君，倒是难倒了裴羲岚。气宇轩昂的大将军、锡袖飘风的诗人、面如满月的贵公子……似乎都少了点儿东西。她停滞了许久，突然想到了一个人。她挥笔画出最后一件物事：绿杨沐风，红桃垂坠，树下白袍紫衫的仙人垂目读书，锦袖垂地。头上的桃花纷飞，便是他周身清雅的最妙点缀。

没错，这便是前一夜梦中冷漠的负心人，太微仙尊。裴羲岚不太喜欢他，但客观地说他的外形还是能见人，从周边的小丫头的反应便能看出来。她们望着这幅画，个个粉面娇羞，神魂颠倒，无法挪开视线。而说出去的话如泼出去的水，郑蕙看了那幅画半晌，憋出一句话："画得了仙人又怎样？你难道指望他从画里蹦出来不成？"说完瞪了一眼周围的姑娘。姑娘们相当机智，立即一人一句接着拍手唱道：

"羲岚羲岚没人爱！"

"寄情丹青太悲哀！"

"改明儿做个黄粱梦！"

"盼有郎从画中来！"

"诗造得倒是不错。"裴羲岚笑了起来，想放下笔让她们闹腾去，却发现所有姑娘都没再看画，反倒是盯着她的身后，个个都诧异地张开了嘴。

她狐疑地转过头去，也有了和她们一样的反应。

春风不解禁杨花，在桃源深处刮起一场花瓣大雪。原本没有桃花的地方生了桃花，没有酒坛子的地方多了酒坛子。红纸封了土陶大酒坛子的口，却封不住酒的香。花气酒香清厮酿，又有烟缕织成纱，让人误以为桃林中人不过是幻影。

画中仙人居然现形了。不仅侧影相同，甚至连站立读书的姿势都与画上如出一辙。他头戴紫色高冠，黑发流满锦衣，额心有一点暗金花印，眉眼细长斜飞，七分像仙，三分像狐，左眼还是幽谷潭水般的深碧色。他没有半点表情，只是静静站立，可顷刻间，再是喷云泄雾的山峰，再是清溪环绕的云林，都在他出现后失了颜色。

姑娘们都成了彻头彻尾的傻子，木愣愣地盯着他的侧影看。他的袖子依旧延绵垂地，与春风拂动的黑发连成一片，仅仅站在那里，便又好似一幅画般虚幻。

终于，一朵完整的桃花从枝头掉落，落在他的竹简上，盖住几笔小篆。他拾起那朵桃花，仰头看向头顶的桃树，眼中露出疑惑之色。四下探看后，他总算看见站在这边的一群呆头鹅。他这一抬头，孩子们都吓得倒抽一口气，往后退了几步。只有裴羲岚一点也不怕，反而往前走了两步："你是我梦里的仙人吗？"

他看了一眼案上的画，忽然笑了："也难为你能梦到我。"

怕是东都所有的牡丹加起来，也抵不过这一笑。这对一个小姑娘而言有些难以驾驭，裴羲岚听见心脏扑通扑通地跳起来，说话结巴了："那，那你叫什么名字呀？如果是梦里的仙人，得跟我对口号才行。"

他合上书卷，朝她走来。孩子们全部都跑到十米外的巨石后，露出一双双眼睛瞅着他们。裴羲岚还是毫不畏惧，睁着大眼睛抬头看向他。他停在她面前，也不正眼看她，只摊出手，声音冷若冰霜："千丈幻毫在你手里吧。交出来。"

"什么迁葬花好的……"

他转过头，居高临下地看着她，缓缓眨了一下眼，原想说点什么，忽然露出惊异之色："羲岚……"

裴羲岚眨了眨眼："何故你会知道我的名字？"

他揉了揉额心，再度睁眼看向她，确定自己没看走眼，忽然苦笑几声："我如何会不曾料到你还活着……不，我早该料到。你这样的人，怎可能会想不通……"

裴羲岚还是云里雾里，完全不知道发生了什么。他朝她伸出手，连手都那么好看。她晕晕乎乎地把手放在他的手心。

这个瞬间，二人相望，乾坤凝固。

仙人打开她的手，把另一只手里的毛笔抽了出来。她愣了一下，还处于茫然状态，他已用手掌覆住她的头顶，轻轻拍了两下。接着，他转身，一道仙雾徐徐升起。

便没有然后了，仙人消失了。还带走了她的笔。

这一天黄昏时，孩子们的家人或下人都来接她们回去，但她们都不再闹腾，反倒保持了诡谲的沉默。裴羲岚只觉得心里堵得慌。亲眼看见仙人可是很大的事儿，她回到家中告诉亲戚长辈，却没一人相信，只说她童言无忌。连亲爹亲娘都不信，别人自然是不会信的。画笔被仙人收走，她也没有任何证据，只能拖着小伙伴儿来做证。小伙伴儿们开始帮衬着她，后来大家都不信，也都成了墙头草，认定那仙人是个凡人装的。裴羲岚欲哭无泪，除了踹踹桌椅泄愤，也没别的法子。这时，她忽然想起一个人，脑中灵光一闪，嚷嚷着要吃祖母做的胡饼。娘亲觉得她病得不轻，想让她散散心也不错，便应了她。

于是，仆从带着她下古津，过清溪，行经两岸桃花，进入云树桃林深处，抵达花团锦簇的竹屋。祖父去世后，裴羲岚的祖母便从长安城内搬出，独居城郊，时而卖瓜，时而种柳，过着神仙般的日子。这样神仙般的祖母，一定会相信神仙的存在，毕竟是同类嘛。裴羲岚一边这样想着，一边在外面呼唤祖母。听闻外孙女来访，祖母喜盈盈地出来迎接，端上裴羲岚最爱的胡饼招待她。裴羲岚啃着饼，委屈兮兮地把画仙之事尽述一遍，末了还告父母一状："祖母，您说说看，耶娘是不是坏人，他们都不信我。"

见她吃得这样快，祖母并未直接回答她，只是生怕她噎着了，递上一杯神泉小团，佯装厉色道："他们每日在朝廷钩心斗角，连个孩子的话都不听了，真是该打屁股。"

"就是，就是。"裴羲岚咕咚一下把茶喝下去。

"不过，岚儿，你不用介意他们信不信。"祖母慈爱地笑道，"你只告诉祖母，你信吗？”

“我当然信，那可是我亲眼看到的！寻常人的眼睛可能是那种青色吗？那个仙人的眼睛就跟泉水一样，是青色的呢。”

“乖孙女，这世间有很多东西，你以为看到了，实际它压根儿不存在，譬如梦境；又有一些东西，你以为你看到了，实际它却不是你看到的那样，譬如你走出我这竹林，会看见千里红云雾，凑近才知道，都是千处攒桃树；还有一些东西，你原本看不见，但想着、念着、熬着上百遍，它也被你盼来了，譬如山顶上的朝阳。你如何确定这神仙不是你午觉时的一个梦呢？”

裴羲岚撇撇嘴道：“祖母，我真的看到了。如果您再不信，那这世上可真没人信岚儿啦。”

“呵呵，祖母没有不信你。”祖母摸摸裴羲岚的小脑袋，缓缓道，“岚儿，既然相信一件事，那我们便认准了它，不要动摇。万物皆如此，信则有，不信则无，命运亦然。”

裴羲岚眨巴了几下眼睛，大喜道：“那您是相信岚儿啦？”

“对，只要岚儿信，祖母便信。别人如何否认，如何不信，我们都不听。”好似要把否定岚儿的坏人都打跑般，祖母对门外挥挥手，又转头对裴羲岚道，“来，告诉祖母，这神仙长什么样子？他被你画出来以后，都跟你说了些什么？”

屋内传来一阵欢呼的声音，而后除却鸟雀春啼，风拂轻尘，桃源中便只剩了一老一小的笑声。

后来，裴羲岚慢慢长大，对这段童年往事也逐渐淡忘。她只记得那天在祖母那儿因吃了太多胡饼而回去拉肚子了，还有仙人从梦里来，又抢了笔回到天上去。拉肚子的事较为深刻。

八年过去，李隆基当了好些年皇帝，自感一生帝业有所建树，考虑可以开始享享清福。刚好他死了俩兄弟，一些卿士说为了给大唐攒点祥瑞之气，建议他改个年号。于是，开元变成了天宝，他不仅文治武功，还当上了造星大师，捧红了诸多偶像，譬如当朝人气最旺的大诗人，名叫李白。

天宝元年，李隆基把李白招入朝，当了翰林供奉，日日伴君身侧。因此，他更是声名大噪，粉丝遍布大江南北。这千万个狂热粉丝中的一员便是裴羲岚她爹。他能把李白所写的每首诗都背下来，且每当诗仙有新作，不管是把它刻在庐山瀑布下，雕在白帝城驿站上，还是由皇家出版社誊写发行，他总会第一时间跑去围观，与后来的白舍人行诗图脑残粉[1]形成了两大邪教势力头目。有这般父亲的下场便是，裴羲岚刚从洛阳回到长安没多久便被催婚了。追星和催婚两者之间的唯一联系，便是李白的诗里有十四五岁该成亲的句子。裴羲岚觉得很闹心，把父亲藏书《李太白集》里的《长干行》挖成了个洞，将纸掺和在肉里给旺财下饭吃。后来老爹再度问起，她把那本《李太白集》拿出来，说我不记得李白写过这么一首诗。老爹做了一件事，让她特别服气。他没多看一眼书，站起来就把袍子脱下，露出密密麻麻地写满李白大作的白色里衣。他眼睛看着裴羲岚，手指精准地指向了右胳肢窝位置，上面写着“十四为君妇，羞颜未尝开”和“十五始展眉，愿同尘与灰”。裴羲岚被父亲的精神深深折服，觉得十四五岁确实听着吉祥，这亲该成，尽管父女俩都不知道成亲对象是谁。

因此，在二人的明争暗斗中，发生了很多惨案。譬如去年，在裴父的默许下，一名兼职诗人的新晋进士逮到桃树下饮酒吃胡饼的裴羲岚，缠着她吟风弄月，论诗作赋，他自觉情浓之时，还道一句：“春情，花艳，与心爱之人静伫立，甚是惬意。”见裴羲岚睁大

[1] 荆州有一名叫葛清的街卒，狂热迷恋白居易的诗歌，自颈以下遍刺白居易诗，凡三十余处，连后背也刻上了白居易的诗句，且配了图画，图文并茂。如此体无完肤的疯狂，被人称为“白舍人行诗图”。

眼睛望着自己，眼中有迷惑的水雾，他知道她被自己的风雅打动，摇了摇扇子道："裴娘子跟我不必客气，大可道出心中所想。"

"……春情和花艳谁男谁女？"发现才子不语，她小心地补充道，"还是说，都是女的？"

"……"

"……或都是男的？"

裴羲岚觉得自己的思路很端正。一个说书先生起码得让听众知道，这故事的性向是什么范畴，是传统的男女情，是自古以来待字闺中少男们都沉溺不可自拔的帕交情，还是汉朝最入时的断袖情。若不讲清楚，听众觉得痛苦，就会产生一系列的治安问题，到那时她也就爱莫能助了。她不能理解为何这位才子要娇气地拂袖而去，也不能理解为何回去后，父亲要念叨她半个时辰。她觉得自己不能被所有人理解，有些痛苦。

还有前些日子，与裴羲岚同在国子监的公子暗恋她已久，派人上门提亲，裴羲岚在父母面前默默掏出了白绫，提亲只能作罢。但这公子对她念念不忘，使苦肉计鼻青脸肿地来见她，说父母得知他被拒亲暴打他一顿，向她借银子疗伤。他想，她以后必定找自己还钱，便可培养培养感情。裴羲岚把银子给了他，让他不必归还。他一脸震惊地说："怎能如此，万万受不得。"她无奈地说："那你想怎样？"他一脸娇羞地垂下头："愿与娘子有孙满堂……"

"这好办。我应了你便是。"

得到这般回答，他兴高采烈地如同疯狂的小鸟，飞回去想准备泥金帖子，谁知到家便看见厅堂堆满大团黑漆漆、肉嘟嘟的桑葚，两名仆人正在卷一幅大型字帖，上有裴羲岚题写的飘逸八字："有葚满堂，盼愈汝伤。"他捂住胸口，险些卒了。

原来，公子是士卒出生，从小只会说文绉绉的大唐官话，甚是以此为荣；裴羲岚是关陇贵族后裔，说的是长安地方话关中秦音，还夹了点儿洛阳口音。而在官话里，“孙”的读音与“葚”一样。

这一次，裴曦岚被父亲训导了足足两个时辰，从午后念到日落，内容还不带重复的，她觉得她爹也真是个才子。事后，裴父为了弥补公子被女儿拒绝受伤的心，便寻思着要送点东西来补偿他。碰巧裴曦岚堂弟在场，提了个馊主意：“没什么比姐亲手做的胡饼更妥当。”裴曦岚说不会做胡饼，堂弟热心地帮她做了一大筐。裴曦岚谢过堂弟，把胡饼带给公子，见他吃得欠欠答答，她柔声道：“喜欢吗？”

公子感动得热泪盈眶：“生我者父母，知我者岚妹也。终于有情人终成眷属，你可是回心转意，愿意同我……”

“非也非也，知你者我堂弟也。这饼子是他做的。”

裴曦岚很遗憾，她没能把公子的深情转移到堂弟身上。她决定多陪陪堂弟，点缀他孤家寡人了十四年的黯淡人生。

这天是正月十五，五鼓漏尽，东方未白，帝都仍在沉睡。已有一队由波斯、胡人组成的骆驼商队踏过丝绸之路，带着满车奇珍异宝、美女和葡萄酒，来到长安城门前大排长龙。城北太极宫传来报晓鼓声，顺着主街朱雀，响彻至城南明德门。城内三十八条纵横主街上，夜禁武侯们纷纷散去。长街寂静，夜色仍浓，城东官员的仆人们牵马掌灯，为主人照亮道路，一路走向大明宫。

主人是尚书右仆射裴耀卿，他儿子和侄女裴曦岚跟在后头。裴曦岚头戴平式幞头，身穿竹青胡服，脚上的靴鞠头顽皮地翘起，这身男装打扮与水灵转悠的眼睛倒是有几分相配。她单手提缰绳，身姿随着胭脂马蹄上下起伏，一副懒散恣意的模样，仿佛坐的不是名驹，而是春风。裴耀卿很喜欢这侄女，无奈她父母总是把她描述成混世小魔头，生怕她惹出什么乱子。他只觉得侄女皮相是个少女，内心像个闲游斗鸟的长安少年，机灵堪比峨眉山的猴子，滑头得堪比泥鳅、黄鳝。他对裴曦岚笑道：“岚儿，你在洛阳住这么多年，觉得洛阳和长安有什么不一样？”

裴曦岚不假思索道：“长安，西市腔、郎官清、虾蟆陵。洛阳嘛，葡萄 。”[1]

裴耀卿哈哈大笑起来：“儿子，你听听你堂姐，开口便是酒。我纵横官场多年，不说能吸海垂虹，但说三斗方卓然也不夸张。而我呢，和谁喝酒都不怕，就只有跟你堂姐，从不知她的底在哪里。”

裴曦岚挥挥手：“哪有的话，我可没灌过叔叔，喝开心便好。”

堂弟苦笑道：“姐要‘喝开心’，我们可无福消受。还是别开心了，喝到我们吐之前便好。”说完连旁边的仆人都偷笑起来。

卫兵站在大明宫丹凤门镏金铜铺首前，将上朝的卿士一一在名册上登记。裴曦岚与叔叔、堂弟一同进去，放眼望去，见一个偌大的广场，含元殿遥遥立在广场尽头处。它的火凤之翼是东西殿宇，仿佛随时准备展翅高飞，腾入太虚。随着羲轮高升，卿士们下了马，徒步入宫，如入霄汉，远望广寒。他们一同踏上龙尾道，建筑如此高大，队列显得异常微小，因而后来有诗云：“双阙龙相对，千官雁一行。”大明宫空前巍峨，彰显了帝王家的气势，骆宾王也曾为太宗题诗云：“山河千里国，城阙九重门。不睹皇居壮，安知天子尊。”

走了许久，裴曦岚累得直捶腿：“大明宫确实很大。”

裴耀卿道：“岚儿，你可知道我今日为何要带你进宫来？”

裴曦岚俨然道：“若是耶耶让我进宫，好猜，定是催我找个宫内的王孙公子嫁了。但岚儿知道叔叔有明月入怀之气，不拘泥于儿女小事，因而叔叔之意，当真难猜。”

裴耀卿笑道：“费了那么多口舌，还是怕我跟你父亲联合起来游说你。”

[1] 指葡萄酒。古代洛阳盛产葡萄酒。

裴羲岚眨巴着眼睛道："岚儿愚笨，又听不懂了。"

"你可不愚笨。我正想说，陛下看了你写的文章，说你智如子房，辩如贾谊，即便是小娘子……"说到此处，见裴羲岚眼中有闪闪发亮的期待之色，裴耀卿捻须道，"侄女可有兴趣当个幕僚？"

如今除了边疆有些蝼蚁在捣乱，大唐可谓天下太平，岁稔年和。没有战争，幕僚就是个既气派又不用干什么的活儿，怎能不乐意？有了闲职，也不必每日在家被耶娘像耍皮影儿戏一样提着走。裴羲岚在马背上朝裴耀卿深深鞠了个躬："叔叔阔气。叔叔敞亮。那侄女便静候佳音，盼待罪辇毂下啦。"

倒是堂弟完全在状态之外，往四周瞅了瞅道："我不理解，为何大唐有了太极宫，还要修个大明宫。"

裴羲岚道："太极宫正对紫微星，有帝王之气。但长安之北地面凹陷，容易积水，冬冷夏热，高祖为此染了风痹，太宗皇帝才为他修了大明宫。"

跟侄女一比，初为卿士的儿子缩着肩左顾右盼，反倒像个尿包。裴耀卿用笏板敲了一下他的脑袋："孽子，好生站直了！歪歪扭扭像个什么样子，你要知道，这里可不比东都，一王之法，森严得很。以前有个卿士上朝，在马上吃饼子，被人弹劾不守礼节，最终都被罢官了。"

"耶耶，你的笏板可是象牙的，你当是棉条吗？疼啊！"

见堂弟欲哭无泪，裴羲岚宽慰道："无妨，天塌下来，有姐顶着。"

裴耀卿叹道："岚儿，不可惹事，莫不成还想像小时候那样被送去洛阳？"

裴羲岚打了个哈欠："反正只要侄女在长安一日，耶娘便一日不得好梦，我做了什么事，他们都会威胁要送岚儿去东都，岚儿已经麻木啦。"

“这倒不至于，才听你娘说，要让你定下来。这定，如何也得定在长安。”

“定下来？”

裴耀卿咳了两声：“待会儿我去上朝，你到紫宸殿外等候。若陛下召见，我再派人来接你。”

“等等，叔叔，‘定’字何解？”

“快到了，你赶紧从侧门入阁吧。”

没能得到答案，裴耀卿已加快脚步入了朝。裴羲岚只能穿过含元殿，向内朝走去。她很快迷了路，正想找个宦者问路，却听见后方传来鸡鸣声。闻声望去，只见一群人应接不暇，来来往往，提着成百上千个鸡笼小跑。笼与笼间，斗鸡两两相望，脖子奇长无比，鸡眼圆瞪，羽毛倒竖，不时跳起来，想要飞出笼去啄对方。面对如此猛禽，他们却像呵护雏鸡一样小心翼翼。裴羲岚上前道：“请问公公，紫宸殿在何处？”

“你长没长眼睛啊，紫宸殿不就在这跟前吗？”

顺着公公指去的方向，裴羲岚不但看见了紫宸殿，还看见了殿门前的一个少年。他高七尺二寸，腰细膀阔，仪表堂堂，头戴乌纱幞头，腰系大雕羽箭，白银铠甲、铁战靴，此刻正对紫宸殿正门，身形笔直，纹丝不动。裴羲岚笑盈盈地走过去，朝他作了个揖：“郭长史万福。”

这位少年武将叫郭子仪，是裴羲岚国子监的同班同学。他日日鸡鸣未至便射弓走马，到哪儿腰间都悬着大羽箭。他早年参加武举，以异等成绩补任左卫长史，立志精忠报国，天天跟皇帝提议要去边疆战贼寇，理由是大食国不是包子，现在不除根，以后有得草可以斩。可惜乱世出英雄，反过来说就是盛世出不了什么英雄。现在大唐一片瑞霭升腾，皇帝不是很愿意搭理他，郭子仪一腔热血终究贴了冷屁股。如今看见他大清早不去念书，杵在这里，小心思也未免太好猜。

郭子仪连颈子都没动，自上而下斜睨着她，见她一双眼睛明亮而坚定，却又形美似桃花，他只将眼珠子转了回去。她也不再多言，怡然自得地站回了原来的位置。过了一会儿，郭子仪道："裴羲岚，你原来是太真道人的表妹。"果然没有辜负武将的名号，即便他爹硬把他塞到国子监，他平时也不怎么听课，不怎么跟同学交流感情。

裴羲岚望向他，点点头。他哼了一声，不再说话。裴羲岚道："郭长史是对我意见大得很，还是对我玉环姐颇有微词？"

郭子仪道："亲贤臣，远小人，此先汉所以兴隆也；亲小人，远贤臣，此后汉所以倾颓也。"

裴羲岚的心沉了下去。玉环姐姐当了道人的事背后有玄机，郭子仪大概是个知情人士，才会说出这种话。她心里不乐意了，但脸上还是挂着波澜不惊的笑："我原以为郭长史只是武将，没想到还是个贤相。也是，唯女子与小人难养也，这道理谁都懂。只是，一个大丈夫若是连小女子也斗不过，那可是有几分丢人。"

"你是想说，我斗不过你？"他眼中有几丝不可置信。

"我们单挑一次，你若赢过我，我甘心当个小人；但你若输了，也要心甘情愿承认你是个乌龟王八蛋。"

郭子仪目不斜视地往前走："抱歉，我不和女子动武。"

裴羲岚猛地挡在他前面，微笑道："这么说，你还是怕了我？"

"我说了，不和女子动武。我一根手指便可扳倒你，这样胜负已分的挑战有意思么？换个方法。"

"想不到你还是个君子。钳制住我双手，便算你赢。"见他还有些摇摆，她又道，"你若再怕，明天整个长安的人都会知晓，郭子仪一猛将，败给了一个手无缚鸡之力的小娘子。"

郭子仪的眼神更严肃了些："罢了。何时开始？"

“即刻。”

他正欲动手，她又道：“等等。”他果然停下来，她咳了两声，“如你所说，你一根手指便可扳倒我，你该让着我点，是么？”

“你想我怎么让？”

“盯着我的眼睛，退五步。”

郭子仪如她所言，开始往后退。然而，每退一步，她便会往前走两步，而那双黑乌乌的眼睛明亮如星，哪怕没有头钗珠玉的修饰，也带着难以遮掩的娇媚。终于，五步退毕，她只站在他面前几尺处：“如此甚好。你站好，待我先出手。”他没说话，只静静望着她。她又往前走了一步，将两人的距离拉得更近，“说好让我先出手哦。”

这是什么香气？他退了一步，警惕地屏住呼吸：“你动手便是。”她不但没动手，反而靠得更近了。看着她抬头认真望着自己的脸蛋，他不自然极了，又往后退一步，目光闪烁，“快点动手。”

“好啊，你说，我是先出左手，还是先出右手？”她持续往前走，手已经抓住他的蹀躞带，“子仪，你可是光明磊落的大丈夫呀，这问题还是得问你。”

“胡说什么。”郭子仪终于侧过脸，双颊泛起桃红，“你，你退一些。”

“要我退可以，但现在我要给子仪猜一个难题，你得赶紧回答：你身后有没有池塘？”

郭子仪愣了一下，即刻扭头去看，谁知真的看见成片的荷塘，于是脚下一个踉跄。裴羲岚趁着这个机会，重重地推了他的蹀躞带。只听见“扑通”一声，他扎实地跌落在水中。他习武多年，深知水性，不出多时便浮上水面。她单腿踩了亭皋岩块，胳膊肘子撑在膝盖上，扬起一边嘴角：“这天下能一根手指扳倒我的人多了去，但那要在我允许的情况下。”

他的发丝顺着帽檐落在双颊，很是狼狈。她蹲下来，一脸笑意地摘下一棵草，在手中转了几圈："听闻你很想沙场立功，但陛下不怎么愿意重用你。陛下可做得真好啊。"她把草叶丢在他头上，"为将者有勇不如有智，有智不如有学。换了是我，我也不会重用有勇无谋的乌龟王八蛋。"

郭子仪蓦然睁大眼，只能盯着她的背影，见她步履轻盈而去。

裴家在宣阳坊，与东市相邻。宣阳坊东边是东市，北边是歌姬聚集的平原坊。官员们到平原坊买醉召妓是司空见惯之事，裴羲岚却从未见过父亲多看那里一眼。一个天天逼着自己女儿嫁人的男子居然不好女色，裴羲岚觉得这个反差有点萌。但回家行晨省之礼见了父亲，她又开始反省自己为何会觉得他萌。

裴羲岚埋头进父母房门，规规矩矩地磕了头："耶娘昨夜可睡好了？"

裴侨卿坐在案旁读书，黑着脸道："现在都快午时了，你才来跟我问安。就知道跟你叔叔疯。"

裴羲岚抬头，正想回话，却看见父亲身边坐了个陌生女人，肤色苍白，眉毛又短又粗，双颊和嘴唇是正红色，不仔细看，还以为是番茄打烂后掉在了白面饼上。裴羲岚倒抽一口气，想起与小伙伴儿在坟地讲鬼故事的美好经验，捂着胸口，保持镇定："娘，您昨夜可睡好了？"

那番茄面饼儿"哦呵呵"娇笑了一阵子："岚儿，你竟未发现娘亲的妆容？"

裴羲岚望着窗外沉默了一阵子，又望回裴夫人："孩儿发现了。"

"发现就好啊，这是从西北方氏族流传而来的女子妆，叫时世妆，胡气得很。"

胡人的玩意儿之于大唐，就跟五石散之于贵族一样流行。太宗皇帝的大儿子李承乾迷恋胡服，武则天的亲戚一口地道的突厥语。到开元年间，胡食无处不在，贵人御馔也尽供胡食。所以当人们说一个东西很胡气，意思就是很时髦，很时兴。

裴羲岚深沉地点点头："当年玉环姐姐化了个白面啼妆，已经让女儿一见倾心，未料娘这一妆容更是无比惊艳……娘的眉毛怎的都快成圆形的了？"

"你别小瞧这圆眉，这可只在长安才有，别处是看不到的。这叫出茧眉，短短粗粗，如春蚕出茧，岚儿看，是否有几分相似？"裴夫人凑近了些，扬了扬眉，裴羲岚按捺住一屁股坐在地上的冲动，再度深沉地点点头。裴夫人得意地笑道，"这种眉配着赭面妆，娇如红霞，明艳动人，也是胡气得很。女儿啊，你今天不妨也试试，必然一笑百媚，迷倒长安少年郎啊。你别一脸不信，不信问问你耶耶，这妆胡气不胡气？"

裴侨卿蹙眉无奈状："胡气胡气，你说点正经事行吗？"

裴夫人击掌道："对，说正经事。岚儿，今天是正月十五，晚点让仆从跟你去西市买点新衣服，晚上你好跟其他小娘子四处逛逛。"

裴羲岚被雷劈了似的直了背。这么重要的事她居然差点忘了！今天是上元节，金吾不禁夜，是一年中大唐百姓唯一可以天黑出门的日子，整个长安城不知会热闹成什么样，那得有多少鸳鸯伴侣、花前月下、风情故事？简直不敢想。裴羲岚快乐地觉得，这与她并没有什么关系。

裴羲岚一板一眼地磕了个头："女儿谨遵母亲教诲。"

裴夫人朝她挤了挤眼："真乖，别忘了牵一只龟回来。"

原来母亲觉得家里有条旺财还不够，还想弄只龟来养养。不管母亲说什么，裴羲岚答应得还是很快。子曰："言必信，行必果。"可子也曰了，"那是二流。一流是不辱使命。"裴羲岚机智地把自己的使命定为“见周公”，也算是一种相亲类的私会。而且，周公听上去比龟公层次要高些。

裴侨卿道：“牵什么龟，她别再瞎眼看见仙、送别人满满一堂桑葚，我就心满意足了。”

“你也别绝望，今夜不同以往，和你成亲前我也不乐意嫁人呀，可是二十年前的上元节，我便独独被你迷倒了。”说罢，裴夫人又同裴羲岚微笑道，“由此可见，任何妖魔鬼怪在上元节看着，也是人模狗样的。”

裴侨卿意味深长地看了裴夫人一眼，伸出食指在裴夫人脸上抹了一抹，用大拇指搓了搓，一口气把粉吹掉，而后对裴羲岚道：“你去准备准备吧。低调点，胡气可以，别胡气过头了。”

第三幅画 上元夜

裴羲岚牢记自己是要赴私会的，立场坚定，并不打算去西市，也不打算再去葚一次。但裴夫人给了她八十贯钱，这个使命就要做出轻微调整了。

李白曾经曰过："五陵年少金市东，银鞍白马度春风。落花踏尽游何处，笑入胡姬酒肆中。"说的便是长安西市的景象。裴羲岚与仆从们一同抵达西市，未料西市十年如一日花天锦地，人烟辏集，满街女子却跟她娘一样长着大红灯笼白面饼脸，还穿着短襦，露出酥胸半截。裴羲岚觉得自己需要压压惊，带仆人们进入一家酒肆，一喝喝到红日平西。

天渐渐暗下来，安福门外矗立着高十丈的锦绣大灯轮，每一层都环着一圈油灯。几个人踩高点灯，另外几个人手捧油盏在一侧等候。待灯被一盏盏点亮，远远看去，便像棵流光溢彩的花灯树。裴羲岚神清气爽地从酒肆中出来，准备和她的小伙伴儿们胜利会师。

好不容易逮着个机会出门撒欢儿，大唐娘子除了化时世妆，自然还得满头铺翠冠儿、捻金雪柳，恨不得撞见个石季伦，有马有房，父母双亡，来一场上元人约黄昏后，罗带同心庚帖来。因此，当裴羲岚的贵族小姐朋友看见她，发现她在西市中瞎混了一个白日，衣服没来得及换，妆也没有化，都差点晕倒在地。

裴羲岚权当自己是个保镖，跟着姐妹们的牛车，穿男装，骑骏马，招摇过市。当天完全暗下来，家家灯火，处处管弦，她已经瞅见不少新凑的俊郎丽人活鸳鸯，个个花前灯下前你侬我侬，难舍难分。她知道上元节一旦月上柳梢头，可是十分方便人约黄昏后。可不管这桂华怎么流瓦，素娥怎么欲下，花灯怎么照得市如昼，也还是大晚上。她觉得，人看不清就知道约约约，想约出个天长地久来，听上去难度就不怎么低。她觉得飘满街道的焦糙油香味比约约约更迷人。这是她爱的零食，外酥里嫩，金皮儿软馅儿，若这馅儿是五仁干果的，那便与好酒不相上下了。她与小娘子们把坐骑和牛车停在路旁，买了一盘焦糙，边吃边聊天。不一会儿，小娘子们开始起哄，其中一人道："郑蕙，你看，那边有个郎君一直瞅着你呢。"

郑蕙她爹调到了长安，因此她也搬到了长安。这些年来她爹官运亨通，她也出落得亭亭玉立，不少青年才俊上门提亲，让她总能在周围的小姐妹儿中自感优越几分。她没想到裴羲岚也会回到长安。小时候，她便对裴羲岚寡言爱笑、一肚子诡计的性子有几分不喜，裴羲岚回到国子监上课，见裴羲岚出落得小脸儿似芙蓉花儿开，鸦鬓似刀裁，行为举止却懒散不羁，她料想裴羲岚对自己的姿色隐藏了几分。今日见裴羲岚跟个傻小子似的喝酒，打扮也没什么品位可言，她松了口气。但仔细想想裴羲岚是河东裴氏之后，她爹是前起居舍人裴侨卿，叔叔是红到发紫的裴耀卿，表姐是与天子都在闹绯闻的杨玉环，她心里又多添了几分忌惮。她偷偷瞥了裴羲岚一眼，便回话道："瞎说，他明明是在瞅这焦糙。"

"哈哈，你何时改姓焦了？哎呀，别打，我看他气宇不凡，衣着也华贵，搞不好是个世家子弟。你可要给他点鼓励，也回瞄他一眼？"

“你当世家子弟是这上元的花灯，满大街都是吗？我娘说了，长安贵族女儿要矜持。”说到此处，郑蕙笑道，“裴羲岚，你看着没什么兴致嘛。”

裴羲岚没听进她们说了什么，只摸着下巴俨然道：“我在思虑着要买什么酒助兴，你们先闲情雅致着。”

另一姑娘推了推裴羲岚的额头：“酒酒酒，你就知道酒。我看你的好姻缘都要被酒浇灭了。”

郑蕙的桃花真开了。后来她们重回牛车，那盯着她不放的郎君便骑着马，蹄踏暗尘，一路尾随她们缓缓而行。她们再度从车上下来买东西，那郎君也停下马蹄，含情脉脉地望着郑蕙。娘子们推推搡搡，都在打趣郑蕙。郑蕙却高高扬起下巴，挑选她看中的琵琶，不时瞅一眼裴羲岚，观察动静。大概是她的态度太傲慢，那郎君有些惧怕了，踌躇不敢前，只提着缰绳在原地徘徊，等到他同行的好兄弟来助威。过了一会儿，郑蕙挑好了琵琶，正想带姐妹们离去，却感到不远处有一片姹紫嫣红飘来。裴羲岚的余光也留意到了靠近的艳色，跟着抬头看去。

神龙元年正月十五夜，苏相在洛阳诗歌比赛中夺魁，写的便是正月十五夜：

> 火树银花合，星桥铁锁开。
> 暗尘随马去，明月逐人来。
> 游伎皆秾李，行歌尽落梅。
> 金吾不禁夜，玉漏莫相催。

用这首诗来描写此刻的情景，真是再合适不过。那翩翩而来的姹紫嫣红，不是初春的桃李，而是华如桃李的游伎。她们成群结队，嬉笑游冶，唐姬有几分羞涩，胡姬有几分热烈，目光所集，都是朝着同一处。顺着她们的目光望去，裴羲岚只见东风吹落星如雨，千树灯花下，几匹突厥马迎风而来，上头坐着数名青年。全城梅花开谢，初雪般飞扬在长安灯火中。没有馥郁浓芳，只有小艳疏香。青年们如此清高，只能瞧见落花引领的路，却不知落花亦沾满衣襟。

这时，一旁的仆人叹道："哇，好多龟。"

裴羲岚疑惑道："龟？"

"是啊，这词儿小的还是跟夫人学的。"仆人指了指腰间道，"夫人说，五品以上的卿士都会在此处佩戴龟袋，五品饰铜，四品饰银，三品以上饰金。"

裴羲岚点点头道："听叔叔讲，从前卿士们佩戴的是鱼袋。"

"没错，天授元年，武后登基，因她姓武，玄武又是龟形，便把鱼都换成了龟。所以啊，现在长安流行这样的叫法，金龟婿，指上等的乘龙快婿。"

裴羲岚这才理解母亲让她牵龟回家的意思，无奈地扶住额头。那两个仆人倒是越讨论越起劲儿：

"说到金龟婿，我第一反应便是长安头号金龟婿。现在满朝官员但凡有个女儿的，都不敢在家宴请他做客，生怕他跟晋时韩寿似的，把女儿分了香，卷跑了。"

"是啊是啊，韩寿好歹是贾充的僚属，不敢造次，这金龟婿可不得了了，位高权重的，据闻一只眼是深碧色，骨骼清奇，有仙人之姿，不是寻常官家能驾驭得了啊。"

"一只眼是深碧色，那岂不是有西域血统？"

"西域人也不见得两只眼睛颜色不一样的呀，真好奇是怎样的。也难怪人们总说：'生不用封万户侯，但愿一见邢少师。'"

听到此处，裴羲岚想起了那个桃花神仙："两只眼睛颜色不一样？这人叫什么，哪只眼睛颜色是深碧色？"

"是哪只眼睛我就记不住了。小娘子果然才回长安一年，都不知'长安头号金龟婿'是谁。此人姓邢，是当朝太子少师。几年前邢少师经人举荐来到长安，很快便博得天子青睐，步步高升，青云直上。相传他才华横溢，博古通今，还天赋仙气，有未卜先知之神力，厉害得很呢。"

"原来这绰号是邢少师的，我当然知道他。邢少师、李左相、李右相、陈大学士，前朝四大红人；高公公、李公公、李诗仙、贾神童，后庭四大红人嘛。"这话裴羲岚可没法当着爹说出来。想古有卫灵公与雍渠同车而坐，孔子见后，羞愧得离了卫国。若她爹知道，他偶像居然和刀锯之余、闺阁之臣放在一起，成了后庭红人，势必又要大展才子之风了。

裴羲岚对邢少师受不受宠不感兴趣，只是对那只碧色眼睛感兴趣。但想想可能只是巧合，没再往心里去。毕竟时间久了，那个桃源神仙的往事越发模糊，不管在记忆的湖面上溅起多大的波涛，都会随着时间的推移而沉落水底。久而久之，连她都不敢再那么笃定那不是梦，而是真实的过去。

可她刚起了放弃的念头，便察觉箜篌声动时、灯火阑珊处，有一个青年高坐在马背上。他肤如月光，身若修竹，头戴白笼冠，身穿玄色对襟大袖衫，雪色围裳流成片片行云，组绶上的紫色彩丝长长垂下。大明宫官吏的常服袍衫穿在他身上，愣穿出了一种五城十二楼昆仑仙人的调调。他不过提缰绳直背而行，身姿却是月画烟描的，绘成丹青可直接挂在墙上，让周边的贵族青年黯然失色。但令裴羲岚挪不开眼的原因并不是他的姿貌，而是他的身影和八年前的桃源仙人重合了。

她上前两步，正想要问他个究竟，发现那群青年也恰好朝她们的方向走来。

这群公子哥儿中最风流多情的一个，瞧上了裴羲岚朋友里最为娇憨金贵的一个。他身穿色彩骚包的胡服，连幞头都由金丝镶嵌；郑蕙抱着五弦琵琶，纤纤初月上鸦黄。把他俩放在长安放夜图中，会变成极为夺目富贵的部分。只是，俊郎、俏娘相遇，俏娘却心怀鄙薄，耻居其列，与那些游伎一样，不受控制地将目光锁定在了他身后。而他身后那么多青年，只一人便夺走了街上九成娘子的视线。这人自然是裴曦岚也在看的人。

眺望那青年的身影，她又有了一种似曾相识的感觉。而当他下马，远远凝望着她，二人视线相交的刹那，这种感觉再度加剧，让她有短暂的头重脚轻。八年前那个梦里，梦中仙尊冷漠的回眸再度浮现在脑海，与她同名的仙子用绝望的口吻说的话，也在耳边回响："我爱一个人，爱了三千六百四十三年。"

当时她尚且年幼，不懂梦中人的爱恨愁思，现在她懂了些，悲伤地望天。这是一段虐恋。昔日横波目，化作流泪泉。如今百年风雨后，不听清歌也泪垂。然而与她并没有什么关系。她决定先把这位仙人的真实身份弄清楚。趁胡服公子上来搭讪郑蕙的机会，她大步走上去，朝青年行了个礼："桃大仙万福。暌别八年，不想又在人间相见。"

八年过去，他的容貌不曾改变，右眼是黑色，左眼是深碧色，犹如月光荡漾的山涧湖泊。他还没来得及开口，旁边一位华簪公子已笑出声来，对他道："桃大仙？邢九，原来你与这位小娘子是旧识，还有个颇为别致的绰号呀。"

裴曦岚瞅了瞅他俩，确定华簪公子是在叫桃花仙，顿时有些囫囵粥了。邢九的意思是，他姓邢，他在家中排行老九。这是怎的一回事，仙人世界原来有些接地气，也喜欢赶大唐的潮流，还有姓和排名。

青年微微一笑，朝她还了个礼，颇有国士之风："小娘子怕是认错人了。"

裴羲岚每日在家中听父亲朗诵李诗仙的大作，现在听到这青年的声音，耳边浮现的诗句便是“影落明湖青黛光”。这必不能认错，连声音都一模一样！裴羲岚眨了眨眼道：“大仙不记得我了？我是八年前捡到你画笔的那个姑娘。那会儿我可能只有这么高。”她伸手在自己的腰部比了一下。

“某姓邢，名逸疏，字思北，徐州人士。并非娘子说的什么桃大仙。”青年从善如流道，“逸疏应只忝长娘子几岁，倘若当年我们真见过，某也不应是如今的模样，又如何能一眼识得？”

“你都不是凡人了，自然不会跟凡人一般成长……”说到此处，裴羲岚停了停，道，“等等，你说你的名字是逸疏？”

“正是。”

逸疏，不是梦中那个太微仙尊的本名吗？眼前这个邢逸疏长得跟仙尊一样，名字也相同，怎说自己不是神仙？还是说，他其实是这个仙人托生的凡胎，早已没了为仙时的记忆？他看上去与自己年龄相仿，若是从八年前托生，这成长速度很可能有些不正常。她正想再问两句，其他姑娘跟着赶上来，其中一个拉扯她的衣角，恨恨道：“裴羲岚，你可真是长蛇缠脚杆，狡猾得不得了。装作一副露饮世外高人的模样，结果看见邢少师，第一个凑上来搭话。敢情你不是不想邂逅情郎，而是眼光高贵得很嘛……”

她叽叽咕咕了半天，裴羲岚只抓到了一个关键词。她转而望向邢逸疏，怔怔道：“足下便是邢少师？”

“正是鄙人。还未请教娘子芳名？”

他承认得如此坦荡、如此快，反倒让她觉得自己像根棒槌。她道：“婢姓裴，名羲岚。”

“如此良辰美景上元夜，拜识裴娘子尊颜，幸也。”

郑蕙也凑了过来，强势插在裴羲岚与邢逸疏中间，以袖半掩面，露出远山长眉，轻声道：“邢少师贵人多忘事，都记不住羲岚姐姐，那邢少师可还记得蕙儿？”

“郑公家的千金，品貌端庄，白璧无瑕，自然是过目不忘。”

“真的吗？那蕙儿也便心满意足了。”

这下那胡服公子哥儿可不乐意了，又挡在她与邢逸疏中间，转过头对她笑道：“既然大家都互相认识，不如同行游街，共参宴饮？”

郑蕙的脸拉了下来，暗窥一眼邢逸疏道：“可是大家都去？”

“是的，是的。”

“邢少师是我先看上的，你可不许跟我抢。”郑蕙咬着牙，用唇缝跟裴羲岚说道，“其他的随便你挑。”

裴羲岚笑着摇摇头，便乖乖退回娘子团中。很显然，郑蕙天真了点，以为把裴羲岚挤对走便再无劲敌，未料一路上赵、钱、李、孙的娘子军团都会上前勾搭邢逸疏。按理说邢逸疏应该忙得很，可不管走到何处，裴羲岚不经意回头，总是会与他的目光对上。对上后，他又会漫不经心地看向灯市。也不知是不是夜间产生的错觉，他刹那停留的目光中，总有几分悲伤。应该都是巧合吧。裴羲岚安安心心地吃焦糙，决定不再看他。

最后，他们的目的地是白日裴羲岚去的酒肆。只不过酒肆早已化上了夜晚的浓妆，大门敞开，宾从杂遝，一片笙歌弦管中夹杂着博士[1]的吆喝，胡姬们身佩瓔珞，足旋罗裙，在《太平乐》中跳一曲拓枝舞。除了裴羲岚，姑娘们都戴着面纱乔装成歌姬。他们刚坐下来，还没聊上几句，便有一个胡姬扭着腰跳过来，朝邢逸疏勾了勾手指，邀他与自己共舞一曲。

此时正好风扬帘舞，邢逸疏的面容在纱下隐现。他正微微低着头，收着右手小指与无名指，用另外三指端着一个玉制羽觞。他指

[1] 博士，即唐人对店小二的称呼。

长肤白，羽觞形小而浅腹，这样垂头品酒，便是十分气度从容。胡姬在旁边守候，他只是不紧不慢品了酒，与友人低声说话。虽料到他不会去，毕竟神仙是要注意形象的，但这样冷落人家胡姬，似乎也有些不太合作精神。裴羲岚本是这样想，却见他放下羽觞，跟胡姬走到了酒肆外，随着鼓点节奏大方起舞。他舞动袖袍，亦仙亦狂，意气风发，充满雄性力量，与胡姬的婀娜多姿一刚一柔，引来旁人的击节喝彩。后来又有许多人加入他们，两个人跳舞硬变成了一群人踏歌。

看到此处，裴羲岚有点方。只见邢逸疏嘴角还有一抹笑意，看上去似乎很是享受，这番举止，跟大唐普通贵族郎君并无不同……难道，仙界也有跳舞的习俗？她觉得脑子都被胡乐捣成了糨糊。而那胡姬云发丰艳，紫罗轻衫，鼻梁高高的，眼睛如酿制胡饮的黑葡萄般明亮，始终不离邢逸疏，把一旁的郑蕙气得连甜点都吃不下去。胡服郎君邀请她跳舞，她只甩开袖子扭到一边："你可知道我是什么身份？怎能在此做有失体统的事！"

她刚发完脾气，便看见胡姬一边对邢逸疏使火辣辣的眼色，一边对着空中做出系绳索的动作。她不懂这动作是什么意思，但能从周围人起哄、邢逸疏脸上浅浅的笑意判断出，这是个出格的动作。

裴羲岚在洛阳也是酒肆常客，却只见过一次这动作。这是长安平原坊流传出来的习俗，意为把宝马缰绳系在门前树上，说直白点，便是邀请客人过夜。这是所有才子、骚客泡酒肆觉得最有面子的待遇。看来邢少师今天很忙，可以改日再会了。她端着杯壶去了后院华庭，想喝好酒后早些回去。

姮娥驾一轮玉，落华满屋梁，照了裴羲岚一身银白。她闲倚亭栏饮酒，望向池中月、榭楼台的倒影。倒影摇摇晃晃，扭曲起来，她眯着眼一看，不过是几条锦鲤在水中游弋。墙外有夜市流彩万千，墙内有红蜡滴落莲花灯，灯火与锦鲤连成猩色的星河，又有落梅暗香，真是好一番人间风物。她低头正想再为自己斟一杯酒，却见水池里的白月、红灯都已消失，只有燃烧的锦鲤在一片漆黑中游走。水中再无倒影，而是颜色越变越深，呈现出另一个世界：金云紫雾中，上有淡紫兰花，下有万丈深渊，石楼高建凌霄中有异兽妖影徐徐飞过……裴羲岚吓得背上一直，一个打挺儿翻身而起，想凑过去看个仔细。这时一阵风吹过，红梅不经风力，落成一场大雪，把池面覆盖。裴羲岚揉了揉眼睛，在地面上看见另一个影子。她转过头去。身后的人是邢逸疏。

“邢少师，你快过来，我看见了……”

她如获大赦，朝他勾勾手，伏在栏杆上，指向水中，但水中异景消失，只剩澹然微波。他走过来看向水中，对着明月倒影笑道：“上元节也能静心赏月，裴娘子真是诗情画意。”

难不成喝多了酒，适才是醉了才产生幻觉？以她的酒量来看，会有如此想法才是幻觉。还是说，恃艺必死一说，在她身上验证了？她道：“我是孤身一人，来赏月还不正常。敢是邢少师，撞上了今夜这等好事，跑来后院做什么？”

“还想请教裴娘子，‘这等好事’何解？”

“胡姬若拟邀君宿，挂却金鞭系骢马[1]，还不算多少郎君梦寐以求的好事吗？”

邢逸疏笑道：“真不敢相信，这话能出自一个姑娘之口。”

裴羲岚平时面皮厚得很，他若义正词严地指责她，恐怕她能伶牙俐齿气到他吐血三升。可他说得如此淡然，反倒让她耳根都有些发热：“这是长安酒肆的习俗，不过跟你说个玩笑，你不乐意便算了。”

---

[1] 改编自施肩吾的诗：“年少郑郎那解愁，春来闲卧酒家楼。胡姬若拟邀他宿，挂却金鞭系紫骝。”

“我不觉得与一个陌生女子共赴巫山是什么光彩之事。一个豆蔻年华的小娘子拿此事说笑，亦不是什么稳重之事。”

他虽笑着，可说的每一个字都像热辣辣的耳光，无声地打在她的脸上。她哑然失笑，良久才道：“我不是豆蔻年华。你既能招惹那胡姬，何故又怕人说，这样反倒整得像是我的错。”

“失敬。容我改口，金钗之年的小娘子。”

“……我也不是十二岁。”

“失敬。小娘子原是幼学之年。”

“你见过长这么高的十岁孩童吗……我们能否不聊岁数，不是在谈论你的事吗？”

“也是。那小娘子在同龄孩童里，可是最高的？”

“……”

这时，一个小姐妹的声音传了过来：“羲岚，羲岚，你可在此处？”

“我在。”

看见亭台拐角白梅树下友人的裙裾，裴羲岚便与邢逸疏擦身而过，想迎上去。但脚下有什么突然横出来，把她绊倒。她踉跄了一下，身体晃了晃，眼见自己的脸要啃到地上，她吓了一跳，大展双臂抱住就近的东西，以便稳住身子。同时，手臂却被一双强而有力的手抓住。她尚处于震惊之中，便听见他在耳边低声道：“小心。”她回头抬起脑袋一看，邢逸疏离她如此近，眼中有难言的温柔，手上既小心翼翼又坚定地把她身子扶正。

裴羲岚猛地抬头一看，发现眼前的景象，只剩了满树梅花和邢逸疏近在咫尺的脸。他长眉如画，眼中有难以言喻的情绪，眸碧如灯夜池水，肤白如月下梅花。梅香疏淡，不在花蕊，不在花萼，似自他骨中渗出。而她跟一与人死磕到底的溺水王八一样，牢牢黏挂在他身上。刹那间，周围华灯成了云雾，坊外叫卖声都已灰飞烟灭。她感觉自己的心都快从喉咙里跳出来了。只听见又两声呼唤响起，那白梅树下走出几个妙龄少女，个个都倒抽一口气。

郑蕙道："裴羲岚，你你你，你在做什么？你疯了吗？这成何体统！"

裴羲岚恼道："邢少师，你故意绊我！"

邢逸疏在她耳边低声道："玉人若拟邀君宿，挂却玉臂系玉郎，这还真算无数男子梦寐以求的好事。"

就说了那么一句玩笑话，他可以记仇到这般程度。裴羲岚决定去吞一两砒霜压压惊。

这时，另一个小娘子也不可置信道："羲，羲岚姐姐啊，你们这是……"

"哦，你们误会了。"邢逸疏颇有风度地把裴羲岚扶好，"适才不过意外，我对十岁的小姑娘只有兄妹情，绝无半点他想。"

郑蕙惊呼道："裴羲岚，你还隐瞒自己的真实年龄！你竟谎称自己十岁！"

裴羲岚淡定道："我若真对邢少师有非分之想，为何要说自己只有……"

那小娘子道："咦，羲岚姐姐，我今年都十四岁了，你怎么可能只有十岁？"

但她话未说完，邢逸疏微微愕然道："原来裴小娘子不是十岁。"

郑蕙道："这下你有什么话好说的！"

裴羲岚深深吸了一口气，微笑着看了一眼邢逸疏，摇摇头，道："并没有。"这个上元节和她想象的有点差距，她表示心情很平静。就让这一日变成过眼云烟吧。

事不遂人愿，过了几日裴羲岚又遇到了过眼云烟。她再一次跟裴耀卿去上朝，到大明宫里长长见识，在丹凤门登记名册时，瞅见城门侧偏僻处站着一个醒目的背影。青年背对他们而立，身形修长，着装一丝不苟，头戴进贤冠，身穿紫色广袖长褥，袍子云烟般覆下。

看见他这身打扮，裴羲岚想起小时分不清文武官的区别，于是写了一首诗助记："文吏进贤帽，武将笼冠耀。胡风卷西京，遍地窄袖袍。金珰[1]难再辨，唯有膝下瞧。将军踩络鞮，丞相靴头翘。"即是说，当朝文武卿士服饰通用，而冠冕不同。若是下了朝换上近年流行的胡服，鞋履穿着也保留了各自的习惯。武官爱马靴，干净利落；文官往往长袍垂地，穿翘头履，可防被绊倒。

裴羲岚指了指那青年道："叔叔，那人看着年纪不大，居然身着紫袍，可是一品权臣？"

"那是邢少师。"

裴羲岚愣了愣，探了探脖子想看个仔细，没看见邢逸疏的脸，却发现他前面还站了个姑娘，只是方才被他挡住了。那姑娘脑袋深深埋下，从耳根到脖子全都红了，看打扮也是身份尊贵之人。她从袖中拿出一个香囊，怯生生地递给邢逸疏。她说了什么，裴羲岚没听到一个字，但她一抬头，裴羲岚便再次愣住。那可是太常卿家的掌上明珠，上元夜还跟她们一同出行，不过她温婉寡言，裴羲岚都没跟她说上几句话。看这架势，她似乎是在对邢逸疏示爱？可是，邢逸疏连手都没伸一下，便对她作揖婉拒。他才说了几句话，太常卿小姐红了眼眶，把脑袋埋得更深了。

见裴羲岚一脸好奇地往那儿看，裴耀卿道："这年头长安的风气和我年轻时完全不同，小娘子们都奔放得很，因为邢少师不见任

[1] 金珰，是汉代侍中、中常侍的冠饰。珰当冠前，以黄金为之，故名。此处指高官。络鞮，指皮制长靴。

何媒人，无意娶亲，她们便直接来此处拦下他。示爱的千金不止这一个，以后有得你看的，先进去吧。”

这一日裴耀卿来得较早，便带着裴羲岚在集贤院与众臣等候天子早朝，顺带帮她长长见识。朝臣们这是第一回在集贤院中见着姑娘，还是裴耀卿的侄女，都觉得甚是新鲜，唯独一个大臣坐在角落里长叹气。另一大臣道：“赵公今早都叹了十七口气了，何故如此悲哀？可是因为陛下近日的诏敕？”

赵公叹道：“陛下圣恩有何愁的，无非是因为烦心闺女的事。”

裴羲岚想起父母曾聊过赵公家事，他原是杭州人士，杭州人家生孩子喜欢种树，生儿种榉树，意为中举；生女儿种香樟树，出嫁时砍了树做陪嫁锦箱。因此，倘若媒人经过，闻到香樟的味道，再瞅瞅樟树的年纪，可知女儿芳龄几何，再去找有榉树的人家说亲。如此说来，赵公家里那棵树如今是绿树成荫子满枝，好生粗壮，好生肥美……裴羲岚也被家人催了亲，颇懂赵千金的苦，于是也跟着在心中叹气。

一位年轻臣子道：“赵公烦心闺女的事？”

赵公不语，他的挚友反倒开起了玩笑。听他们聊了一阵子，裴羲岚也懂了七八成：现在在长安的上流社会中，诞生了一个叫作“长龟会”的神秘组织。所谓长龟会，即是指“在长安地区想要嫁给长安头号金龟婿邢少师而形成的嫁人协会”。会友人数颇多，赵公的闺女前不久也成了其中一员。会友和会友之间有激烈的竞争关系，各方争霸，相互牵制，打持久战以消磨彼此实力，若谁先放弃，谁也别想见到明日的朝阳，也就是邢少师。若有人能在众多会友中冒头露强，其余会友则会转化身份变成“嫁友”，缔结联盟，大行合纵连横之术，把那个胜出者密谋干掉，再恢复到各方势均力敌之状。

当然，以上都是裴羲岚按照父亲的才子思路归纳、总结加联想杜撰的。事实真相比较简单，就是赵千金单相思了。

听见别人聊着这事，赵公不耐烦地打断道：“莫提，莫提。”

说时迟，那时快，他话音刚落，帘子被童仆挑开，探进来一张青年的脸。桃瓣似花非花，落了他满袖袍。他在屋内扫了一圈，目光淡淡落在裴羲岚身上，又回到列位臣工身上。大臣们相互交换了个眼色，都瞅着那心急如焚的“岳父”笑。其中一位悄声道：“我活到了这把年纪，算是明白了何为贾氏窥帘，赵公，仔细你闺女。”

赵公道：“我看是你要仔细你的盐酱嘴巴。”

臣工们都起身唤着“邢少师”，向邢逸疏作揖。邢逸疏还礼后，裴羲岚望着他，先是一阵茫然，然后笑得一脸不怀好意。他扬了扬眉道：“裴娘子。”

裴羲岚只是挂了满脸笑，良久不语。玉树琼枝，烟笼华庭，桃花舞了满庭醉人胭脂，她与邢逸疏面对面地站着，一个身形纤细若四月柳，桃叶眉长；一个挺拔如菩提树，风裳水佩。真是好一幅才子佳人图。见裴羲岚少女双颊粉扑扑，有八分顽皮娇俏，又有二分羞涩动人，众臣都想，果真这盛世长安，已经没人能顶得住邢少师这盛世美颜了。又一个小娘子在情海中淹成了一条死鱼，悲也，痛哉。

然而，裴羲岚对他恭恭敬敬作了个揖，巧笑道：“见过金龟姑爷。”

一阵冷风吹过，惊起寒鸦几只呱呱叫，然后是一片情景交融的沉默。虽然“金龟婿”这外号传遍了长安，但迄今还没人当着邢逸疏的面叫出来。终于，先前发话的年轻臣子憋不住“扑哧”笑出来，带得其他人都跟着低声笑了。邢逸疏微微睁大眼，却不肯吃这闷亏，回笑道：“这名字某可担当不起。”

“失敬。容我改口，郎君可是金龟爷。”

“……我有名字。”

“失敬。郎君原是龟爷。”

见他面无表情地望着自己，裴羲岚舒展柳眉，背对所有大臣，对邢逸疏再度深深鞠了个躬，而后假装咳嗽，用手指拉开下眼睑，吐出舌头。看见邢逸疏的嘴角抽了抽，她觉得，和他相处还是有些愉悦。尽管邢逸疏可能不太赞同这种观点。

不过，不管他的身份看上去有多么真实，裴羲岚在心中仍有关于桃花仙人的疑惑。要么是她脑子被门夹了出现记忆故障，要么就是他在含蓄地羞辱她的脑子。既然他不肯承认，她再追问，也只会打草惊蛇，不如在背地里把这事查个清楚。于是，她在国子监小伙伴儿、家人、朋友、长辈处旁敲侧击打探邢逸疏的消息，但听来的大部分评价都令人有那么些绝望。众人口中的邢逸疏有爹有娘，有根有底，有头有脸，出身高贵，内敛儒雅，广交益友义气重，腹中贮书一万卷，是个坦荡荡愿为朝廷做贡献的王孙公子。除了一旦投入工作便会废寝忘食，导致身子有些清瘦，没听任何人说他一个字的不好，完美得连蜘蛛精都别想在他身上勾出一根多余的毛来。也是，连面对艳妆胡姬的热情他都能说不约，恐怕很难让人找出破绽。想到这里，裴羲岚眼睛一亮——对了，胡姬，说不定在酒肆里能找到点儿线索。

重新回到上元夜去的酒肆门口，裴羲岚还未来得及开口问话，便见一道影子横冲直撞而来。她闪了一下，却还是和那人撞了满怀。扶住彼此站稳，发现那是一个胡人女子，高高的鼻子罩着丝绸面纱，双眸明媚如星。两人对望，都愣了一下。身后传来男子呵斥的声音：“蛮夷妇人敢走，爷便让你这辈子都跨不出长安城门！”

“郎君救命！”胡姬拽着裴羲岚的袖子，用不标准的汉语说道，“他们想要轻薄我！”

这个女子比裴羲岚高出半头，用这样娇弱的姿势抓着自己，裴羲岚有一种人微任重的自豪感，对旁边的仆人道：“看看是怎么回事。”

仆人正欲过去打探一番，粟特博士却已过来，冲他们摇摇手：“郎君使不得，这些人得罪不来，我看您还是别插手管这事了。”

“何以见得？”

“他们都是贾昌的人，惹怒他们，恐怕日后要吃不了兜着走。”

论家世，裴羲岚必然比那贾昌有来头，可天子爱马球，爱斗鸡。宫内设有鸡坊不说，李隆基甚至组了六军小儿专门训练斗鸡，其规模之大，有五百余人，上元节早晨紫宸殿那么多公公围着斗鸡转便是个铁证。贾昌是这六军小儿的头儿，是个年方十三的神鸡童，圣人简直视他如己出。因而民间有诗曰：“生儿不用识文字，斗鸡走马胜读书。贾家小儿年十三，富贵荣华代不如。”

那几个斗鸡郎围过来，拽着胡姬的胳膊往里拖。胡姬悲鸣一声，使尽浑身解数想要挣脱，场景简直精彩。裴羲岚想了想，路见不平，拔刀相助是一种高尚的品质，但高尚多了，父亲就会知道她来了酒肆，还为了个胡女去砸贾昌的场子，接下来的事难免高尚不起来。有了深刻的觉悟，她平了平心中的气儿，掉头就走。胡姬眼中闪过诧异之色，泪眼汪汪地抓住裴羲岚，凄声道：“郎君说得没错，那贾昌市井儿确实是个狗鼠辈！可你别管我了，他们势力大得很，你先逃命吧！”

汉语说得不怎么样，骂人倒学得头头是道。胡姬一边叫人逃命，一边胳膊拽得也忒紧。只能说，这些个特殊职业的娘子，不但是艺术家、文学家，还兼职武术家、军事家，日后在心理学界也会有所作为。

裴羲岚想，看来，她注定要当一个高尚的人。

第四幅画 净胡沙

主子被骂成狗鼠辈怎么得了，岂不是把斗鸡郎的尊严踩成烂泥。他们放下胡姬，纷纷围了过来，其中一人铜铃眼圆瞪，活生生地像他们养的雄鸡："你这妇人，活得不耐烦了，敢骂我们贾公！"

十三岁便成了公，不知是活得太值还是太不值。裴羲岚眨眨眼，只能硬着头皮戴了这炭篓子："不敢不敢，某说的鼠辈是'假买娼'，是这位娘子错听成'贾昌'。假买娼，顾名思义，便是不付钱就想轻薄歌姬。贾公作为吾朝第一神鸡童，很可能是不会做此等流氓行径的。"

那斗鸡郎冷笑道："我们花了高价包了她，一天十贯钱，这价码在市面上都能买几个贱奴了！谁知这蛮夷妇却不要脸，拿了钱便想跑，哪有这么便宜的事！"

他们这番争论，已经引来许多客人的目光。裴羲岚抱着胳膊道："你猜猜，这家酒肆的胡姬可都卖身吗？"后面的博士拼命摇头，又痛苦地点头，看上去有一点纠结。

斗鸡郎道："呸！哪怕不卖，对我们也必须得卖！你要知道，连太真道长都很偏爱贾公！太真道长可是六宫粉黛，罕有其匹，你知道她将是我们大唐的什么人吗，哼哼……"

“不不，这你便错了。”裴羲岚摇摇食指，微笑道，“她们自然是卖身的，而且这一整个月，都已卖给了某。”转头对仆人低声说了一句话。

“笑话，你个妇人买胡姬做何用？莫不成有帕交之癖？”

“你如此希望我变成妇人，莫不成有龙阳之癖？”

“你……”斗鸡郎先是一怒，而后陷入沉思。

“反应不过来了吧，辛苦你了。”

“你！”

两人争执许久，裴羲岚应付裕如。不足一盏茶的工夫，另一个年长的随从看不过去了，低声对与裴羲岚争执的斗鸡郎说了一句话。斗鸡郎如梦初醒，拂袖道：“我不和你浪费时间，蛮夷妇，跟我们走！”又去拽胡姬，胡姬继续悲鸣起来。

先前派出的仆人却进来了，对裴羲岚行了个礼。裴羲岚伸手拦在他们中间：“几位郎君且慢，某仰慕这位美艳胡姬已久，今日确实有备而来。”

两位仆人掀开酒肆的门帘，外面的阳光金子般洒进来，刺得人睁不开眼。门外楼台起伏，群鸟高飞，少年昂首轻骑，仕女结队而行，西方传教人士与游子对聊，远方马球场处，蹄声马鸣撼动全城。天下已建久安之势，终成长治之业。街与街间是春意盎然的软红十丈，坊与坊间是时和岁丰的花锦世界。在这繁华西市的街道中，马车队延绵而停，每辆车上，均满载金丝银线的绢帛。绢帛色泽灿烂，与艳阳融为一体，晃得人头晕眼花。裴羲岚手臂转向门外，朝胡姬彬彬有礼道：“春色浥鲛绡，赠予娘子缠头报。”

不等几个斗鸡郎回答，人群中已传来惊叹声，随后便是如雷的掌声。

这一幕顺利地打发了斗鸡郎，也顺利地为可怜的胡姬赎了身。但她偷运天子赏赐的绢帛，回去后下场不会比葚了别人好到哪里去。费了这么多心血，总不能打水漂。她没忘记来这里的目的。正想问问博士上元夜的表演名册，这胡人少女摘下面纱，眨巴着大眼睛对她道："郎君，我姓康，名阿妮蛮。"

"放心，我只是给你解围，也赎了你的身，你自行走……"裴羲岚话未说完，便呆了一下，发现眼前的胡姬正是邀邢逸疏过夜的那一个。她压低了声音，把阿妮蛮拽到一边小声道，"你可认得邢逸疏？就是上元夜跟你跳舞，你留他过夜的郎君。"

阿妮蛮低头看了一眼她拽着自己的手，脸颊发红，不是大唐女子的羞涩红，而是孩子气的热情红："我有印象。可他不是好人，他拒绝我了。"

"那你发现他有异样的举止了吗？"

阿妮蛮老实摇头。裴羲岚孜孜不倦地问了半晌，也没从她那里听说邢逸疏有多重身份，会变戏法、翻筋斗云、腾云驾雾、变成花鸟鱼虫之类的。她甚至连那个人是邢少师都不知道。确切地说，她以为少师是一种食物。问到最后裴羲岚决定朝她挥手说再见。阿妮蛮道："就让我跟了您吧，我不但会跳舞，还会洗衣、做饭、打扫庭院，以后您哪怕在家里，也可以吃到地道的胡食！"

"不必。"

"我跳舞很好看的，现在跳一支舞给你看！"

"不必。"

"郎君，帕交之癖是什么意思啊？"

裴羲岚处理好偷绢后事，随口答道："就是女子喜欢女子。"

"龙阳之癖呢？"

"男子喜欢男子。"

"那您还是别有龙阳之癖了。男人和男人是没有好结果的。"

"你在瞎说什么……"

"刚才你不是一直在问那郎君的事吗？你若喜欢我这样的婢女，

我好歹可以当你的妾。他是个男子，连你的妾都当不了。”

“我是女的。”

“女的更好，那我既可以跟你帕交，又可以当你的丫头。多一个选择岂不更好。”

“胡姬好生才思敏捷，可惜我不喜欢女的。”

“我也不喜欢女的。但你救了我，我觉得你比男人威武，所以我喜欢你。”

裴羲岚自负心有凌云笔，居然干不过一个母语都不是汉语的文盲。她干脆带着阿妮蛮回家，乖乖受死。受死过程冗长，却都没有结果来得会心一击。结果是被禁足到父母爽了为止。可恨，可叹，若不是那些个斗鸡小儿，她怎会落得如此下场。想到斗鸡小儿，她又想起其中一句话“你知道太真道长将是我们大唐的什么人吗”——她还当真不知太真道长会变成什么人，但是，她却一度比谁都更亲近太真道长。因为，太真道长便是她的表姐杨玉环。

开元二十二年，咸宜公主在洛阳成亲。杨玉环在婚礼上与公主胞弟寿王李瑁一见钟情，结了个闪电姻眷，过着神仙眷侣般的日子。三年后，李瑁的母亲武惠妃病逝，李瑁悲痛欲绝之时，他父皇也肝肠寸断。又过了两年，李隆基拆散了儿子和儿媳，命杨玉环出家为道士，赐号太真，到骊山为太后祈福。不讳的人是武惠妃，他要儿媳为自己母亲祈福，解释起来，总有些怪。此后，便有花花绿绿的流言从禁中传出来。

老实讲，李隆基也挺为这事儿犯愁。刚好近日边疆贼寇骚动不安，时时侵犯大唐领土，郭子仪又正巧每天缠着他，他便遂了郭子仪的愿，让他带兵抗敌，立个斩将挈旗之功。大唐正如日中天，捏死入侵者如踩死蝼蚁，所以抗敌一事不算棘手。棘手的是，郭子仪击退贼寇军队后，违抗敕旨，拒返长安，说要乘胜追击，灭了敌军副帅并波悉林。他爹[1]原是地方官，致仕后也回到常乐坊养老，此番波澜一起，他爹立即奔赴朝廷，向天子上书说逆子年轻冲动，却龙血比心，求圣人宽宥。李隆基自然不会说，此刻已有人到边疆找上他儿。

那人便是帮天子杀了韦后和安乐公主的陈玄礼。在那个时代，所谓儒将拥施伯之智，曹刿之勇，即是指陈玄礼这样的。只可惜后生可畏，他若是虎，郭子仪便是龙，单枪匹马冲锋陷阵，把陈玄礼的手下几名大将刺伤于马下，还把陈玄礼的盔甲戳破了个窟窿。陈玄礼气愤不已，破口大骂："郭子仪，人臣无将，将则必诛！你这獠犯的是欺君之罪！"

"将在外，君命有所不受，陈公且自行回去，待子仪杀了并波悉林，自会班师回京，向圣人负荆请罪！"郭子仪芝兰秀发，戈戟云横，一身白银盔甲闪闪发亮，恍若赵子龙再世。他挥舞着三十一斤重的陌刀[2]，指向贼寇军队逃跑的方向，对他的军队大喊道，"不杀并波悉林，他日这蛮夷汉必将卷土重来，将士们，今日定要取他项上人头来！追杀并波悉林！追杀并波悉林！追杀并波悉林！"

只见他策马率先冲出，战旗飘飘，气吞山河，将士们也甘愿为他肝脑涂地，追击敌兵，吼声威震四方。陈玄礼追了他几十里，气息奄奄地停了下来。他被郭子仪击败四次，再丢不起这张老脸，只得认命地转过头，对阵营中一人道："好吧，你赢了。还得轮到你上。"

那幕僚身材瘦弱，手旋羽扇，听闻此言，"啪"的一下把羽扇打在手心，淡淡一笑："这可使不得。先前陛下遣某同行，是陈公说'妇人'只会耍嘴皮子功夫，动小脑筋。"

---

[1] 郭子仪父亲指郭敬之，唐朝太尉、中书令、尚父。

[2] 唐朝的三十一斤相当于现在的二十二斤。

“我当真不怪你了。”

“陈公可莫要折了‘小女子’的草料。”

陈玄礼只能跳下马，朝那幕僚规规矩矩地作了个揖：“周武王得乱臣十人，姜太公之女与之也，何况我泱泱大唐？算老夫眼拙，不察出世奇才，恳请裴幕僚原谅老夫，裴幕僚请。”

裴羲岚的嘴角轻轻勾起。她可是在禁足期间被叔叔救了，才有机会出来溜达溜达，怎能不大鹏展翅一下？她也作揖道：“如此，唯有从命也。”

当天夜里，郭子仪在幕府中翻看行军地图。他原只是奉旨前来，击退敌人，发现敌军主将资质平庸，却带了个不好对付的并波悉林。并波悉林是波斯帝国的猛将，生于呼罗珊的奴隶家族，曾被打入监狱，去年才被阿拔斯伊玛目使者安排出狱，这样一无所有、无可失去的人，往往可以为名利寡情绝义，拿刀子宰孩子。郭子仪心知违抗诏敕会有如何下场，但为了日后的大唐，这黑锅他背了。

这时，卫士来报：“郭长史，陈公军中的幕僚前来求见。”

郭子仪皱了皱眉，道：“所来何事？”

“似乎是受了伤，前来投靠您。”

“放进来。”

帘子撩开，蹿进来一个瘦削的影子。那人头戴幞头，身穿胡服，腰上套了条青锦蹀躞带，脚上踩的还是抹绿翘头靴。郭子仪随意扫了她一眼，却惊住了：“是你！”

裴羲岚跪在地上，龇牙咧嘴道：“郭长史救命呀！”

难怪父亲总说武则天驾崩后，大唐的娘子们没一点收敛，反倒变得更加放肆。这年头，不仅在长安街头女扮男装的有增无减，而且在军营中都能看见女扮男装的幕僚，还是上次在大明宫坑了他的裴羲岚。不过郭子仪为人正直，向来不公报私仇，只俨然道：“且说。”

“陛下派我随军助阵，陈玄礼却心有忌惮，一路百般刁难，找借口在军中对我施刑。经深思熟虑，我发现郭长史才是真正大义爱国之士，故而前来投靠。”

“陈公缘何对你心存忌惮？”

“因，因为……”裴幕僚支支吾吾地说道，脸渐渐红了起来。

“因为裴幕僚并非男儿身？”

裴幕僚垂下脑袋，悄声道：“……长史英明。”

“即便如此，也犯不着动手打你。你所言可属实？”

“句句属实。”裴幕僚撩开袖子，白生生的胳膊上有几道伤口，“长史请看，这些都是陈公用鞭子抽的。”

郭子仪看了看她的胳膊，觉察那几条血痕不像鞭痕，倒像爪痕。陈玄礼真是聪明一世糊涂一时，让一个耍小聪明的小姑娘来当参谋。他安抚了她，专门让一火的卫士为她搭建一个帐幕，却不派任何人看守，只命她在里面安心静养，翌日行军之时，再叫她一同上路。不出他所料，午夜卫士来报说裴羲岚偷溜出帐幕，与一名营地的陈军卫士交头接耳，递上了一纸文书。郭子仪不予理睬，心中却暗笑这丫头未免太过可笑，想用苦肉计，却连吃几下鞭子的勇气也无。

翌日，陈军再次来袭。裴羲岚为郭子仪提了一堆计谋，郭子仪统统左耳进右耳出，心中盘算如何保全双方，再和贼寇打个漂亮的胜仗。

“郭长史，探子来报，陈公军队翻过峡谷，全力向我们进攻了！”

郭子仪站起来：“传令下去，全军撤退！摆脱陈玄礼！”

卫士一出去，裴羲岚便朝郭子仪拱了拱手，眼睛闪闪发亮：“郭长史果真有勇有谋，这下我们赢定了。”

郭子仪哼笑一声，从墙上取下陌刀，戴上头盔冲出去，骑上战马。眼见山脚下是一片峭壁峡谷，大雾重重，陈玄礼将士们的呼声震天，抖落山石。他一声令下，带领大军冲下山坡，另择途奔走，却发现下方空气阴寒，人声绝迹。而那些呼声越来越小，似从山顶传来。糟，中计了。陈玄礼竟会明修栈道，暗度陈仓。所幸他悬崖勒马，赶紧再度下令，让将士们回到山顶。

“报……”一个将士从后方策马而来，“长史，不好了，陈公似乎正在偷袭我军粮草大营，那边火势正旺，全烧起来了！”

郭子仪愕然仰头，果真看见山林中有黑烟升起。猛拉缰绳，马儿一声长鸣后，他愠怒道：“粮草大营依山傍水，有重兵看守，如何烧得起来？守卫们都到哪儿去了？！”

“不，不知，末将这便前去率兵探查！”

将士刚离开，裴羲岚便策马前来，对郭子仪道：“郭长史现在有何打算？”

“你有何打算？”

“羲岚有三计，不知郭长史可愿一听？”

“说。”

“投靠长史前，我已得知陈公打算火烧粮草，并在山脚设埋伏，打算等长史入瓮，一网打尽。当下之急，却是拯救粮草大营，但大营离此地甚远，恐远水救不了近火。一计，乃越过山顶，投石击败陈公伏兵，以缴获兵器粮草；二计，乃越过山顶，竭尽所能灭大营之火；三计，则是放弃大营，直击贼寇。”

“可蛮夷们早已弹尽粮绝，即便击败他们，将士们也会饿死在荒山野岭之中。”

“这……也是。那郭长史不妨参考前两计。”

郭子仪看看烟雾弥漫的山脚，道：“你确定陈公在山脚？”

“甚是笃定。”

“走山脚会如何？”

裴羲岚脸色惨白，头冒虚汗："万万使不得，陈公的伏兵可都在山谷间。长史若前往山脚，唯恐他会奉诏行事，对长史痛下杀手。"

见裴羲岚的反应，郭子仪确定，这山脚下看似迷雾陷阱，实则防备空虚。毕竟陈玄礼的士兵数量他心中有数，要击败粮草大营的重兵，将士必然倾巢而出。如此一来，他只需要从山脚出兵，再入山道，便可夺回大营。于是，他一把将裴羲岚拽下来，绑在马背上，策马直奔山脚。

"郭长史，你这是……"裴羲岚惊慌地挣扎，"放开，放我下来！"

"叫也没用，我早已知道，你是他们的细作。陈玄礼真是活如蛇鳖，死咬人不放，倘若让并波悉林逃掉，后果不堪设想。你们真是……罢了。"郭子仪举起陌刀，"全军听令，随本长史折回粮草大营，从山脚进攻！"

大军浩浩荡荡再度杀入山脚，裴羲岚被他绑得喘不过气来，只得捶打他的小腿，干咳着道："郭子仪，你放开我，你要就这样把我勒死了，我做鬼也不会放过你……"

郭子仪进入山脚的浓雾中，没把她的叫唤放在心上。他也未留意到，她拧了拧腰间的金香囊，捶打他时，把那香囊也举了起来。两边的峭壁上传来号角声、呼喊声，隐隐约约地，他看见山崖上出现了成百上千颗脑袋。即便人的脸看不真切，他也瞧见了那山崖之间闪光待发的利箭。他勒马大惊道："这，这是……他们怎会真在这里设了埋伏？"

马背上的人轻轻笑出声来："郭长史，矫枉过正矫得自己都糊涂了吧。"

这是什么香气？好似又是上次那一种。郭子仪刚想把她转过来，却发现自己四肢发软，不出少顷，便虚弱地松下了胳膊："你，你对我做了什么，你那个香囊是……”话未说完，人已重重滑落在马下。

裴羲岚翻身骑马，勒住缰绳，令马儿停下，对着山谷间缓缓道：“还好陈公忍住没放箭，不然我不但会违背不损兵卒活捉长史之诺，还会被射成个大蜂窝。”

陈公将士们自山谷间冲出，把郭子仪围得水泄不通，再将他五花大绑，鸣金收军。陈公在山上不禁鼓掌：“裴幕僚果然足智多谋，老夫佩服。”又大声说道，“下方的将士们，长史已被活捉，你们统统免罪，准备收兵回长安吧！”

裴羲岚挽起袖子叹了一声：“可惜我这牺牲品胳膊，被长史一勒，又血流不止了。”

陈玄礼的嘴角抖了抖：“那分明是你在行军路上被山猫抓的，又不是刻意为献计而用。”

“那也得身上有伤才可行，不是吗？”

这时，一个郭子仪的部下路过他们身边，小声道：“裴幕僚、陈公，你们是怎么击破粮草大营的？那里可都是精锐部队。”

“不烧粮草，则无燃眉之急。不若这般，如何让郭长史心猿意马，又如何让他那么快便选择不相信我呢？”裴羲岚拨了拨扇上的羽毛，望向被抬着的郭子仪，“郭长史，你说是么？”

郭子仪怒视她，不说话。陈玄礼长叹一声：“裴幕僚，你没烧粮草，不过是在大营附近点了火糊弄人，为何到现在还要骗他？”

“裴羲岚，你……”郭子仪痛苦地抬起头，脸色发白地瞪着她。

“好歹给我留点余地。陈公你看，这下郭长史怕是在心里要将我千刀万剐了。”裴羲岚轻松自如地摇了摇扇子，又前行几里路，发现香囊不在身上，提了提缰绳道，“我的宝贝似乎丢了，你们先慢行，我随后赶上。”

裴羲岚掉头寻找，果然在路上拾到了她的香囊，然后策马奔回，未曾留意四周有雾气升腾，黑云叆叇，直到荆棘利爪般从山岩中伸出，交叉盘绕而上，拦住前方去路。马儿鬃毛震颤，汗水四溅，抬起前蹄长嘶一声，却还是没能避开，翻身跌足，把她摔到了几十米以外去。她在地上打了几个滚，痛得生不如死，呻吟着想爬起来，却发现地面、岩壁上全是苔藓，湿漉漉的好似冷掉的死人心肺。幽碧微光从前路渗来，她往那方向看去，发现前方浓雾中有千百个黑影闪烁。

哭号声哀怨凄惨，腥腐之气由远及近，大片扩散在湿雾中，腻腻地浸入毛孔，会与血肉融合般。当那些黑影一点点从雾中挪出，裴羲岚发现，那些并非人影，而是妖魂鬼影。断头少腿、肠穿肚烂的，发出大舌头的黏稠叹息，脖舌五寸的、绿瞳白肤的，则会像被掐断脖子的女人般嘤嘤惨叫。而那群鬼怪中间，有一个最为醒目的森白骷髅，它披着一件曳地红袍，骨骼间发着咔咔的声音，走路姿态却雅致得很。察觉到裴羲岚所在，它呵斥道："什么人？！"是年轻男子的声音，悦耳得让人无法想象源自一个骷髅。而后，骷髅静默少顷，似乎在端详她。

裴羲岚打了个寒噤，忘了疼痛，屁滚尿流地后退。她红煞犯大了，直接上了黄泉道吗？头脑正乱成一团麻线，骷髅忽然笑了一声："真是千年离乱后，长大一相逢。羲岚，我竟会在此遇到你。你这负心丫头，知道你离去之后，你夫君……"

后面的话她压根儿听不见，因为她拖着瘸腿，跑到了百米开外。可是，无论她跑多远，都回不到原本的山谷。四周与原路截然不同，只有黑雾血路，苔藓荆棘，不时还有妖鬼从暗处跳出，朝她伸胳膊探脑袋索命。而上方的天空也只剩了阴森森的灰，看不见尽头。她跑得越来越疲惫，心跳却快把胸腔都撞开。那些妖鬼离她越来越近，还有几次碰到了她的肌肤。一只带血的绣花鞋从地下岩缝中跳出，一蹦一蹦地靠近，牢牢套在她的右脚上。右脚即刻不听使唤，朝着相反的方向跑去。她叫了一声，再度跌倒在地。绣花鞋硬拖着她往妖鬼的方向跑。她死死抓着地面，又惊又惧，眼泪流了满脸，再度抬头，只见前方有百十个鬼怪从地下爬出，将她四面夹击，贪婪地朝她举起爪子……

她再度爬起，再度摔倒，几次失败后，一个吊死鬼张开血盆大口，要一口吞下她的脑袋。她抱着头拼命挥舞，腰却被一条胳膊搂住，整个从地面上提起来。她惊叫一声，挣扎得更加用力，但手臂都被扣死。她哀求道："鬼爷爷，我不好吃，我不好吃，况且十日不曾沐浴，爷爷可别为了贪这点口肥，脏了自个儿的舌头。好歹先洗洗……"

"……十日不曾沐浴。"那人不带感情缓缓道，"对一个姑娘来说，还真有些难度。不如把你丢下去，让这些阴间来客把你舔舔干净。"

听见这个声音，裴羲岚怔了一下，猛然抬头，看见的是邢逸疏的脸。她呆了，比看到鬼还震惊。低头一看，那些妖鬼都在下方的深渊里上蹿下跳，想要跳上来抓他们。她正被他拦腰抱着，两人浮云般飘在空中七八丈处。她再度回头看了一眼邢逸疏，伸出食指轻轻抹去惶恐之泪，感动得眼冒金星："我裴羲岚真是何德何能，在性命关头为人相救。恩人还是您啊，龟爷。"

子曰："人不作死便不会死。"他手一松，她便"嗖"的一声跌入深渊，伴随着排山倒海的惨叫。在她以为必死无疑的一刻，他又飞下来拦住她的腰，把她再度抱到空中。她打了个哆嗦，用力抱住他的背，一头靠在他的肩上，哇哇大哭起来："邢少师，邢爷，您君子不记小人过，千万松不得手了。"

他轻轻哼笑一声，抱着她往上飞去。过了须臾，腥腐气息被花香洗尽，雀语鹤鸣也替代了鬼哭魂嚎，他们下方只有神州的万顷江田，大荒烟景。暖风吹散了她的青丝，令二人的长发交缠一处。她总算放松了些，却始终不敢松手，只有些得意地轻声道："我早便知你是当年的仙人，这下你口里再是摆菜碟儿，也狡辩不来也。"

"谁说我是仙？"

"都会飞了，还不是仙吗？"

"鹜雁也会飞，可都是仙？"见她语塞，他又扬眉道，"现下你也会飞，你可也是仙？"

"我可不会飞，是被你带着飞的。"

"并非如此。"他抽出手，她却拽着救命稻草一样再度死抱着他，他笑道，"传闻裴幕僚平时洒脱得很，恨不得轰饮酒垆，狂歌五柳前，不想也是有些贪生怕死的。"

"短醉一宿可以，长眠不醒还是算了。"

她听他再度哼笑一声，一片烟雾霞光腾升而起，眨眼的工夫，她身子一坠，回到了自己的马背上。再观望四方，早没了邢逸疏的踪迹，而陈玄礼的队伍正在不远处。她狠狠拍了一下脑门儿。真是见了鬼了。

返回长安的第一个夜晚，山月半轮，星河万丈，裴羲岚做了一个梦。梦中她坐在庞然飞瀑的亭台中，手持花枝金荷杯。银河与凡间不同，离她如此近，伸手便可摘飞星。一名男子坐在她面前，头发无风缓舞，一身雪白仙袍曳地，额心一点紫色菱形仙印似雪地里的紫梅，将他衬得举止风雅，面容清俊。她百无聊赖地为他斟酒，单手撑着下巴道："子箫，你最近是怎么回事，一天到晚都在忙，完全找不着你的影儿。"

那叫子箫的仙人道："其实，也无甚可忙的。不过多了件烦心事。"

"怎么说？"

"这话我只与你一人说起，你可不能告诉别人。"

"对我，你尽管放心。"

“上次你寿辰前，我与文曲星他们在白萍洲作画，遇到了一个女子……你那是什么表情？”

她的眼睛弯成了月牙儿，只是面露微妙之笑，满脸写着“我懂得”，举起酒杯道：“无妨，你且继续，我帮你想如何拿下她。”

“不是你想得那般简单，她是紫修派来的卧底。”

听见这个带紫的名字，她喝酒喝到一半，险些把酒喷子箫一脸，但还是硬吞回去，把自己呛了个半死：“咳咳，咳咳，你说什么？是魔尊派来的？那她也是魔族了？”

“对，她是青寐。”

羲岚惊愕道：“这诛仙狂魔真的来了仙界。子箫，我知道你对她有好感，可你要清醒，她几千年前在单狐山弹了一次琴，到现在那里都长不出草来。她和紫修若有什么骇人的计划……不行，你让我喝口酒冷静一下。”

她喝了一杯酒，望向子箫：“说吧，你想如何解决这事。”

子箫脸上始终没有半点波澜。也不知为什么，在梦里她就像是另一个人，知道自己与子箫是铁打的哥们儿，实在是太了解他。他比烟还要清淡，面对这一问题，当他毫无表情地沉默，那只有一种可能。她喟然道：“原是这般。出淤泥而不染的云霄仙君，芳心真已动矣。”

子箫怔了怔，苦笑道：“不提也罢。倒是羲岚，你近来与逸疏相处得如何？”

她露出鬼一般的微笑：“让他去长眠吧。”

至此，梦被潇潇芭蕉雨唤醒。听着窗外水声，裴羲岚头脑不清地呆滞了很久。逸疏？子箫？青寐？紫修？这是个什么怪梦，还带再续前缘的？可是不管如何思索，她都无法把这一切与现实联系在一起，除了多年前那幅画。

一遇逸疏就做这梦，他一定不是凡人。

行军回到长安，裴羲岚得知郭子仪他爹年纪大了，好不容易得个机会让儿子立功，若这事在朝堂上处置，不小心带回一件丧事，很有可能父子俩升天下地一起去。因此，天子决定先与陈玄礼对对供词，陈玄礼把裴羲岚也叫了去。裴耀卿让她照实回答即可，不必太顾虑郭子仪的小命。

等了一段时间，含元殿文武百官退朝，天子也带着一个大臣回到紫宸殿。李隆基是一个知命之年的壮实男子，依旧英气勃发、面容威严。裴羲岚和郭子仪向他行了大礼，他命平身，便带着他们进入紫宸殿，倚着龙椅道："你们可知，朕今日命你们前来是为何事？"

郭子仪伏在地上："罪臣违抗圣意，请陛下赐死。"

李隆基道："裴羲岚，你呢？"

裴羲岚笑道："知道呀。"

"知道什么？"

"知道陛下命臣前来，是为何事。"她一字一句答道，相当恭谦。李隆基半晌没等到后半句，又道："那你缘何不说？"

"羲岚不说，是因为陛下未问。"

"朕不问，你便不敢说？"

"圣人君临天下，英明神武，羲岚惶恐万分，怕愚钝失言，故而不敢多言。"

"朕记得命你去边疆之前，你态度可不是这样。如何，上了一次战场，反而吓破了胆？你敢说说，朕为何叫你来此，你又有何想法。"

"是为郭长史之事。"裴羲岚看了看李隆基，见他微微点头，又道，"郭长史擅自带兵出击，确实罪不可赦。而羲岚以为他追杀敌军是为除大唐后患，罪不至死，望陛下三思，从轻发落。"

李隆基点点头，对旁边的大臣道："李白，你怎么看？"

裴羲岚这才有机会看清那人。他穿着翰林院的袍子，身材不高，却飘逸非凡，有仙风之道骨，神游八极之形容。裴羲岚顿时如坠梦中。这人可是她爹的偶像李白。她知道他今年入京，在翰林院当供奉，没想到有机会见到本人，真是造化了。

李白道："臣在游历四海之时，也曾听波斯人谈论过并波悉林，此人虎背熊腰，力大如牛，可以一敌百，凶悍无比，便是郭长史紧追不放的贼军副将。依臣看，郭子仪身负奇才，日后必成大器。燕昭王置千金于台，以求天下贤士，得郭隗，为之筑造黄金台。此后，昭王又得赵国之剧辛，齐国之邹衍，从而天下大理[1]。陛下之贤明，远甚于燕昭王，更应珍惜良将，免他一死。往后必有更多贤士闻风而至，效忠于陛下。"

李隆基道："罢了。既然他们都为你说情，朕便算你将功抵过。扣半年俸禄，三日内给朕交上万字思过书来。"

郭子仪结结实实地磕了个头："罪臣叩谢隆恩。"

李隆基道："羲岚，朕为你安排个亲事，你感觉如何？"

裴羲岚连忙扭过头："亲事？"

"见你一直也舍不得郭子仪死，怕是你俩早已两小无猜，情投意合。把你赐婚给他如何？"李隆基捻捻胡须，神清气爽。

郭子仪愣了一下，看了一眼裴羲岚，又转过头来沉默不语。裴羲岚瞄了他一眼，生无可恋道："陛下免了郭长史的死罪，不如赐羲岚死罪可好？"

李隆基笑道："你的脾气跟玉环还真像，宁为玉碎不为瓦全。放心，朕不是把你赐婚给罪臣。相反，朕觉得郭子仪有勇有谋，但太过年轻气盛，需要有个贤妻管教管教。"

"贤妻一名，裴羲岚可担当不起。况且羲岚现下一心向学，一

[1] 天下大理，即天下大治。唐时避高宗李治讳，改"治"为"理"。

床子云书足以度日，无意成婚……”

“你现在大可慢慢向学，过些年再完婚也不迟。朕答应过你玉环姐，要为你挑个好夫婿，朕看郭子仪不错。”还未等裴羲岚回话，李隆基已喜笑颜开道，“就这么定了。传令下去，裴侨卿之女裴羲岚赐婚左卫长史郭子仪。”

裴羲岚道：“等，等等，陛下，羲岚……”

李隆基乱点了鸳鸯谱，十分心满意足，带着李白飘然离去。而从紫宸殿出来的两个人，却都是一脸愁云。

“陛下这是逼良为娼。”见郭子仪也斜了自己一眼，裴羲岚又淡然地补充了一句，“当然，逼的良不是我，而是郭长史。”

郭子仪默默地看着她，看不出在想什么。

裴羲岚心快愁成了麻花，脸上还是挂着波澜不惊的笑：“郭长史连对策也不愿想吗，还是说，你对我意见大得很？”自然不会得到对方的回答。她转了转大眼睛，抬头望着他，“也是，一个男人若是即将成亲，却在婚前被自己的未婚妻打败，无论如何颜面上都有些过不去。今日陛下繁忙，恐不能多言。你我都回去准备陈词，改日再向陛下进言。”

郭子仪叹了一口气，目不斜视地往前走。

裴羲岚猛地挡在他前面，微笑道：“这么说，你很想娶我？”

他被她害了两次，想来是懒得理自己。原本这样说只是激将法，可是，她没有等来他的激烈反抗，甚至连否定也没等到。他扭过头看向别处，还是锥子也扎不出一声响。裴羲岚抽了抽嘴角，后退一步：“你最好别喜欢我，否则这事难办了。”

“别自作多情，谁想娶你。”

“那就好，你不是被虐狂。”她松了一口气，抚了抚胸口，怡然道，“既然如此，我们可要仔细斟酌退亲对策。”

“我现在心里有些乱，改日再议吧。”郭子仪头也不回地走了。

第五幅画 落花逢

三月三上巳节，池畔杏园中，新科进士吟诗作赋，未婚少女阵阵尖叫；亭台楼榭旁，高官权贵大摆酒宴，吃瓜群众纷纷围观。裴侨卿带夫人、女儿各处赶场，熟人们都来恭喜他千金赐婚郭子仪一事。很显然，裴夫人喜欢郭子仪英俊又一根筋的模样，裴侨卿也喜欢郭子仪那徒有蛮力的身手和因呆滞而显得正直的性情，他们很愉悦，裴羲岚却撑不住了，决定要自己去逛逛。他们对她可能不太放心，派了一群人随着她前去。这群人除了贴身婢女阿妮蛮，个个跟防风氏似的魁梧，他们浓眉大眼，不懂人话，里三层，外三层，把裴羲岚围得水泄不通。在这养花春深日，绿柳如媚眼，桃花如红腮，妖姬戴花，俊客插柳，齐驻香车，随鞍马队穿梭于林间，裴羲岚大队成了此间最壮观的风景。她表现得异常从容，回答一直发问的阿妮蛮："你说那些满头的花花柳柳？长安仕女喜欢在春季斗花，以奇花者为胜。至于郎君头上插的柳枝嘛……'清明不戴柳，红颜成皓首'，我们唐人都认为，插柳可使春光永驻。"

阿妮蛮道："那为何要挑在清明呢？"

"因为从前有个国家，君主专宠某个妃子，导致世子被这妃子害死。另外一个公子畏惧避难，一名士大夫随他逃亡，历经风雨，在他饥饿之时，甚至把腿上的肉割下来，煮汤给他喝。公子感激涕零，折箭为誓，将来必报答他，士大夫说自己不求报答，只求他终成爱人如子的君王[1]。公子在外漂泊十九年，终于复国继位，完成大业。他重赏了与他患难与共的大臣，其中以割肉给他的士大夫为首。那时正逢早春，他见江边柳树，言：‘此人之贤良，若柳树之清明，尔曹要在清明插柳，以效仿之。’此后，他真如士大夫所说，拔擢贤能，文理武功，开创了千秋霸业。”

阿妮蛮听完故事，眼中闪烁着崇敬之光：“真是个令人热血澎湃的故事。”

这时，一个声音从一侧传出来：“裴幕僚不仅骗术一流，杜撰故事的水平也是一流。”

裴羲岚的笑容噎在了脸上。奴仆们转过去，对那人恭敬下拜：“郭长史。”

“郭长史不仅瞒天过海一流，暗度陈仓也是一流。”说罢裴羲岚转身。

曲江池边，仕宦们乘彩帛大车而过，车上女乐酣歌恒舞，亭台楼榭自绿林中探头，亭中亦有笙曲飞扬，堪称“鞍马皆争丽，笙歌斗尽奢”。郭子仪在一匹骏马上俯视着她，有些愣住了：她穿着一身嫩粉的石榴裙，神态灵动，眼神鲜活，脸上带着盈盈巧笑。瞬间四周的声音都消失了般，眼前只剩下她的身影和面容。她周边的人都识趣退下，只剩了他们两个人，他移开视线，咳了两声：“你竟然会穿女装。真可怕。”

裴羲岚道：“不敢，不敢。郭长史穿男装更可怕。”

“你……”郭子仪想了想，又道，“适才你为何要杜撰晋文公和

[1] 爱人如子，即爱民如子。唐时为避太宗李世民讳，凡“民”均改为“人”。

介子推的故事？”

“因为我不喜欢原本的故事，不如自己改个结局。”

“如此逃避，也改变不了事实，不是吗？”

“史书原本便是人写的，那其中何处为真实，何处为杜撰，你我都不知道。我认为，人心里想着什么，什么便会靠近你 。不如把事情往好的地方想。”

“你这说法还真是独出机杼。”郭子仪笑了出来。他长眉英挺，笑声爽朗，让人觉得这人心如海宽广。

裴羲岚无所谓地笑望着他。郭子仪收住笑声，嘴角却依然勾着：“且不论如何，做事不负责任，还是与之前如出一辙。”

裴羲岚双手捧在胸前，略微抬头，朝他快速眨眼：“原来你不是想悔婚，而是怪我对你不负责。”

“裴羲岚，你……”郭子仪耳根微微发红，“我何时，何时又说了……”

裴羲岚心里已经笑得前仰后合，脸上还是一片风平浪静：“我听耶耶说陛下也来了曲江，我们可要去找他再聊聊退亲之事？”

郭子仪怔了怔，指了指她后方，又陷入了沉默。她转过身去，看见一群人蜂攒蚁聚地围在岸边，均在眺望江心。这日水涨船高，池中备舟数只，均是兰桡画桨，皇帝正泛舟于池上。加上卿士、宦官、宫婢，船上不过十余人，这架势却已倾动皇州，颇为盛大。裴羲岚踮脚望了良久：“舟上人好像很多，只看见陛下的黄袍，其他的都是什么人？”

“八字胡须的是李右相，弯腰枯瘦的是高公公。右边那个道姑，应该是你的表姐吧。”

“玉环姐姐，真的是她！”

“裴羲岚，等等，李供奉正在西边为陛下作诗，他得在回宫后即刻写出来，别……”

“我知道了，不会过去的。”

裴羲岚一溜烟跑到岸边，向舟上眺望，那女子果真是芙蓉面，柳叶眉，道姑衣裳也无法掩饰她的绝色，百姓们无一不观望她的风采。杨玉环自小便是个妙人儿，性格天真烂漫，不轻易与人结冤仇，此刻她却背对皇帝，沉默不语。她与寿王原本君情妾意深，如今却沟水东西流，想开心起来，确实有点难度。李隆基今已君临天下三十年，却亲自为她端茶送水，风凉添衣，没有一丁点儿皇帝的架势。轻舟渐行渐远，最终被树木掩盖。裴羲岚沿着树丛前行，听见一个男子的声音从树丛后传来：“如此甚好，且听我作第二首。”声音略显拖曳，抑扬顿挫，有几分潇洒的腔调。

裴羲岚停下脚步，想看看是什么人，无奈树丛太厚，连个缝儿都拨不开。那人继续说道：“一枝红艳露凝香，云雨巫山枉断肠。借问汉宫谁得似，可怜昭君倚新妆。足下以为如何？”此诗写的是哄表姐开心的乐词，作者是耶耶的偶像没错了。

另一男子答道：“听闻李供奉少时梦见笔头生花，也难怪才华横溢，冠绝于天下。”与李白不同，这是动听却冰冷的声音，哪怕是在给予对方赞美，都好似昆山玉碎，皓月当空，冷光凝聚长安十二门。裴羲岚顿时恍惚起来。

得此人赞誉，李白大笑起来。裴羲岚中了魔般，顺着一旁歪曲的柳树爬上去。她体态轻盈，身姿矫健，只弯了一点儿梢头，便稳妥地挂在上面。在树上视野陡然开朗，放眼曲江池水一片鸭头绿，恰似酦醅葡萄酒。下方有一个石狮，旁边站了两个人。白衣者是李白，他头戴软脚幞头，脚穿马靴，捧壶捻须。另一人头戴进贤冠，身着紫色长袍，莫不是……从上往下看，她没法看清他的全脸，只听见他缓缓道：“最后一句的‘昭君’若换成‘飞燕’，是否会更为稳便？”

李白道：“何以见得？”

裴羲岚努力把脑袋往前伸，但只能从上方看到满地垂杨金缕，还有他秀丽的鼻尖和长长的睫毛。她再往前伸，树枝晃了一下。她吓得后缩了些，按住胸口。那紫袍大臣道："太真道长尚未倾心于陛下，若用昭君，恐陛下自比汉元帝，错嫁美人而感不快。昭君、飞燕均是汉宫绝色，昭君高洁，飞燕艳冶。加之飞燕擅舞，受成帝专宠，似乎更适合此情此景。"

"足下思虑周全，佩服。"李白思索片刻，无奈道，"自应天子召入翰林，便有不少官员刁难李某。以前只想大丈夫应立不世之功，却未料廊庙之上，步履维艰。幸有邢卿帮衬，实在感激不尽。"

听见"邢卿"，裴羲岚耳朵竖起来。果然是邢少师。邢逸疏道："李供奉得圣人宠信，又心直口快，自然会招惹妒能害贤之人。以后说话也谨慎一些，以免墙有耳，伏寇在侧；树有眼，悬贼在上。"

李白无意识抬头看了一眼，刚好与裴羲岚来了个对望。裴羲岚惊得舌挢不下，李白更为夸张，扔酒盏而大叫一声，指向裴羲岚，吓得她抱着树枝瑟瑟发抖，形成了魔幻的姿态。三人面面相觑良久，她乖乖沿原路从树上爬下来，做错事的孩子般下拜道："邢少师、李供奉万福。"

"免礼。"邢逸疏静静审视她少顷，"你为何在此偷听？"

"闲的喽。"

李白道："先前我都没机会问裴幕僚，你年纪轻轻便当了陈公的幕僚，真是本事。可读过兵书？"

"经史子集，治国长策，只略知皮毛；品竹调丝，吟风弄月，倒是样样精通。如此，幕府足矣。"

邢逸疏道："伶牙俐齿。"

此时，皇家的船队临近岸边，李白见状，向邢逸疏拱手道："陛下回来了，先走一步。"

邢逸疏正准备跟过去，裴羲岚伸出胳膊，拦住他的去路："邢少师慢走。我有一故事，或许和邢少师有关，邢少师可有兴趣？”

邢逸疏转过头来，冠缨顺着他脸颊在下巴下系了结，勾勒出清瘦的脸部轮廓，却配了不屑一顾的笑意。她一脸志在必得：“十年前，我在洛阳绘桃林仙人图一张，而后一模一样的桃花仙人便出现了。那仙人长眉入鬓，脸若桃花，岩岩乎如孤松独立，濯濯乎如春月轻柳，轩轩乎如朝霞高举，飘飘乎如遗世独立。如今的邢少师，仿佛便是那活灵活现的桃花仙。不知神如桃仙的太子少师邢郎君，可是当年的桃仙本人？”

邢逸疏良久不言，裴曦岚正感到有那么一丁点儿捉急，他叹了一口气：“这世上怎会有这样死缠烂打之人。裴曦岚，你是属王八的吗？”

裴曦岚嘿嘿一笑：“不怕贼偷，就怕贼惦记着。”

“凡夫俗女，果真愚昧！”

这声音虽然浑厚有力，却不是邢逸疏发出的。裴曦岚呆了一下，心神未定地往四下看。还没找到源头，那声音又继续道：“一直桃仙桃仙地叫，听上去就像个散仙，真是不识抬举！你可知你在和谁说话？”

邢逸疏道：“河泰，不必多言。”

裴曦岚找到了说话的“人”，竟是他们旁边的石狮。她弯下腰看着它：“这，这石狮竟会说话？”

“放肆！吾乃雨神河泰，不过暂化身为石。”

“曲江池真是人间圣地，连石像都有仙寄住。”裴曦岚很错愕，看看一脸平静的邢逸疏，“那河泰大仙，请你告诉我，邢少师若不是桃花大仙，那是什么仙？”

这大概便是瞧见狗嘴拼命吐象牙的滋味。石狮哭笑不得道：“什么桃花大仙，邢少师真身是朱雀天太微垣的太微仙尊！连你们成了仙的黄帝轩辕氏见了他，都要恭恭敬敬的，你这态度真是……”

“竟是仙尊。”裴羲岚喜出望外地看着邢逸疏，却难免回想到了多年前的梦。

邢逸疏连正眼也没给她一个，便转过身，绰绰有裕道：“多言无用，她听不懂。”

石狮道：“你可知仙尊是何等尊贵？”

裴羲岚双目炯炯有神：“就是比桃大仙还尊贵的大神仙。”

“……”

裴羲岚自个儿笑了半天，对他们拱手作了个揖：“羲岚才疏学浅，让二位见笑了。见过太微仙尊、雨神郎君。”

河泰对这尊称很满意，石头鼻孔里哼了一声：“算你识相。”

裴羲岚道：“多年未见，太微仙尊果然还是才气英迈，精采秀发。仙气笼罩长安，令我大唐蓬荜生辉。只是仙尊突降烟火凡间，可否告知是为何事？”

邢逸疏道：“与你表姐有关。”

“玉环姐姐？”裴羲岚惊讶道。

这时，一个女子的声音响起：“小娘子，小娘子？”

裴羲岚尚未来得及躲藏，阿妮蛮已从树枝后面冒出一颗脑袋。胡人的眼睛原本深邃，这双眼睛配上大唐侍婢的双环垂髻，可谓别有一番味道。就在她四处张望时，河泰恍惚道：“这……”很快想起自己的身份，不敢僭言。阿妮蛮朝他们走来，身着黛色高腰裙、粗布短襦上装，身材高挑，肌若冰雪，袅然如并蒂芙蓉，人还没到裴羲岚面前，石狮嘴里的石珠便掉在了地上。

“小娘子，你跑得可真快，没想到会躲在这里……咦，这位不是……”阿妮蛮目光转向邢逸疏，脸却红了一下。

“这位是太微……”故意说到此处，看见邢逸疏面露讶异之色，裴羲岚差点笑出声来，又一本正经道，“这位是太子少师邢逸疏，你可是见过他的，还不快道声万福。”

阿妮蛮不知太子少师是多大的官，却听过邢逸疏的名字。她规规矩矩地行大礼，再乖乖站回裴羲岚身边，有些腼腆地垂着头。之后，裴羲岚和邢逸疏又客套了几句，便与他一同去见圣人。

杨玉环听闻岚儿来了，立刻把她召到兴庆宫。沉香亭中，李隆基朗声念完李白的两首《清平调》，叫好数次：“玉环，有你在，连飞燕也只能靠新妆争艳。”杨玉环无动于衷，只把嫩白荔枝吃得津津有味。李隆基把自己的那份荔枝也递到她面前，温言道，“喜欢便多吃一些。”

杨玉环毫不客气，开始吃他的荔枝。这一幕多少人看在眼里，记在心里，也令裴羲岚感到奇怪，因为她知道，玉环姐姐一向待人温文有礼，怎会对天子反倒怠慢起来？是了，陛下破坏了她的婚姻，她感到不悦也是情理之中。一边这么想着，却发现李隆基看向自己的方向：“裴羲岚，我听郭子仪说，你有事要告诉朕？”

顺着人群，裴羲岚偷瞄一眼郭子仪，清了清喉咙，故意压低声音道：“羲岚与郭长史虽有高山流水之情，却无红豆相思之意，望陛下……”

“朕允了。”李隆基未感半分意外。

如此干脆利落，反倒令裴羲岚、郭子仪二人略显震惊。李隆基端起酒盏小酌一口，对邢逸疏意味深长道：“不辞负重涉远，不避经险履危啊。”

裴羲岚道：“等等，陛下，羲岚不明白您的意思……”

“你不明白朕的意思不要紧，朕明白你的意思便足够。别说你，朕的好几个公主都对邢少师有意。所以，能否争取，要看你自己的本事。朕，绝不仗势欺人。”李隆基呵呵笑着，对邢逸疏的方向拍了拍大腿，“郎才女姿，一双两好。邢少师怎么看？”

最近圣人真是有些奇怪，大概是自己陷入情网，便总是喜欢把人凑作对。见邢逸疏一脸蒙状，裴羲岚站起来使劲儿摆手："陛，陛下，羲岚与邢少师只是道义之交！"

李隆基道："怎么，难道朕还猜错了？你一个女儿家，还是要向你玉环姐学习。朕若当真猜错你的心意，那你还是嫁给郭子仪吧。"

裴羲岚正发难，一个宦者小跑而来："陛下，平卢兵马使安禄山献上了高昌乐人、龟兹舞女，现在园中等候。"他五十来岁，眼睛细长，面白肌瘦，手持拂尘，头戴漆纱笼冠，绛色一身利落，蹀躞带是阗玉的。正是最得圣宠的公公高力士。

李隆基道："安卿颇有意思，不仅朝中人缘颇好，每次都会给朕带来惊喜，朕倒要看看他这回准备了什么名堂。"

他率一行人往园中走去，果然看见成群的乐人和舞女。天子就座后，高公公下了指令，乐人开始拨弄弹布尔，演奏西域之乐，五个舞女均头戴白羽，身着裙靴，旋转起舞，频送秋波。随着节奏越来越快，舞女旋转的速度也越来越快，轻纱翩翩，斗艳争妍，随行卿士都暗暗叫好。跳到一半，李林甫看了一眼杨玉环，低声道："听闻太真道长也是爱舞之人，何不上前为陛下献舞一曲？"

杨玉环没回答，李隆基已道："玉环，你若不想跳，大可不理这狗奴。"

李林甫赔着一脸谄媚的笑，偷偷溜下台阶去了。杨玉环非但未感害怕，还大方去了舞女群中。领舞的龟兹女子发卷、眼绿，凹凸有致；玉环黑发若水，飘然如云。两人并排起舞，绘出一幅浓淡分明的画卷。乐曲时如黄云蔽日，时如繁花照眼，杨玉环的长袖被风鼓起，似薄雾穿云，尽态极妍。她投入已极，却不看李隆基一眼。直到数曲终了，众人被她的舞姿拜服，才缓缓走回他身边。

李隆基高兴极了，亲自为杨玉环递上酒杯："云想衣裳花想容，春风拂槛露华浓……李供奉，这《清平调》朕很是喜欢，快为朕的玉环再撰一首乐词。”

李白喝了不少酒，神志不清，只含糊说了几句话，便继续为自己斟酒。高力士吓得魂飞魄散，夹着拂尘，端着笔墨，跑到李白身边，想要唤醒他。李白身子一歪，倒在身后的浮雕龙纹供灯石柱上，一只脚抬起来，“砰”的一声，搭在桌上：“高公公，脱了这靴，便再赏你一首。”

高力士脸色大变，回头看了一眼李隆基。李隆基又看看杨玉环，呵斥道：“你给他脱了便是！”

高力士迫不得已，只得伸出鸡爪子般的手指，拎住李白的靴头，硬邦邦地把它拽下来。李白雍容而坐，傲睨自若，一边伸出另一只脚，一边挥笔在纸上写下：

名花倾国两相欢，常得君王带天看。
解释春风无限恨，沉香亭北倚阑干。

裴羲岚和李白只有一座之遥，看见他即兴写的草书，大感不妙，连忙站起来道：“这样好的一首诗，不配上画，实在有些可惜。陛下，羲岚斗胆请命，为李供奉的诗配上几朵花。”

李隆基摆摆手，示意她自便。她接过毛笔，挡在高力士面前，在那幅画上寥寥几笔，勾出一朵怒放的牡丹花，又快速在那诗上点了六笔。成画之后，高力士把画卷端回李隆基面前，李隆基念道：“名花倾国两相欢，常得君王带笑看。解释春风无限恨，沉香亭北倚阑干。好诗，好诗，这画也是锦上添花。玉环，你可喜欢？”

杨玉环道：“诗还行，可我更喜欢我妹妹的画。”

“那是自然，裴羲岚这丫头，素来心灵手巧。”

李白听完诗，没有方才那么烂醉了，只是惭愧地对裴羲岚道：“多谢小娘子相救，若非小娘子冰雪聪明，李白这颗脑袋怕也保不住了。”

“客气，客气，诗仙肆意张扬，英风豪气，难免不拘小节。”

二人你来我往聊了起来。李白谈及自己曾仗剑去国，辞亲远游，其实希望同孟夫子一般，红颜弃轩冕，白首卧松云。然心念国事，总想济苍生、安社稷，入宫之后，心中又有诸多难言之苦。其实这事很好理解，主要是李刚和李白虽然都姓李，却没能生在同一时代，形成父子关系。裴羲岚万分懂他，称女无美恶，入宫见妒；士无贤不肖，入朝见嫉，令他颇感安慰。随后他们又聊起孟浩然的诗作，总有讲不完的话题。李白对裴羲岚特别看好，说她是达心言略之人。被声闻邻国的老爹偶像这样赞扬，裴羲岚有些不好意思，别过头笑了笑。但这一扭头，正碰巧对上郭子仪快速撤离的目光。她并没在意，和李白接着聊天。晚些时候，杨玉环不胜酒力醉倒了，被李隆基扶了回去。可怜羲岚，和表姐还没说到几句话，便和文武大臣们一起离开沉香亭。

翌日裴羲岚无事，裴夫人却抛下她去宣阳坊采购了，也不让她去西市寄附铺淘书，她百无聊赖地在家待到午后。阿妮蛮见她有些小情绪，低声道：“小娘子看上去有心事，可是因为郭长史？”

“这和他有什么关系。”

“昨天在沉香亭，小娘子与李供奉不是聊了很多吗，郭长史的眼睛可一直没离开过你们。”

“他是恨不得把我看得肠穿肚烂吧。”

“嘻嘻，若是郭长史喜欢小娘子，小娘子可会考虑与他成亲？”

“瞎何言哉，瞎何言哉。”

此时，阍者通报说有客来访，年纪约莫二十岁。阿妮蛮激动道：“难不成真是郭长史？我去帮你看看。”她跑出去，又飞奔回来道。“哇！你，你猜外面是什么人？”你我相称，显然受惊不浅。

裴羲岚跟她出去，只见前院花瓣纷飞，邢逸疏正提着袍子，踏上阶梯。听见她的脚步声，他略微抬头："裴幕僚。"两人对望了一瞬，对彼此作了长揖。

裴羲岚把他带往正堂："父母都不在，请先进来等候。寒舍鄙陋，还望邢少师见谅。"

"无妨，比我家阁房大。"无视了她抽搐的嘴角，邢逸疏继续道，"我是来找你的。"

"原来如此，请坐。"裴羲岚指了指香炉旁的榻，倚着凭几跪坐下来。

邢逸疏也坐了下来，却没有碰面前的凭几，而是在她面前正襟危坐。裴羲岚儿时学过礼仪，但如此坐姿，也只有父亲接见官员时才会看见。她正犹豫是否要把手从凭几上挪开，却见他端过婢女递来的杯子，埋头饮茶。他拨弄茶盖，微微垂下睫毛，眼睛几乎闭上，每个细微的动作都翩然有礼。旁边的婢女一直盯着他看，离开时都有些依依不舍。

邢逸疏道："还记得当年那支笔么？"

"当然记得。"

"那支笔曾经属于仙界的祠凤祖师。祠凤祖师养过一只神鸟，与凤凰相似，非梧桐不栖，非竹实不食，非醴泉不饮。后来这神鸟化身为仙，却注定天煞孤星，不可与心爱之人结成连理，否则会引发天灾，因此，祠凤祖师为他取名为孤鸾真君。孤鸾真君无法忍受寂寞，下凡为人，但其根本无法更改。一旦他娶了心爱的女人，他的意志将被摧毁，人生将发生巨变。他若转世为庶人，充其量夭折，但若投生至帝王家，则将国破家亡，苍生涂炭。"

"所以，他此生投生在了帝王家？"

"是。"

"那可是……缙绅之士，或贵戚之卿？"

邢逸疏默然摇头。裴羲岚道："难道是皇子？"

见邢逸疏还是摇头，裴羲岚想了很久，脸色突变："莫非是，是……"

"是当朝天子李隆基。"

裴羲岚身体一僵，差点把凭几压断，她战悸道："怎么可能？如此一来，我表姐她，岂不是……"

"他们可拨雨撩云，可有露水姻缘，但不可成亲。一旦他娶了杨玉环，大唐的太平日子便到底了。"

"那这，这该如何是好？"

"我只能尽力改变局势。"

"局势可以被改变吗？"裴羲岚露出孩子般的期待眼神。

"酒极则乱，乐极则悲。万事亦不可极，极之而衰。正是如此，才会有改姓易代，东海扬尘。"

这番话说得也忒含糊，她想了半天，觉得自己被耍了："你想说，你也不知道吧。"

"现在情况确实不太妙，因为这事魔界知道了。"

"这与魔界又有什么关系？"

"大明宫的位置正对紫微星，是六界中最大的仙魔通道之一，魔界一直野心勃勃，想要占领大明宫，从而攻打仙界。"

裴羲岚恍然大悟地点点头。她对天文略有研究，知道紫微星是众仙云集之处，盘踞北天中央，因此又名北极星。古人通过《周易》推算出紫微星的位置，称之为帝王星。隋帝将太极宫建立在长安正北方，便是为了与天对应。直到高宗与武后迁都大明宫前，太极宫一直都是大唐的皇宫。把这些与神仙界、魔界联系在一起，还是觉得不可思议。思索了片刻，裴羲岚忽然道："那追杀并波悉林之时，我所遇到的那些妖魔鬼怪……"

"那里是魔族打开的异界通道，以便妖魔鬼怪在六界穿行，你不慎闯入了而已。"

"那你还记得吗，正月十五夜晚，我曾在酒肆亭台的池水中看见一些幻影，那是……"

"那是魔界。"

"什么？魔族真的出现在了长安？"

"不会，魔族暂时无法入侵。因为最后一次神魔族在九州交战后，天地六界险些崩毁，所幸女娲补天拯救了苍生。那一战神界获胜，逼魔界签下了战败文书，承诺以后魔族永不在人界发动战争。所以，魔族暂时只能通过镜面窥伺人界，想方设法令人间自乱，那水池便是他们的镜子。"

裴羲岚打了个冷战，背上鸡皮疙瘩都会蚂蚁上树了："对了，魔尊叫什么名字？"

"紫修。"

裴羲岚想起了行军回长安路上关于仙界的梦，梦里她也与叫子箫的仙人聊起过魔尊，魔尊名字似乎就是紫修。她把梦境的事告诉了逸疏，却隐瞒了梦中自己与他的关系。逸疏道："竟有这种梦。"

"那仙界真有子箫这个人吗？"

"有，他曾是朱雀天轩辕座的守戍笔吏，现已不在仙界。你在神魔通道遇到的那个带头红衣骷髅便是他。"

"什么，那骷髅分明是个鬼！"

"对，他爱上了不该爱的女子，被打入了十八层地狱，才变成了现在这般模样。"

现实与那个梦境再一次对上了。裴羲岚努力回想不甚清晰的记忆，缓缓道："那女子可是魔族？是个诛仙狂魔？"

邢逸疏怔了怔，道："关于仙界的事，我不便透露过多。你且说说你玉环姐的事吧。"

"好呀，但你还是别打她的主意了，她是不会喜欢你的。她跟我说过，不喜欢太好看的男人。"

"……"

二人你一句我一句，很快聊到了落日熔金之时。窗外传来击钲声，三百声后，就要闭市。只要武侯们一出来溜达，客人可就回不了家了。邢逸疏有所察觉，起身准备辞去。裴羲岚也跟着起来，打算送他到门口。但两人一走出正堂，就与裴侨卿撞了个正着。三个人你来我往地递了几个眼色，邢逸疏先行对裴侨卿作揖道："裴公。"

"这不是邢少师吗？幸会，幸会。"裴侨卿喜洋洋地对邢逸疏回礼，逮着弯腰的机会，对裴羲岚丢了个眼刀。

裴羲岚展颜一笑："耶耶，女儿和邢少师虽是初识，但二人弹冠谊重，腹心相照，已决定要拜把子了。"此话刚出，她又收了邢逸疏一个眼刀。

裴侨卿道："原来邢卿是来探望吾儿，愚亦想与足下聊聊，请进请进。"

裴羲岚道："他马上就要回去。"

裴侨卿惊讶道："这么快就要回去？可否留下用膳？"

让他留下用膳，岂不是等同于留他在坊内过夜？不过裴羲岚不担心父亲热情过度，因为她知道邢逸疏有些挑剔，断然不会住在只有他家阁室大的地方……

邢逸疏道："好。"

裴羲岚目瞪口呆地看着他们进去，重新坐回之前的位置。裴侨卿令奴仆们为邢逸疏准备了三勒浆、乳酪和长生粥，与邢逸疏相聊甚欢。不多时，裴夫人也回来了，看见邢逸疏的背影便愣了一下，待他转过来，她更是紧抓住裴羲岚的手，把她拖到墙角，掏出一个新发钗插在她头上，又在她双颊、嘴上涂了一些东西，套上桃花色的新衣，把她推了出去。裴羲岚焦虑道："娘在我脸上涂了什么东西，好不舒服。"

“放心，是胡气的东西。”裴夫人边走边小声道，“女儿啊，最近你从哪里招惹来这么多郎君，这是一个比一个俊啊。”

“这郎君是当朝太子少师，叫邢逸疏。”

裴夫人呆了一下，平静道：“哦，那和你没什么关系了。”上前和邢逸疏打过招呼、行了礼，便去了厨房。

从母亲为裴羲岚打扮后，邢逸疏一直盯着她的脸看，很是吃惊的模样。直到她走到他面前，他忍不住笑了出来。裴羲岚不明所以，跑到铜镜前看了看，默默地闭上眼睛。娘最爱的番茄打烂白面饼儿，确实胡气。

裴羲岚去后院洗去脸上的脂粉，再回到客厅，正巧父亲不在。虚空半轮明月曲如眉，未有团圞意。月色描纱绣帘，邢逸疏正靠在窗边翻看书页。红窗青镜，子规啼春，轻帘时起时落，他的侧脸似由光影绘出。裴羲岚心不在焉地望着他，想这人真是好生奇怪，明明穿着华贵朝服，但还是有不属凡尘的调调，这说明羽客下凡是与常人不同。邢逸疏并未抬头，轻轻一笑：“我好看么。”

裴羲岚心跳加快了不少，却厚着脸皮笑道：“翩若惊鸿，婉若游龙，荣曜秋菊，华茂春松……余情悦其淑美兮，心振荡而不怡[1]。”毫不意外地被对方横了一眼。正好裴侨卿回来，命人提着两个大酒坛子，对邢逸疏道：“魏时军中禁酒，醉客婉称清酒为圣人，浊酒为贤人。愚圣贤皆有，只看少师相中哪个。”

邢逸疏望向裴羲岚：“裴小娘子身为军中幕僚，不知饮酒如何？”

裴羲岚扭捏道：“适才耶耶已说，魏时军中禁酒。”

邢逸疏笑了笑：“可惜如今是李氏的天下。如何，可赏脸与逸疏小酌一杯？”

---

[1] “翩若惊鸿，婉若游龙……心振荡而不怡。”摘自曹植著《洛神赋》。

裴侨卿挽了挽袖子，大笑道："小女酒量甚浅，一角都喝不了，还望邢少师包涵。"

一盏茶工夫过去，邢逸疏和裴羲岚依然在共饮，裴侨卿盘腿坐在一边，抱着酒坛子，把坛子敲得当当响："与本公共饮，尔等鼠辈，惊弓鸟焉，如若闻风，定当丧胆！"

邢逸疏饮了一口酒，话本说到一半，也被他再次打断："想我裴侨卿一身是胆，龙骧虎视，拔地倚天，有千里之英武，万里之雄威。不喝则已，一喝惊人！"

裴羲岚尴尬地笑了笑，命奴仆搀他回房。然后，房里只剩下她与邢逸疏，气氛更有些别扭。邢逸疏朝窗外望了一会儿，笑道："裴幕僚，我看外面夜色颇好，可否领我到院中赏月片刻？"

还真看不出来，邢逸疏是个颇有雅兴的人。裴羲岚带他来到院中小桥上。这时玉绳星随着北斗低转，疏星渡河汉，落了满院雪白。他仰头往天上看了看，月光亦落在他的眼中，不明所以，看着有几分忧伤。裴羲岚道："可是想天上那个家了？"

"想起以前自己不懂欣赏花月春风，只知操心仙界事务，因而错过了许多美景，一时感到有些遗憾。"

"那我还真没看错人，我也觉得邢少师是以大业为重之人。"

"那裴幕僚呢？"

"哈，我喜欢香枕斜倚，夜剪灯花，随分尊前醉；酒阑团茶，梦嗅瑞脑，闲摘青梅枝。听杜宇唱唱小曲儿，嗅梅香吟吟闲诗，早睡早起，做个人生真好梦。"

"别的我理解了，我也没看错人。只是，早睡早起何解？"

"早睡早起乃养生之道。都是祖母教我的，她说这样对身体好。"

"你祖母多大年纪了？"

"八十二岁。"

“而你才二八年华，便有了八二年华的生活习性么。”

“这回你不说我十岁了？”裴曦岚笑了起来，“把我说老也不能减少我们的年龄差，我们可不是一个岁数的人。”

“是，我们年轻人都是很喜欢晚睡的。”

裴曦岚朝他规规矩矩地鞠了个躬：“太微仙尊的厚颜无耻，曦岚也是望尘莫及啊。”

邢逸疏笑了起来，又仰头看向了夜空。两人沉默了一会儿，都并未觉得不适，反倒是觉得碧华极美，不忍出声破坏了氛围。直到隔壁院侧传来两个人的声音：

“啊，郎君，当心隔墙有耳。”

“那又有何妨，我今日便是要让全天下的人都知道，此处有一帘夜月幽梦，有十里春风柔情，有我萧娘的冰肌玉骨，盈盈笑语。”

“啊，郎君，莫要亲这里……”

“那又有何妨，平时你总在深闺中，我连见你一面都难。今夜闻娘子暗香，便似牛郎织女般难熬……”

裴曦岚和邢逸疏都呆住了。裴曦岚在长安打头一次晚睡，居然就撞见这种事，真不知道是撞鬼了还是被鬼撞了。她本想发点声音盖住尴尬的对话，却被自己的口水呛得咳嗽起来。正巧她看见父亲醉醺醺晃入客厅的影子，赶紧道：“咳，咳咳，耶耶又出来了，我们还是赶紧……”她颤抖着手指，指了指客厅的方向。

邢逸疏把冷若冰霜的目光投向别处，睫毛跟蝴蝶翅膀似的颤抖：“啊，好。”

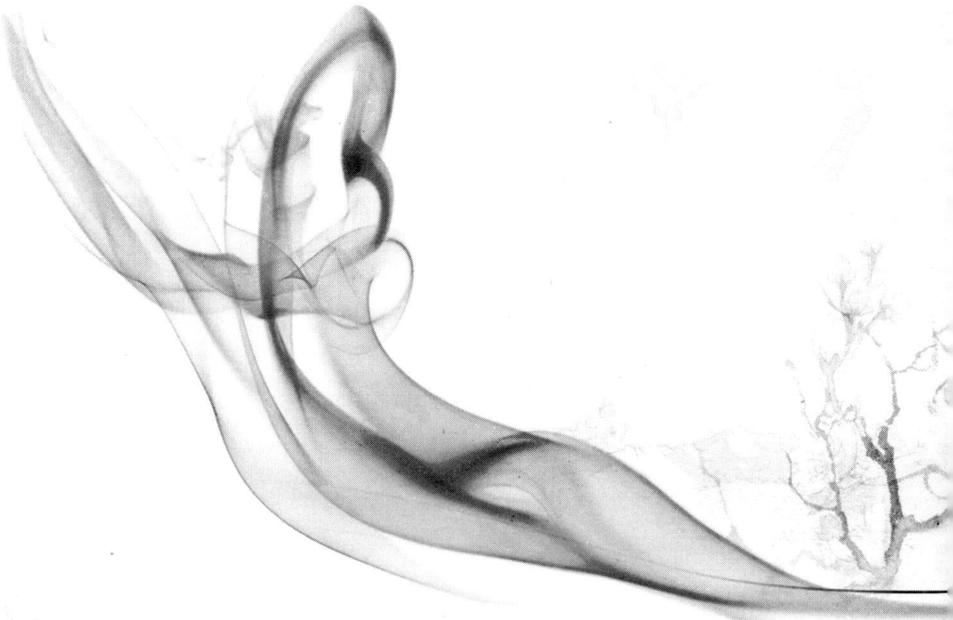

第六幅画 五侯烛

裴侨卿醉得快，醒得也快，又起来与邢逸疏共饮，聊到曙色入雕窗，灭了九微火。

卯时裴羲岚醒来，一个打挺儿起身，骑着骏马去国子监上课。路上太学生们增多，还混了来自天竺、东瀛、波斯、高丽等国家的异国留学生。国子监的孩子都有名校生的自豪感，每次路过集贤门前摆置的孔老夫子像，他们会一一跳起来，轮流摸一下它早被摩挲得发亮的大腿。裴羲岚素来觉得这种行为很猥琐，但这一日她心中有三月桃花开，走路轻快，也跟着跳起来猥了一下琐。

进入太学，裴羲岚被满堂贼溜溜的目光刺退出学堂，以为自己走错门了。她扶着墙，探入半张脸，往里面瞅了瞅，发现他们还在看自己，又发现角落里被一群少年推来推去的郭子仪，还有送过她桑葚但此刻一脸生无可恋的公子，瞬间领悟发生了什么。果然，里面传来“郭子仪你未婚妻在门外呀”“几时下通书给你萧娘啦”“洞房洞房啦”这类起哄声，她狠捶了一下脑门儿，长吐一口气，跨槛入学堂。刚一进去，她就看见一个小胖子一脚踩在凭几上，用惊人的肺活量乱编裴侨卿挚爱的诗：“妾发初覆额，折花门前剧！郎骑竹马来，绕床弄青梅！同居长干里，两小无嫌猜！十四为君妇，羞颜未尝开！低头向暗壁，千唤不一回！十五始展眉，愿同尘与灰！常存抱柱信，岂料同学知！洞房是今日，相待更何时！”

小胖子拎着幞头的一脚，把它在空中甩着转圈。听见哄堂的“哟哟哟”，再看看郭子仪撑着额头看书，一个姑娘贴心地替他把放倒的卷帙正过来……裴羲岚觉得，头有点痛。

她坐下来，想和郭子仪交换眼色，共图对策，但对方不给她任何信号，只是聚精会神地任人宰割。在一片“洞房”声中，小胖子把幞头转得更猛了，不想幞头质量不怎么太好，碰巧司业进来之时，软脚断开，幞头飞出去，砸在司业的脑袋上。闹剧终结在国子助教对小胖子的鞭打中。

第一堂课结束后，同学们又开始耍郭子仪。因为大家都知道跟裴羲岚对着干的下场，暂时还没有人敢去惹她。郑蕙用羊脂玉狮形镇纸压住书，慢悠悠走到裴羲岚身边：“裴羲岚，你就打算这样婚了？这当真是你想要的？”

裴羲岚摸着下巴望向窗外道：“我心似丝网，中有千千结，结太多数不过来，还不如数数这窗外桃杏，更有万种风情。”

郑蕙气不打一处来：“你这丫头，文采好了不起？除了油嘴滑舌也干不了什么事，你就躲吧，躲得过初一躲不过十五！”

一男孩子听到她们的对话，好奇道：“郑蕙，你是不是羡慕人家裴羲岚呀？”

郑蕙睁大杏眼，指着自己的鼻子：“我羡慕她？我才不会随随便便嫁了好吧。”她说话声音不太小，刚好全堂学生都听到。起哄的学生都看向郭子仪。郭子仪看了看裴羲岚，不言不语地把目光投回书中，不知道在想些什么。察觉到四下骤然安静，郑蕙清了清嗓子，硬邦邦道，“哦，对不住啊裴羲岚，我不是说你随便嫁了。”

这话不说还好，一说更窘迫了。众人静静地呼吸着流转在室内的尴尬空气。裴羲岚没事人一样转过头来：“我觉得郭子仪挺好，稳练，又有少年豪气，一表人才，史上的经世之才都是他这类的。你很有可能真是在嫉妒我，只是你没发觉。”

郭子仪飞速抬头看向裴羲岚，眼中出现了惊喜之色。短暂沉寂后，整个学堂都被又一波起哄声炸开了锅，郭子仪从耳根到脖子也都红了个透彻。郑蕙那小如雀鸣的“谁嫉妒你啊”被淹没在了沸腾之中。这时，另一个人扯着嗓门喊道：“羲岚，倘若郭子仪这样的你都认为是经世之才，那我也可以！你这样待我不公，我不服气！”

众人转过脑袋去，发话人是桑葚公子。裴羲岚笑道：“我没说你不是经世之才呀。”

桑葚公子一脸委屈道：“那你何故要甚了我！”

裴羲岚尚未说话，郭子仪已起身怒道：“她未许配给我前，你爱怎么求婚便怎么求，没人管得了你，但她现在是我未过门的妻子，敢跟我抢，我跟你没完！”说罢冲过去跟他扭打成一团。

小伙伴儿们惊呆了，围观得很愉快。当新郎、新娘、桑葚公子各方助威呼声喊到最大时，吵嚷声忽然又停了。因为有人大惊失色地指向学堂门前，他们集体往门口看去。

院中有翠幄张天，双燕空啼。枝影横窗来，在邢逸疏身上落下斑斑点点。他没穿官服，但身为权臣就是爽，连日常服都是大团牡丹紫袍，还是绫罗制的。国子监是个拼爹集中营，学生们眼睛都跟针似的尖，认出了这是太子少师，其敬仰之色，与天子见了杨玉环、裴侨卿见了李白没什么区别。裴羲岚也很敬仰他，因为他回家换衣的速度她望尘莫及。郑蕙如见救命稻草，小碎步朝他走过去，刚张口吐出个“邢”字，便见他一双阴阳长眸往室内一扫，对着学堂内道：“裴幕僚可在？”

小伙伴儿们更加沉浸在惊呆中不可自拔，整整齐齐地伸手指向裴羲岚。裴羲岚指了指自己，见他点头，想不出他为何要找自己。

但她知道，一旦她前脚跨出门去，后脚的堂内便会滋生出数十种关于三男一女的爱恨情仇八卦。大义尚且灭亲，何况他还不怎么亲。所以，她必须得说点什么。

“哟，龟爷，何事？”她腿蹬胡床，弯着亮晶晶的眼睛笑道。

小胖子是第一个带头“噗”出来的人。

邢逸疏微微一笑：“裴羲岚你给我出来，即刻。”隔这么远，她仿佛都能看见他藏在冠冕下的青筋凸起。

她乖乖出去了。只有二人相处，她老实了些，低头自下往上望着他：“邢少师有何指教？”

“我与你父亲通宵达旦共饮，早上时间匆忙，便在你家更衣，穿了你父亲给的衣服。你父亲热情得很，亲自去洗衣房翻了半天，大抵本想给我蹀躞带，但他喝醉了。我也有些喝醉了，没看他给的什么，接了便走……”

邢逸疏不是一个啰唆的人，突然变得如此啰唆，势必有玄机。裴羲岚觉得有趣极了，毕竟她平生不解察人善，最爱逢人看尴尬。她眼睛眯成了两弯新月：“呀，羲岚与邢少师好歹一见如故，不必如此生疏，有话直说吧。”

邢逸疏闭上眼，一咬牙，掏出一个物事，展示在裴羲岚面前。看见这个物事，裴羲岚觉得这事没她想的那么有趣。她张了张嘴，又合了嘴，又张了张，还没来得及合上，一张脸已堪羞煞如血山桃。真是滑天下之大稽。他手里拿的，是一条陈妈妈。

“这不是我的。”她脑子一片空白，凭本能如此说道。

“我没说是你的。”

裴羲岚本松了一口气，但仔细一想情况不对。这陈妈妈是绸缎制的，又有刺绣，稍微有点常识的人都知道，如此高级的月布只有女主人和小娘子能用，如果不是她的，那只可能是她娘的……这很可能不会比是她自己的好多少。

接过陈妈妈的月布，她决定保持高贵的沉默，垂下红成番茄的脑袋：“谢谢龟爷。”转身默默走向学堂。

听见这个称呼，邢逸疏气笑了，在她身后缓缓道：“鱼床侵岸水，鸟路入山烟。今年时节不错。裴幕僚何故回头？不必难堪，我知道那不是你的。”

裴羲岚飞速垂目看了一眼陈妈妈的月布，发现锦绣缎子上有山水刺绣，图中有烟雾缭绕。山间烟雾用一个字概括，为“岚”。

呵呵，龟爷这么笨，他不会懂的。

裴羲岚是匹脱缰的小马驹，总是着男装出门。作为裴羲岚的贴身婢女，阿妮蛮的职责便是照顾好自己的主子，很少打量四周。可是，最近她发现长安的石狮变多了。确切地说，只要她和主子在某地方驻留稍久些，再转个身，就会看见个石狮。一如这个下午，裴羲岚与邢少师在西市酒肆二楼会面，她不过倒个茶的工夫，便又在阳台上看见了一个石狮。有时她甚至有错觉，便是转身的瞬间，同一个石狮可以从东边跑到西边。阿妮蛮终于忍不住指向石狮：“这个……一直在此处？”

“那是自然。”裴羲岚瞄了一眼对面的邢逸疏，清了清嗓子，打算自己伸手倒茶。阿妮蛮这才意识到忘了做事，正想过去帮忙，裴羲岚挥挥手，“混账丫头，话可真多。最近真是越来越放肆了，下去给我买点乌梅浆。”

阿妮蛮连连应声，又看了一眼那石狮，悄声下楼。眼见她走远，裴羲岚扭过头去，对石狮叹道：“雨神郎君一直这样下去，阿妮蛮要请大夫很可能不是看眼疾，便是看脑疾了。老实说吧，你跟着我们有何目的？”

河泰坦然自若道：“不是说了吗，上面有指令，让我随时留心太微仙尊的行踪。”

“那是你和邢少师的事，与我又有何干系？”

“谁叫你们要在一起。”

“有时他不在，你也会出现。”

“那是因为我知你总是与仙尊腻作一处，刻意在你身边蹲等。”

“深刻。”裴羲岚端起茶杯浅饮一口，却见邢逸疏一副欲饮又止的模样。她当下便被茶水呛住，咳了几声，“我几时与邢少师腻作一处了？越不过是见面谈论朝堂之事。”

“正是此意，你又在想些什么。”

裴羲岚被堵得哑口无言。好在邢逸疏道：“河泰，你是待在曲江池太久，才变得有些腻歪。若是换作五百年前，别人可是连你影子都找不到。”

“今非昔比啊。谁叫天帝偏袒昭华姬那婆娘，不就偷吃她几颗灵药，便罚我下凡千年。”

“那可是炼了数千年的药，罚得已经很轻了。何况那时六界大旱，若不是胤泽神尊归元沧海，你偷吃那几颗药不晓得能救多少条性命。若换了别人，早被打入地狱服苦役，还轮得到你在这盛世观风赏景？”

“下地狱也比含着珠子看杨柳痛快些。我想我是活不到惩罚结束了。”

裴羲岚耳朵竖了起来：“怎么，邢少师还要回去吗？”

河泰道：“仙尊并非凡人，当然要回天上去。”

邢逸疏放下茶盏，望向楼外的长安城：“从我初次下凡至现在，也有了两千年岁月。想商、周时代，人们还在钟鼎上刻字，而现在……放眼红尘凡世，无尽青史，还当真没哪个朝代能如大唐一般。若改日重归仙界，我必然要在神州多逗留些时日。”

裴羲岚道：“邢少师想去哪里？”

“长安酒虽香，却淡而无味。唯有丹阳，新丰美酒斗十千，咸阳游侠多少年。”

“相逢义气为君饮，系马高楼垂柳边。”

“原来裴幕僚也读王维的诗。”

“难得我与邢少师意趣相投，以后或许可以在丹阳共饮一杯。”

邢逸疏拱手道：“愚知娘子洪饮，还是不以卵击石了。”

“我一番好意，想为邢少师饯行，却遭如此逗乐，呜呼悲哉。”

邢逸疏淡淡笑道：“到那时，娘子若未嫁人，可随我一同云游四海。”

“那希望不会过得太久，守空闺终老，听上去还是有些可怕。”

两人又聊了几句，他便下楼去会见好友。她探出脑袋，看见邢逸疏站在楼下，长袍垂地，姿仪甚美，出神了少顷 。也不知弟兄情义是否一醉便牢不可破，似乎从上一回在家中醉酒后，邢逸疏对她亲近了些许。虽不理解是为何故，她觉得心里有些开心。但一想或许是因为陈妈妈事件对她有所愧疚，她便变得有些不开心。

河泰咂嘴道：“啧啧，面对这么重大的剖白，竟能做到面不改色。何为交淡若水，宠辱不惊，是也。”

裴羲岚疑道：“什么意思？”

“你难道看不出来，他对你有意吗？”

“谁？”

“太微仙尊。”

“对谁有意？”

“你。”

裴羲岚眨了眨眼，忽然大笑起来：“就凭这几句话，他便对我有意了？若论年龄，我够当他的曾曾曾曾曾孙女了吧？”

“若比了解仙尊性情，你认为你会比我了解得更多吗？”

“不会，但这太荒谬了。”

“仙尊不是不能爱人，他只是比一般人要清高些罢了。偷偷告诉你个秘密，以前他有个貌美的妻子，那满腹才华是画出幽香，写为新诗，在仙界名声响破天际，但你懂这些文人，看去风雅得很，实际一肚子坏水。因此，仙尊跟她成亲，是别人眼中的金童玉女天仙配，实际受了很多委屈。后来他下凡娶了另一个宠妾，才总算压了压妻子的锐气。”

裴羲岚陷入了沉思。难道多年前的梦都是真的？不论如何，他在大唐是一身清白的金龟婿。一想到他感情史颇为丰富，她便觉得有沉甸甸的东西砸在内心深处。她道：“太微夫人的名字叫什么？”

“天机不可泄露。我想说的是，你若也对仙尊有意，不妨不要表现得如此机敏。他喜欢柔情似水、贤惠温婉的女子。”

柔情似水、贤惠温婉？哪怕真对他有意，她也没兴趣去嫁一个有妻妾的郎君，更没兴趣把自己变成另一个德行。她摸了摸下巴，认真思索道：“这事我看得与阿妮蛮商量商量。”

“正是，正是。下次可以让她在旁边看着，瞧瞧仙尊是否真的对你有意。”

“不过阿妮蛮只是一个婢女，还是个胡人，这样做，仿佛有失体统。”

“墨子曰：‘天下之百姓，皆上同于天子。’连君臣都如此，主仆胡、汉更应一家，这才是大唐的风度。”

“也是，何况像阿妮蛮这样的年轻娘子，才更能懂得同龄人的心。”

“对。不仅是妙龄女子，还风流潇洒，柳娇花媚。”

“真是说到我心坎儿上去了。哎，提到阿妮蛮的年龄，我就想，也不好耽搁她，不如早点找个大唐的好男儿，把她嫁出去好了。”

河泰差点失声咆哮：“万万不可！她才当你的婢女没多久，你如何便打算把她嫁出去，还是把她多留在你身边几年吧。胡女刚烈，大唐的男子恐怕吃不消……”

“那如果是嫁给你呢，你吃得消么。”

“啊！”河泰大声叫道，“她对我当真有意？！”好在他说话别人都听不见，不然今日酒肆生意可得大好了。

“是否有意，一试便知。你可要我帮你问问？”

“好好好好好……”

河泰乃凶面石狮一头，但光听声音也知他已心花怒放。他笑了好一阵，才留意到裴羲岚一直撑着下巴，面无表情地看着自己。他突然沉声道：“她根本不认识我，你如何帮我试探？”

“说什么仙界派你跟随邢少师，一派胡言。”裴羲岚用手指敲打着桌面，轻笑一声，“你是在跟随阿妮蛮。”

河泰陷入了深深的沉默。裴羲岚站起来，把酒钱丢在桌子上，抖抖袖口，翩翩阔步而去。直到她人出现在楼下，河泰才喊道：“裴羲岚，你居然跟我玩声东击西的把戏！我都说了，黄花大闺女不要太与人针锋相对，否则别说仙尊，就是别的郎君见了你，也得闻风而逃！”

裴羲岚吓了一跳，瞄一眼邢逸疏，见他正与自己颔首道别，似乎并没听见，松了一口气。但是，河泰所说的话，却令她无法从脑中抹去。当夜，阿妮蛮服侍她就寝，她心不在焉地说了一句：“你觉得，邢少师在凡……在长安，可有心仪之人？”

阿妮蛮眨眨眼：“心仪之人？那是什么意思？”

裴羲岚摆手：“无妨，我随口说说的。”

阿妮蛮应了一声，继续整理手中的棉被，笑道：“我知道了，心仪之人是喜欢的人。”

“你如何知道的？”

“因为小娘子的脸红了。”

“瞎何言哉，瞎何言哉，都是灯光衬的。”裴羲岚打了个长长的哈欠，“快快收拾，我乏了。”

长安的春季总是转瞬即逝。夏季的长安住宅外绿树阴浓，水晶帘动，实际整一个烘炉华丽丽的，绿荫是火辣辣的，裴羲岚恨不得一日十二个时辰都吐着舌头趴在床上。若是能再来个鹦鹉杯斟酒解解渴，吃颗蒸哀家梨[1]润润肺，做鬼也无怨。当有老爹在，则变成了躺尸也无缘。这天是国子祭酒的寿辰，裴侨卿要带裴羲岚去拜访他。这天气见校长，用火上浇油、雪上加霜来形容，都显得文字有点肤浅。她本想躺在榻上装睡，但想想以老爹的脾性，他会叫人把榻抬出去。这样不仅不太美观，还极有可能被误以为裴家在搞入殓仪式。她还是决定直立行走出家门。

祭酒府中，宾从杂遝，热闹如市，一群叔叔带着自家小孩花式对刘祭酒拍马溜须塞异宝：

“刘祭酒[2]过寿辰也不告知一声，不请我来，那我只好自己来啦。”

“刘祭酒，犬子愚笨，得托您平时多指点指点……畜生，快来给刘祭酒稽首大拜！”

“刘祭酒，这是太子殿下赏赐的冰块，我想着您寿辰得饮酒助兴，赶紧趁凉着便给您送来。您瞅瞅，可化了否……”

听到“冰”和“酒”二字，裴羲岚的耳朵竖了起来。夏天的冰块是奢侈品，高帝子孙赏赐的冰块，更是冰块中的战斗冰块，个头大，保存得好，形状跟精工切割似的。看看那大臣送来的冰，都是用钿合锦箱装的，壕气冲天，令人佩服。刘祭酒面无表情，一副你欠我银子的模样，也没动摇大臣脸上如花笑靥半分。世道如此，不管是王侯将相，还是平民布衣，只要遇到了孩子的事，都得把龟孙

[1] 唐朝人吃梨喜欢蒸熟或烧熟后吃，有解酒功效。“哀家梨”是长安地区最出名的梨。

[2] 刘瑗，唐开元二十八年任国子监祭酒。

子当好了。

在这一群阿谀奉承的卿士里，若有谁一脸正气，还是有些打眼的。这样一脸正气的人若是一家三口，更是星斗璀璨。这三颗星斗是郭敬之夫妇和他们的儿子。亲家相见，分外脸红。裴、郭两家嘘寒问暖半晌，硬不提结亲之事，却都比两个孩子生了娃还亲。裴羲岚只觉得头皮都麻了，眼神不知往哪里搁。当郭敬之夫妇用看女儿的眼神望着自己，她的鸡皮疙瘩都快掉了满地。郭子仪看上去坦坦荡荡，对裴侨卿百般敬爱，一提到她的话题，也跟她一样眼神不知往哪里搁。好在这日的主角是刘祭酒，他们聊了聊便进了屋。

这天来送冰的父亲叔舅可真不少，祭酒也颇大方，收了冰并未私藏，而是开盒切块，端上蔗浆、五色瓜和江陵乳柑与大家享用。裴羲岚躲在一边，品着加冰的松醪，感动得老泪纵横。人生有酒须当醉啊，还是喝酒好。

不一会儿，装孙子的公子王孙们狗脾气又犯了，围在一起讨论他们的玉勒骢马，金盘脍鲤，不知不觉中，不晓得是谁先带起了话题，他们开始比起了谁家的冰块最多：

“我打记事起，夏日与耶娘在家吃饭，都是用冰块下酒。这冰块我瞅着也很是平凡，不知道你们何故那么大动静。”

“这又如何，我家的冰窖可是跟邢少师家的一般大，我耶耶正考虑着用冰做块升车石[1]，想来比黄金的要舒服些。”

“嘘，哥哥，邢少师方才还在此处，现下想来是去了后院中，你可别放了豆腐里挽米汤的话啊。”

大惊小怪的低呼还未结束，裴羲岚三下五除二吃了两口水果，溜达到后院中。远远传来七弦桐丝竹声，莲风送来香气，竹叶滴水清响。穿过萝径，拨开花枝，画楼倒影落入池塘，邢逸疏正站在一

[1] 古人上马车时用来踩蹬的石头。

架蔷薇旁。看见他身边的石狮，她知道他必定是在密谋除魔大业，她走向邢逸疏，作揖道：“邢少师万福。”

很显然，邢逸疏被打扰了，回了她一个温柔的微笑：“不见裴幕僚，万福自来。”

裴羲岚决定听不懂他的话：“听闻邢少师家中有大冰窖，装满了陛下赏赐的龙冰块，特来道喜。”

“我这便派人带裴幕僚去取。”

“不不，少师府我怎敢乱闯，也忒不守规矩了些。还是待主人亲自邀请，我再登门拜访。”

邢逸疏脸上的笑快绷不住了：“裴幕僚，你的脸皮……罢了罢了，明日一早你带童仆过来，我凝水成冰给你。”

裴羲岚快速眨了眨眼道：“凝水成冰？何以听来如此玄妙。”

“不过是小把戏，仙界极北有个临月之都，名为溯昭，那里的洛水之灵继承了沧瀛神之力，都会这个法术。我曾是沧瀛神的僚属，从他那儿学了些皮毛。”

“沧瀛神又何解？”

“沧海之神，胤泽神尊，他司乾坤之水，五百年前因宇宙大旱而归元海川，他的遗孀便是溯昭王姬，两百多年前也去世了。”

“咦，神也可以有七情六欲的吗？”

“自然可以。”

她悲壮地瞅着他：“邢少师，自古英豪多情痴，此恨无关风月，我心中满是凄凉，只求你圆我一个心愿：可否示范一次那‘凝水成冰’的名堂？”

邢逸疏伸出手掌，把案上杯中酒引出来，拉成一条亮晶晶的水线，向上抬了抬四只手指，那条酒水线在空中凝成了一条冰。他左右摆了摆手，半圆形的冰条又化为水，倒流回杯中。而后，他见她用一双炯炯有神的眼神望着自己，嘴唇微张，就差没流下哈喇子了，好似蜂见蜜，鼠见米，乞丐见了一堆热腾腾的大馒头。邢逸疏道："我只好奇，你这样贪口肥，何故还是这样瘦。"

裴羲岚道："我这是用亲身验证了，大唐女子未必以肥为美，瘦也可以瘦得很美。"

"大唐女子未必以肥为美是真，裴幕僚这话说得却有失条理。毕竟猪以胖为美。"

"猪以胖为美，猴以瘦为美。这么说来，邢少师是美猴王了。"

邢逸疏道："……"

裴羲岚道："……"

一旁的河泰无奈道："我说，你们为何哪次见面都这样跟对方过不去……"

裴羲岚道："看得出来，邢少师就是个生活很无聊的人。"

邢逸疏道："河泰，你可别剥夺我人生中唯一的乐趣。"

河泰道："身为太微仙尊，人生最大的乐趣是欺负一个小姑娘，现在我相信你生活很无趣了。"

邢逸疏知道，既然被裴羲岚缠上，当日可以不必考虑别的事了。他们又聊了一会儿，一同回到会客厅。他与刘祭酒聊天祝寿，裴羲岚坐下来吃吃喝喝。

刚吃完家童分给她的一盘水果，裴羲岚舔了舔唇，还有些意犹未尽，正想喝点儿酒再品味品味人生，却见两根长长的手指将一个小盘子慢慢推入眼帘，里面装满了没有动过的各式水果。顺着碟子往上看，她发现那只手的主人竟是郭子仪。郭子仪这人妙就妙在，人家女孩子都还没来得及脸红，他自己就先替她把这事做了。见他背对自己，从耳根到脖子一片重枣色，她觉得如果自己也跟着羞涩，有点抢他的戏。她决定先把脸红一事缓缓，理性地思考，理性地发问："郭长史何故分我水果？"

"看你吃相贪婪，跟饿了几天肚子似的，本长史赏你的。"

“有理有据，令人信服。”她用筷子叉了盘子里的一块五色瓜。

“都拿走。饿鬼没资格谈尊严。”

她沉默了小半晌，把一整盘全部端走：“深刻。”

她正捧着水果吃得开心，抬眼却看见正与刘祭酒聊天的邢逸疏丢来了冰冷的眼神。裴羲岚呆住了。她若是一把琵琶，浑身的血管都是弦，此时此刻的感觉便是，冰泉冷涩弦凝绝，凝绝不通声渐歇。但邢逸疏连下巴都没转一下，只把目光收了回去，笑容又回到脸上。方才的不悦好像只是一场错觉。

一开始，裴羲岚有些担心自己得罪了邢少师，心里有些堵。乳柑几度卡在喉咙里不上不下，险些把她噎死。但过了一会儿，她宽了心。因为邢逸疏和刘祭酒谈话结束，有许多长龟会的嫁友把他围了起来，个个面如桃李，自带春风。见他与她们有说有笑，那可是杨柳丝丝弄轻柔，只见烟缕无织愁，她长吐一口气，拍了拍被吓得心惊肉跳的胸口。邢逸疏生气这件事真是可怕。更可怕的是，她的心智居然弱到了认为他会生气。他是谁，龟爷。被这么多嫁友喜欢的龟爷，人生快意还来不及，怎会有闲工夫生气。想耶耶一时半会儿也摆平不了官场人事，她又惦记家中的蒸梨，便让家童捎个话给裴侨卿，溜出了祭酒府。

她牵着马儿到了驰道旁，刚想上马，缰绳便被人拽住。她扭过头，见邢逸疏站在一旁，微笑道：“裴幕僚，别来无恙。”话虽简单，眼中明显还流淌着言犹未毕。

这下惨了，难不成他打算跟她爹打小报告，说她偷溜回家了。这事可能会比她爹自己发现还要不好那么一点儿，毕竟告密者是邢逸疏。可他有这么无聊吗，身为权倾五伯的少师，还要去告一个太学生小幕僚的状？还是说，他不想送她冰块，想以此作为要挟……她决绝道：“你别来，我无恙。”

她没意识到，当她有这样乱七八糟的想法时，眼中的感情也开始变幻莫测。这些莫测在邢逸疏眼中，又被解读成了另一层意思。邢逸疏握着缰绳的手收紧了些，面上还是平平静静："你与郭子仪的婚事，我早有耳闻，不必逃跑。"

"嗯？"

"我也不是有意与别的姑娘有说有笑。"

裴羲岚蒙了，望着他，持续质疑自己的智力。

"羲岚，我并不想让你难过。我也知道，你的生活注定与我无关，只是……"他松开缰绳，叹了一口气，"罢了，当我没说过。"

她心怯道："那，那邢少师，确定，不会告诉我耶耶……"

"不会，你走罢。"

邢逸疏是怎么了，虽然没什么表情，但神色低落，看着好生纠结。既然他做出这么大退让与牺牲，她理应表示感谢才是。又想这情况不对，他选择不告状，外加那欲语还休的姿态，有可能是没法将冰块一事说出口，希望她知难而退，不要再勒索冰块。那她还是什么都别说为妙。她悬着一颗心，翻身上马，扬尘而去。

但她想错了。第二天一大早，便有香车宝马列成行，停驻裴府前。少师府的仆从们搬来无数黄花梨木箱，把沉甸甸的冰块送入她家冰窖。而且从这一次起，每隔几日，邢逸疏都会往她家中送上冰块，直至夏季结束。裴羲岚原想，那日他如此纠结，是因为不想送冰块，可冰块他送了，那只有一件事令他纠结，那便是不告状。不告状真的让他如此难过？他看上去仪表堂堂，怎会有如此见不得人的癖好……

面对邢逸疏的冰块，裴侨卿夫妇同样迷茫。询问少师府仆从，他们也只说是履行与裴幕僚的承诺。裴夫人惊诧了数日，才颤颤巍巍地道："难道，邢少师喜欢我们岚儿？这下我们岚儿可胡气了。"

"都说了多少次，你们妇人少听些情情爱爱的曲儿，不要轻易有不切实际的幻想。"裴侨卿横眼看了一眼裴羲岚，仿佛在确认什么，又坚定地摇头道，“邢少师位高权重，人又生得太俊……岚儿这吊儿郎当的德行，有人愿意要她都不错了。既然都已经定了亲，就要守妇道，安分些。”

裴羲岚无奈道：“耶耶，我哪有这么差？我还是有几分姿色的吧？”

“那是当然，你可是我女儿。你也可以去街上随便逮个郎君问，他可愿意娶一个有几分姿色的臭酒鬼。”

“呵呵。我一定是捡来的。”

胡笳这个玩意儿，从前长得可不是现在这个模样。在张骞打通西域之前，它明显要苗条很多，修长很多。随着太平盛世的到来，大唐娘儿们逐渐圆润，诗人口吐珠玑的追捧，令胡笳也变得圆润短小起来。于是，这个胡人乐器改了个不大吉利的名儿“哀笳”，以圆滚滚的外表和声音，征服了大唐子民的心。就像圆滚滚的安禄山，就这样圆滚滚地滚进了李隆基的心。

被天子召见，节度使都会献上隆重的贺礼，以表赤子之心。是日庖人进食，乐师奏曲，安禄山入朝送的贺礼是胡女乐舞和于阗画师绘制的《回纥娘子起舞图》。画上彩蝶零碎，花瓣纷飞，女子一身紫袍，发辫杨柳般翩翩摇摆，脸保留了五分胡女的异域气息，另有五分，是杨玉环之绝色。李隆基看见这幅画，比看见三座金山还要开心，对安禄山道：“安卿可好？”

安禄山整一个胡服版张飞，说起话来自是响亮：“营州年前大丰收，不负臣对陛下一片碧血丹心。”

“营州丰收与否，与你对朕碧血丹心与否，又有何干系？”

“陛下有所不知，前些日子营州害虫横行，每株禾苗上有上百只虫子，臣焦头烂额，想起母亲曾多年不育，向扎荦山祈祷产子，不出数月，便有了臣。此次臣效仿母亲，焚香时对扎荦山说，若臣不忠于圣人，不竭智尽忠，愿虫吃臣心；若臣不负神灵，则愿虫散。陛下可知，臣此话刚出口，天上漆黑一片，一群红头鸟飞到麦田当中，一夜之间把虫吃得干干净净。”

这么一小段话，他说得简练又栩栩如生，听得在场群臣忘了接话，李隆基更是眼也不眨，连酒都忘了喝：“此话当真？”

“若有虚言，愿鸟食臣五脏六腑。”

杨玉环道：“安禄山，你别动不动就让虫啊、鸟啊吃你心肺，听着可真吓人。”

安禄山站起来，恭恭敬敬地鞠了个躬：“是是，道长说得是。臣此次入宫，还专程为道长带了一份礼物，还望道长笑纳。”得到李隆基的许可，他击掌令两名胡人随从端上两盘绛红大荔枝。杨玉环的眼睛明显亮了一下。安禄山道，“此乃涪州新产的新鲜荔枝，快马加鞭，星夜赶到长安，仅耗三日。臣令奴仆摘选鲜红者，从竹林中截取一窍，放荔枝于竹节中，以泥封其隙，可保荔枝滋润。”

李隆基道：“快快拿来。”

随从将荔枝端上去，李隆基立即亲手为杨玉环剥荔枝。杨玉环才吃一口，便大赞美味，说在家乡也不曾吃过这么好的荔枝。李隆基道：“既然你如此喜欢，以后便让安卿负责为你送荔枝。”

安禄山一脸受宠若惊：“臣领命。”

李隆基龙颜大悦：“安卿家人可好？”

“父母九泉之下，若知儿子备受朝恩，尽忠报国，必然安好。”

“竟未娶妻？”

“不曾。”

“我见你胸前一直挂着那玩意儿，还道你在家乡已有妻子，此为定情信物。”

“哦，这是马络头上的皮革，是家父的遗物。突厥族是马上的氏族，生死马随，因此在我们举办葬礼时，会让死人骑在马上，与之一起火化。这个皮革便是取自家父最后的马络头。”

李隆基要来了马络头端详，还拿给杨玉环看了看："这马络头做得甚是精巧，还雕了些跑马图腾。安卿啊，只是这一侧何故少了一个环？"

"回陛下，不慎遗失了。"

裴羲岚身着男装站在杨玉环身前，邢逸疏坐在第一席，两人距离很近。听见他们的对话，裴羲岚略微弯了腰，道："葬礼对突厥青年而言也算是相亲大会，因为他们寻求另一半都是在葬礼上。安禄山参加过葬礼，却还没娶亲，难道是因为脸？"

邢逸疏道："我对此也略感好奇。"

"不是相传你是严君平再世，有未卜先知之神力吗？你快算算看。"

"我现在只有一成仙力，无法看见他的过去。所谓未卜先知，不过是天地间奇闻趣事见多了，看了开头，便能猜出个大概。你若活到我这岁数，也能未卜先知。"

"仙尊贵庚？"

"四千八百一十二岁。"

"厉害，比我所有祖宗年纪加起来还年长。那仙尊快用这四千八百一十二年的智慧卜一卜，这安禄山有没有撒谎。"

言语之间，裴羲岚聊得越来越起劲儿，全未注意身子已经完全倾向邢逸疏。李隆基看见这一幕，清了清喉咙："裴幕僚、邢少师，你们俩在嘀咕什么呢？"

裴羲岚立即站直了身子："在讨论玉环姐姐这荔枝又大又红，是难见的珍品。"

李隆基道："既然是说荔枝，不跟你玉环姐姐讨论，为何要去找邢少师？"

"邢少师见多识广，必然能提出更绝妙的点子，这样玉环姐姐就会开心。她开心了，能把陛下伺候得更开心。"

杨玉环嗔道：“你这丫头！”

李隆基道：“既然如此，朕便饶你殿上私语。可邢少师不能不罚，李供奉，你们看该当如何处置。”

李白道：“不如让邢少师罚酒，再作一首诗。”

李隆基道：“不可。君臣为享，礼不过三爵。安卿意下如何？”

安禄山眼睛一转，指向适才献舞的胡姬：“我们胡人有个规矩，倘若哪个女子看上一个男子，不管这男子娶亲与否，都得亲这女子一下。我见那蓝裙女子一直在看邢少师，必然对邢少师有意，不如邢少师亲她一下，再把她收回家可好？”

第七幅画

凡仙情

邢逸疏面有难色。李白见他如此尴尬，连忙救场："陛下，恕太白直言，胡人可没这规矩。邢卿乃大唐太子少师，如此恐怕有失体统……"

李隆基蹙眉道："亲个舞姬对他有何损失？还得一家婢。邢少师，你说呢？"

邢逸疏依旧坐在原处没动，只是瞥了一眼裴羲岚。李隆基似乎更加不悦，想再度催促，安禄山那双惯窥世故的眼一瞅，便发现其中微妙，忙道："不然，按我们第二个规矩行事，邢少师可在这群胡姬里挑一个亲一下，以表你对蓝裙娘子无意。若这些胡姬你都不喜欢，殿内其他人也可以——当然，太真道长除外。"

李隆基道："这主意也不错。邢少师，选一个吧。"

裴羲岚小声嘀咕道："那蓝裙姑娘是最漂亮的一个，还不如就选她呢。"

邢逸疏站起来，也轻声道："既然是蓝裙姑娘，其他岚也可以罢。"

"只她一个是蓝色的……"

话说到一半，裴羲岚愣了一下，转头看向邢逸疏。只见他已低下头来。因为她转头太快，他也没来得及后退，他的双唇不偏不倚落在她的额头，袖口的布料碰到她的手背。一切恰似清明雨，桃花水，转瞬即逝。若不是额头与背脊略微酥麻，她会以为这不过是一场黄粱梦。

“愚有所冲撞，还望裴幕僚莫要见责。”他坦坦荡荡地赔礼，向李隆基下拜，“陛下此番可满意了否？”

这下不光是旁人，连李隆基都呆住了。裴羲岚因常年身着男装，性情狡黠，她与郭子仪也像编排军队正副帅一样被送作一堆，很少有人会把她当寻常女子看待。但此刻她眉如两弯新月，腰如依依杨柳，脸上两抹红云，有说不出的玲珑俏丽。邢少师真不负大唐“第一金龟婿”的美名。李隆基徐徐捋着胡须，思量着要说些什么，又见裴羲岚一脸凝重道：“哎呀，我肚子疼！”

李隆基蒙了：“怎么？”

裴羲岚脸色苍白地指着杨玉环：“似，似乎昨天偷偷吃光玉环姐姐的荔枝后，小腹一直疼痛难当……”

李隆基惊道：“什么，你把荔枝全吃光了？”

“妹妹，你还好吧？”杨玉环立刻站起来，想要下去扶她。

李隆基无奈道：“罢了，罢了，看你们姐妹情深，朕先不惩罚你。玉奴，你扶她去含凉殿休息，给她传御奉。”

御奉是专门伺候天子的御医，也被召唤来治一个小小的裴羲岚了。不过宫人们都明白，只要与杨玉环有关，任何滔天大事也变成了渣滓。他们对此司空见惯，无人闻之变色。裴羲岚在杨玉环的搀扶下，一瘸一拐地离开晚宴。

刚出去进了马车，她就舒舒服服地往椅子上一靠：“总算是出来了。”

杨玉环愕然道：“你……你居然是装的？”

“难不成要杵在那儿，让陛下钦点我当邢逸疏的侍婢？”

“你是我表妹，陛下不可能让你当侍婢的。唉，你这可是欺君大罪啊。”

“没事，陛下宅心仁厚，不会计较小女子这点心机的。”眼见杨玉环无奈地摇头，裴羲岚撑着下颚，笑道，“其实，当陛下的女人每天都锦衣玉食，车尘马足，这不挺好。陛下如此专情，阿姐可是一点不动心？”

杨玉环将头转向窗外，一副百结愁肠的样子。裴羲岚想：这天下真有李隆基这样当爹爹的吗？一天内砍自己仨儿子，还跟自己儿子抢老婆，睿宗皇帝和窦德妃都是咋教他的呢？玉环姐姐到底是个忠贞不贰的娘子，怎能容忍自己嫁公公，此刻必然在挂念寿王。裴羲岚歪过头去，道：“阿姐莫难过。”

“我不是难过。只是……”杨玉环欲言又止，最后只是长长地叹了一声。

“只是？”

“他非但是九五之尊，又是李瑁的父亲，我理应对他敬重。我也说不出是何缘由，一看见他，就会忍不住发脾气。可是，他又不是那样坏的人。前些日子，他巡行去过杨谷白起台，命高僧设水陆斋超度亡灵，为它命名为省冤谷。他回来告诉我，那是战国时白起大败赵括的地方，当年赵军被秦军杀得丢盔卸甲，死伤甚众，血流成河，因此杨谷之水至今仍叫丹水。这一场败仗，皆因赵括不听先父遗言，妄居将位，才会一时失足成千古恨，牵连赵国蒙受重创。陛下还由此跟我聊了很多历史故事，而后叹息良久，发誓此生都要兢兢业业，如履薄冰，扬立大唐之威……他，他或许在李瑁之事上做得不妥当，但确实是一个明君。哎，其实事已成定局，我只需随遇而安便好，又在难过什么呢……”说这番话时，她们刚好下车，步入含凉殿，裴羲岚隐约知道美人心中藏了些锦绣，却不大愿意深思，只是默然地听她一个人纠结。

杨玉环轻声道："不谈我的事了，谈谈你的。你与邢少师是怎么回事？"

"我和他是好朋友，讲义气，今天也是有了我，他才逃过一劫。"

"是吗？"杨玉环似信非信地看着她，"我怎么觉得邢少师对你有意？"

"不太可能。"

"对你无意，只需亲那胡姬便是，为何要来亲你？朋友可不是这么当的。"

裴羲岚这下语塞了。适才情况紧急，她没时间去回想邢逸疏那一吻。此时细想下来，只觉得面红耳赤头发热，整个人都快烧起来了。是啊，他为何要亲自己，去亲那胡姬不是简单得多？即便是好兄弟，这么做也略似断袖。何况她是个姑娘。龟爷脑子进水了么。

此时，一个宦者来报："禀太真道长，陛下派邢少师与御奉前来为裴幕僚看病。"

裴羲岚与杨玉环对望一眼，迅速跑到榻上躺着，一旁的宫婢配合地掏出毯子盖住她。不过多时，邢逸疏带着两名御奉进来。看着他徐徐靠近，紫袍贵冠，身材修长，她的第一反应是往后缩了缩。他在她身边坐下，挽袍伸手，覆在她的额心。她极少感到思绪不清晰过，此刻脑袋里却装满热乎乎的糨糊，话也说不出来。

邢逸疏道："有些烫。不过还好，应无大碍。方才到现在一直这样吗？"

裴羲岚摇了摇头，觉得此时的邢逸疏就像个温柔的兄长，贴心极了。但对于之前发生的事他绝口不提，又令她感到几分紧张。随后，他让御奉为她把脉，御奉说她只是有些体热，肠胃无碍，开了一些药方。为裴羲岚看完病，他便礼仪周到地告退。于是，裴羲岚下了个定论：装病极有可能会变成真病。因为这之后的几日，她都有些七魂出窍。她是该吃药了。

也是因为这一次的乌龙，裴羲岚供了个新职，便是杨玉环的玩伴。杨玉环虽很早被李隆基招去了温泉宫，但介于她道长的身份，以及高力士的百般劝诫，他目前还是让她住在太真宫。她大部分时间颇为无聊，她想谈心时，裴羲岚第一时间赶到道观里，算是尽其所能。

只是供职才两天，李隆基便又猴急不过，把杨玉环约出去幽会。裴羲岚觉得无聊，便出去四处游荡。大明宫的夜晚幽寂却壮丽，有浓芳娇软，浅啼子规，银盘从太液池底，铺陈千里澄辉。又有杏花随流水，楼台落倒影，沉醉船上饮酒人。饮酒人是一名青年，绿袍流水般铺开。红泥小火炉烤着绿蚁新醅酒，他持杯仰头饮一口，站起来盯着水面看，头勾得厉害，伸了手下去，想去捞水中月影。与此同时船摇了摇，他几乎要掉下去。

“别，别呀！”裴羲岚连忙跳上船，拉住他。

他身体晃了一下，坐回船上。是时水风徐徐，垂杨烟笼十里堤，裴羲岚眨了眨眼，指着天上的月亮道：“李供奉，月亮在上面，你伸手去捞的，不过是水中倒影，是假的。”

听见她的声音，李白愕然转过头，因醉意晃了晃身子。眼前的女子一袭四尺粉色曳地广袖罩衫，垂在五尺大红裙裾上，垂在身侧的手上拿着一朵刚摘的鲜花。乍一眼看去，仿佛不是凡人，但眉眼中几分俏皮，却又令她亲切可爱起来。李白笑道：“人生生存华屋，零落山丘，又何为真假。又是你，裴小娘子。你可是天上掉下的仙子？每次失意时，我都会遇见你。”

“李供奉何故失意呢？”

“李太白，很可能离下野不远了。”

裴羲岚手里的花差点掉在了地上：“怎么会这样？李供奉之才气，陛下之恩宠，昭然俱在，不应该啊……”

李白抬头看了看明月，从地上捡起一块石头，丢在太液池中，打碎了琼楼玉宇的倒影："你看看这大唐盛世，国富人强，路不拾遗，夜不闭户。多个小小李太白，不过头上着头，雪上加霜。虽然不能成为范蠡、乐毅，却可成为伯夷、叔齐，出三江，入五湖，采薇代食。"

裴羲岚知道，必定是李林甫党羽搞的鬼。从有他这号人物存在，就一直明争暗斗，弄得朝廷鸡飞狗跳。连她叔叔从官多年都熬不过那党人，更别说心直口快的李白。裴羲岚道："李供奉人如其诗，是个不被千钟美禄、一品高衔束缚的无双才士。陛下这一决定，确实委屈了足下。"

李白大笑起来："可叹我自诩聪明，看得透这盛唐明日的模样，却看不透君主的心。"

"明日的模样？"

"虞舜以油漆食器，致使奢风盛行于天下，此后叛其诸侯国数以十计。你说当今天子这番模样，难道还看不见他脚下大唐土地明日的模样？李林甫开了个好头，后面还得有后浪推前浪。莫道崔杼惨，奸雄不善终啊。"

"嘘……"裴羲岚连忙压低声音道，"当心隔墙有耳。这话若让别人听去，即便下野，你也没法平平安安走出长安城了。"

李白却只是无畏地笑，提酒壶仰头豪饮，直至酒水湿了衣襟。他望月长叹一声，用微醺的语调继续咏道："花间一壶酒，独酌无相亲。举杯邀明月，对影成三人。月既不解饮，影徒随我身。暂伴月将影，行乐须及春。我歌月徘徊，我舞影凌乱。醒时同交欢，醉后各分散。永结无情游，相期邈云汉。"

除了李白，还有一个人也被李林甫算计挤对，患上了心病，正是裴羲岚的叔叔裴耀卿。他表面看上去无恙，心中却郁郁寡欢。转眼间年末将至，络纬秋啼，微霜凄凄，一场细雨将长安城浇成了烟灰色。随着天气变冷，心病转成了体病，裴耀卿卧床不起。裴羲岚常年在叔叔家、药铺与大明宫间奔走，只一心盼着叔叔的病早日好起来。

一天晚上，她又梦到了另一个世界的事。

在梦中，太微仙尊回到府中，发现她正伏在案上，面前对着纸张与文房四宝，一副生不如死的残疾样，也不多看她一眼，只放下手中文牒："你可是死了？"

"口贪一时爽，憋死在鸡窗。"她一脸悲怆地微笑，痛并快乐着。

"你又呷了哪家好酒，欠了人家字画？"

"管光的那位神尊。"

"昭华姬？"他轻轻笑了一下，"那没人救得了你，好生写罢，否则可是真死了。"

"逸疏，你知道吗，近日我的身价涨了。"

他俨然沉思，道："难怪听他们说，近日猪肉涨价了。"

"我说的是字画。"她额上青筋跳起，挤出一脸故作平静的笑，"说实在的，我一直觉得夫君的字迹敏如羿射九日落，皎如清光明月凝，夫君身姿之伟岸，真乃孤高耸九天，嵯峨如鬼工。我对夫君的敬服，那是有如群山万壑，高耸南斗凌苍苍；我对夫君的爱戴，又如银河倒挂，飞流直冲三千尺……"

"你有时间想甚多溜须拍马屁的废话，不如用来把字写好。"

"夫君，你看我都写瘦了。"

"这不妙，本来你的身价涨了，这下不又跌了？"

见他嘴角含笑地进入里间，她差点把案上的砚台扔出去。总之，他是软硬不吃，刀枪不入，那么，也别怪她使出撒手锏了。她站直了身子，大声道："太微仙尊逸疏听命，速速前来，把这字画写了，我便做五个酥饼给你吃！"

逸疏脚步停了一下，没有回头，只淡定地说道："十五个，做三次。"

"十个！两次！"

"三次。多言勿复论。"

"行，说话算话！"

就这样，她把欠了人家的字画活儿尽数丢给逸疏，并将完工作品交给昭华姬。昭华姬道："羲岚妹妹，方今仙界岚、箫、疏、何四家字体，谁不识得，谁没临摹过？太微仙尊的疏体法帖在市面上很是时兴，不亚于羲岚妹妹呢。他确实尽力模仿了你，但这笔锋，懂行情的，一鉴便知。"

她的笑容停滞在脸上："为人不过梦里浮生，何必如此计较呢。"

同样背景的梦，还带剧情连载的，若说做一次是幻想，做两次是巧合，那做三次势必得思索思索了。从梦中醒来，裴羲岚认真把梦境和现实合二为一思考，确定了几个事实：第一，子箫其人确实存在，梦里他是爱上魔女的仙人，现在成了地狱的鬼；第二，邢逸疏这人出现之前，他便在她梦中出现过，名字没变，身份都是太微仙尊；第三，河泰以前提过"天帝偏袒昭华姬那婆娘"，梦里也出现了昭华姬；第四，河泰说太微仙尊有家室，也与梦中场景相吻合；第五，两个梦里的她，都与太微仙尊是夫妻关系，都叫羲岚。基于以上种种原因，她推测出来，邢逸疏的正室是羲岚，后来他变心纳妾，把羲岚逼到自焚而去。但羲岚与自己到底有什么关系，尚不能得知。若是前生后世……裴羲岚打了个哆嗦，这画面太美，简直不敢想。

这以后，裴羲岚连在国子监都集中不了精神，总是胡思乱想。别人拿她与郭子仪开涮，她也习以为常，直到课后有两个同学议论道：

“你可别这样说，人家裴羲岚不是不想赶紧成亲，而是事在两难，摇摆不定呢。毕竟还有个黄金汉候选。”

“哈哈，你说的可是某少师？原来此事并非谣言啊。”

裴羲岚猛地抬头。先前那人又道：“那可不是，人家或许早已情投意合，只差花前月下了，不然你说她怎么不否认。”

“什，咳，咳咳……我和邢少师？”这谣言究竟从何而来，裴羲岚被呛得说不出话来。

“哎呀，别解释。我们都知道了，从去年开始，邢少师便时常来国子监探望你。夏季起，他往你家送了无数次聘礼，每次都是用白马七香车装的。但裴公架势大啊，面对这种级别的女婿候选人都摆谱。裴小娘子，我们看好你呢！”

邢逸疏到国子监都是来找她麻烦的，加起来也就两次，被他们说得每天都来似的。聘礼又是怎么回事？裴羲岚道：“我怎么可能喜欢他，我和他只是道义之交。况且，他不是看着那般无可挑剔，他人格有问题！”

“呀呀，太谦虚了你。讨论其他郎君我便信你了，但你说的人可是邢少师，我们不信。”

“是啊，人家都拿出十二分诚意了，你怎么还诬蔑他！”

裴羲岚闭着眼仔细回顾，终于想起了七香车一事。那些哪里是什么聘礼，满满装的都是冰块，邢逸疏是被她胁迫的。这下误会大了，乌龙也闹大了。她正不知从何开始解释，只听见先前那同学指着某处低呼道：“快看，邢少师！”

裴羲岚挥挥手道：“别闹，这样叫我也信？当我撮鸟吗。”

“不不不，我是说真的。”

裴羲岚扭过头一看，果然看见了门外花枝下的邢逸疏。同学们一脸“别解释我们都懂”的样子，拍拍她的肩，簇拥着把她送出了门外。

邢逸疏来找她，原因很荒谬。裴羲岚她爹的偶像曾经曰过："两草犹一心，人心不如草。"可见人比非人要脆弱很多。因此，不管其他人如何脆弱，总有一块石头对他的石生充满了期待。邢逸疏把裴羲岚带到东市一家帛肆前，抓到了正准备偷东西的河泰。难得邢逸疏音量微微提高，似已愠怒："河泰，你上次送她布帛，已经引起她的怀疑了。到底要我说多少次，休得再引起凡人的注意。"

"那可真是感激仙尊的金玉良言，我第一次如此动情，便被你这般打击！"河泰气焰并不亚于他，"这样的事莫不成你没经历过？你放着自家大老婆不管，背负骂名也要将那小老婆娶回仙界的事，当我忘了吗？"

"今非昔比。我当年是下凡游玩，而你正在受罚。"

河泰沉默良久，忽然怒道："凡人不可能发现我。不管你怎么说，我都言必行，行必果！"语毕消失在云雾中。

邢逸疏漠然静立，意识到裴羲岚走过来，回眸道："你可都听到了。"

裴羲岚笑着摇摇头，心中早已把河泰那点破事猜了个七八成。这些日子阿妮蛮一直往家里带绣诗布帛，诗风在当朝极为罕见，内容也是相当含蓄，洋溢着远古的建安风骨。阿妮蛮无法读懂哪怕其中一句话，只知道布匹刺绣漂亮，把它们统统上交了裴羲岚。裴羲岚读出了诗人慷慨、硬朗文字中的浓浓情意，问她从何处得知，她只答忽从天降。裴羲岚原以为她在与哪位文人雅士偷偷私会，这下看来，她说的是大实话。

邢逸疏道："河泰喜欢上了你的侍婢阿妮蛮，还说要娶她为妻。"

裴羲岚坦然笑道："没什么不好，只要他能幻化人身，我很乐意玉成其美。"

"他是可以幻化人身，但那得五十年以后。"

“这时间，略久。”

“他固执得很，说这五十年内要在暗处向阿妮蛮求爱，五十年后再娶她。你认为这段姻缘有可行之处么？”

“这难度，略高。”

邢逸疏道：“这回让河泰跑了，下次你若看见他，便劝劝他。你是阿妮蛮的主子，河泰应该能听你的话。”

“那可真对不住，这些话我都听到了。”一个声音从他们背后冒出来，“我的回答还是和以前一模一样：我喜欢阿妮蛮，五十年后我要娶她为妻。”

他们转过身去，河泰安如泰山地蹲坐在他们后面。裴羲岚道：“雨神郎君，五十年以后，阿妮蛮会变成一个满脸菊花盛开的老太太，不死幸甚，郎君还指望她跟你再续前缘吗？”

“我不介意她是否年迈。”

“可她总要嫁人。她一生不过几十年，总不好一直这样等着你。”

“她不必等我。如果遇到合适的男子，她可以照样嫁人。五十年后，我再把她抢过来。”

不得不说，河泰的固执令裴羲岚无话可说，同时心中又略有感动。她看向邢逸疏。邢逸疏板着脸道：“河泰，你年轻气盛若坚持如此，我不会再阻止，但也休想我帮忙。”

“是，我年轻气盛，不似活了六千年的仙尊，禅悟万物，看破红尘，活得通透得很。多谢仙尊提点，你不阻我，我已感恩戴德了！”河泰气势汹汹地又一次离开。

裴羲岚纳闷，怎的河泰会说仙尊是六千岁？邢逸疏说过，他的岁数是四千八百一十二岁，这数字如此具体，让她也记了好一会儿才记住。若是记错，这误差也忒大了些。但见邢逸疏神色不悦，她也没有提出疑惑。

不久，雨又一次下大了，邢逸疏没有带伞，裴羲岚便把自己的油纸伞撑开，和他一起挡雨："我记得你家离这里不远，我先陪你回去。"

"穿着男装，还真把自己当成男子了？"邢逸疏不屑地夺过她的伞，将之举高，往她的方向偏了偏，"我的马车在这条街的另一头，我送你回去。"

他们并肩在街上行走。烟雨满城，凫雁南飞。方才换上新衣的娘子们提着裙摆，担忧地踮脚走路。骑着马儿的全盛红颜子若有路过，或许会展开一段风月佳话。一些店铺提前打烊，嬉闹的孩童却将这漫天秋雨视若无物。看着满街庸庸碌碌的行人，成双成对的璧人，看着长安娘子们韶华若春光，裴羲岚忽然意识到，历史上有那么多文人为女子之色留下辞赋，足见花月春风是何其令人怜惜。但是，真正可怜的，却是怜惜风月的人。司马相如前一刻才为陈皇后写下《长门赋》，卓文君后一刻便泪洒题书《白头吟》。随着十年流水，人恐如三月桃花，未免改色，又有几个男子会剥开皮相，真心爱着女子之德。她庆幸自己是个胡气的姑娘，比那些伤情女子更懂得找生活乐子，却也难免为她们感到惋惜："河泰还真令我感到意外。不计较年岁、容貌而倾心于一人，大概也只有仙人了吧。"

"与仙无关，是河泰自己喜欢这样。"

"其他神仙若是喜欢上凡人，那该如何是好？凡人总有一日会老去。"

"记得我跟你提过沧海之神与他遗孀的事么，他是最年轻的神尊，但还是比他的遗孀寿命长上千万倍，对他而言，三百年寿命的妻不过是朝生暮死的蜉蝣，即便他不归元，二人也有难以克服的阻碍。"

三百年也能朝生暮死？那凡人这几十年的人生……裴羲岚目瞪口呆，搞了半天，在邢逸疏眼里，她连只虫都不如。她道："那他俩注定悲剧吗？”

“兴许有缘在轮回中还能重见罢，谁知道。氏族不同，还是各自一家为妙。所以，除了河泰，寻常仙族也不会爱上凡人。凡人朝生暮死，仙有南山之寿。河水尽，不东流，如何结为夫妻？”

真不是错觉，在邢少师眼中，她就是只虫。裴羲岚眨了眨眼：“那是因为河泰的情况特殊，若不是无法幻化为人，他与阿妮蛮最少还能相处五十年。”

邢逸疏轻轻一笑：“五十年在你们听来很久，是么。可是对我们而言，不过薤上露水。当你见过日月轮换数以千计，还会在那么短的时间内爱上一个凡人么？”

“我听说很多仙人都是凡人修炼而成的。”

“没错，淮南华子期，齐人乐子长，都是羽化升仙的凡人。但一旦他们决意脱离凡世，便不会再与凡人有所瓜葛，包括他们的父母。人仙殊途，终无法成正果。”

她笑了笑：“奇了怪了，河泰明明告诉我，你娶了一个凡人爱妾，还与她恩爱有加，把你的正妻都冷落了。”

邢逸疏满目不可置信：“河泰把这些事都告诉你了？”

她也被自己吓了一跳。因为通常与人闲谈时，她的习惯是点到即止，很少因为好奇而打破砂锅问到底。她本想把话再圆回来，邢逸疏已望着远方，声音漠然：“这都是我的私事，与裴幕僚无关。”说罢朝河泰消失的方向离去。

裴羲岚只觉得心中微微刺痛。不知是为河泰、阿妮蛮，还是为了自己心中一个刚被斩断又微不可闻的“或许可能”。

不过，她并没有太多时间去整顿自己的心情。

这一年，裴耀卿奄然离世。顶梁柱现已坍塌，裴家和杨家都很焦虑，把希望放在最后一人身上。杨玉环以泪洗面，忧伤却也不知为谁，裴羲岚逐渐明白了邢少师所言“人仙殊途”之含义。裴耀卿下葬那一天，她身披孝服，亲眼看见不久前还骑马与自己调笑的叔叔身体变冷，亲眼看见一代名臣终归尘土，家人们却忙着应对动荡的局势，还是个孩子的表弟强撑着长大，连悲伤的时间也抽不出来，唯一的感慨也确实是，人生有期，有如薤露。

天子是潮流带动者，不仅仅表现在他捧红的人身上，还表现在当朝的宗教、文学、称呼、风俗上。自大唐开国以来，皇帝多爱道教，李隆基更把这种热爱推到了顶峰，他给庄子取个新名儿叫南华真人，文子为玄通真人，列子为冲虚真人，连抢个老婆都要叫太真道长。当朝诗人作诗也都喜欢写道教风，若在行文中不加点青鸟赤松、仙桃金灶、云君银台，都显得不够有腔调。因此，游仙诗大神李白最受宠，何足怪乎。除此之外，连诗人隐退江湖都要选择符合时兴品位的方式，也就是度为道士。天宝三年，贺知章隐退便选了这种禁欲的高品位方式。不过这之后两年，他被杜甫无情地拆穿了爱酗酒又影响市容的真相[1]。

杜甫这人什么都好，为人厚道，忧国忧民，就是不懂含蓄之美，总在作品里揭人老底，太犀利。古今大部分华夏文人有个癖好，若文风受到甲的影响，他们不怎么会提甲，反倒要大肆吹捧乙，以此声东击西，拉高自己的腔调。对李白而言，那个乙就是谢灵运："谢公宿处今尚在，渌水荡漾清猿啼""脚着谢公屐，身登青云梯""吾人咏歌，独惭康乐""谢客临海峤，严光桐庐溪"，谢公在他的作品中无处不在，貌似真爱，少有人知他的甲其实是鲍照。但他藏来藏去，都没躲过杜甫的法眼。杜甫写了一首诗，又无情地揭穿了李白文风俊逸如同鲍照。也难怪他孜孜不倦地向李白告白，"落月满屋梁，犹疑照颜色"这样充满龙阳气息的句子都写出来了，

[1] 指杜甫《饮中八仙歌》中句子："知章骑马似乘船，眼花落井水底眠。"

也没有得到李白热情的回应。这事告诉人们，做人不能太耿直。

贺知章告老还乡，李白特地写了首诗送他，怎知仅过了两个月，自己也被赐金放还了。离京之日，李白在朝廷的新识旧友、文人骚客，都一一到长亭与他送别，叹他是八斗之才遇上了万斛之恨。他举杯痛饮中，写下了一首跌宕起伏的《行路难》："金樽清酒斗十千，玉盘珍馐直万钱。停杯投箸不能食，拔剑四顾心茫然……"

作为李白的多年老友，裴羲岚自然不能错过这一环节。都说大唐送别有四宝，长亭、杨柳、美酒和芳草。由此可见，裴羲岚头插柳，手拿酒，来到被芳草包围的长亭里寻找李白，是多么有诚意的事。李白应名应景地穿了一袭白袍，与众人道别之后，和裴羲岚共饮一角酒："裴小娘子，你我一见如故，却难得见上几次。真正碰了面，又总让你撞上我的窘境。这回也是一样，唉！"

"无妨，在我耶耶心中，太白是谪仙降世，这已经影响了我大半辈子，到现在我也只当李郎是谪仙。"

李白呵呵笑了两声，递给她一沓彩笺："我作了一首诗，赠予我自己，也赠予小娘子。"

"多谢李郎，我可否拿它与我耶耶分享？他若能读，必然高兴坏了。"

"一纸鸿毛，何足挂齿。既已送给你，便是你的东西，你可随意处置。"李白又微微一笑，他喝多了酒，望着裴羲岚的眼略写了醉意与感伤，"但愿此去一别，千里之外，鱼雁能为我送情。我的长相思，始终在长安。"

李白辞去以后，裴羲岚拆开信看，原来是《行路难》的后两首：

大道如青天，我独不得出。

羞逐长安社中儿，赤鸡白雉赌梨栗。
弹剑作歌奏苦声，曳裾王门不称情。
淮阴市井笑韩信，汉朝公卿忌贾生。
君不见昔时燕家重郭隗，拥篲折节无嫌猜。
剧辛乐毅感恩分，输肝剖胆效英才。
昭王白骨萦蔓草，谁人更扫黄金台？
行路难，归去来！

有耳莫洗颍川水，有口莫食首阳蕨。
含光混世贵无名，何用孤高比云月？
吾观自古贤达人，功成不退皆殒身。
子胥既弃吴江上，屈原终投湘水滨。
陆机雄才岂自保？李斯税驾苦不早。
华亭鹤唳讵可闻？上蔡苍鹰何足道？
君不见，吴中张翰称达生，秋风忽忆江东行。
且乐生前一杯酒，何须身后千载名？

裴羲岚被李白波澜起伏的诗风感染了，所以她不仅拿给了老爹欣赏，还跟邢逸疏显摆了半天。邢逸疏读了这两首《行路难》，认出了李白的字迹，却问了一个风马牛不相及的问题：“你说，这两首诗是李白亲自送你的？”

“对，因为这两首诗，耶耶这两天可高兴坏了，直接改善了我的家庭地位，这段时间催婚都温和了些。”

邢逸疏想起初识李白时，李白曾说不会送诗给女子，疑惑道：“除了送你这两首诗，李白还说了什么？”

“我想想哦……他说，他的长相思始终在长安。”

邢逸疏沉默半晌，道：“不管你与李白再有伯牙子期之情，他始终是年长你许多的男子。以后你与男子交往，还是要适当保持距离。不然事情传出去，对男人而言不过是一段风流韵事，清誉受到影响的人会是你。”

裴羲岚想到在国子监自己与邢逸疏的传言，心中一凛，却笑道：“多谢提点，以后我会注意的。邢少师……可是听说了什么？”

“不曾。”

“哦哦，懂也。”还好。她松了一口气。

“我与李白有点交情，他这人是个好友，对女子来说却未必是个好归宿。你若嫁人，应该嫁更好的郎君。”

裴羲岚呆了一下，心怦怦乱跳起来。再是傻子也不会不明白，邢逸疏这番话有些越界了。而且，他说的“更好的郎君”，又令她想起同学说的“还有个更好的夫婿候选人”。她觉得自己的脸快烧起来了，擦擦额头装作很热的样子：“说得好，邢少师厚道。你这样为我考虑，我可不能亏待了你。你喜欢吃什么，我找人帮你做，当是回礼。”

“不必如此客气，我对食物兴趣不大。”

“我猜是酥饼。”

“一般罢。”

他答得虽快，她却没有漏掉他听见“酥饼”二字后眼睛微亮的表情。果然，梦里的一切都是真的，依然不确定的是自己与北落仙子的关系。

翌日，裴羲岚便去桃花源探望祖母。祖母已是一头白练，一根黑色的杂质也无。听闻外孙女要来，她早早准备了裴羲岚最喜欢的胡饼。裴羲岚一边啃饼，一边假装不经意道：“祖母，这胡饼该怎么做呀？”

祖母在桌旁擦拭红木书几与白瓷辟雍砚，那些都是祖父生前最爱使的文房器具。她笑了笑，没看裴羲岚：“你吃了这么多年的胡饼，何故今日才想到如何做饼？”

裴羲岚把前因后果都细细说了一遍，撒娇道：“我不能欠邢少师人情呢。他可是那个下凡的仙人，好凶的。”

祖母这才转过身来，瞪了她一眼：“不过逗你玩，你便解释这么一大通。祖母怎会不懂你？祖母也是活了快七十岁的妇人了，年轻时喜欢你祖父，也喜欢为他做饭。”

“哈，祖母理解就太好……”裴羲岚顿了一下，“什么？！祖父？为何会牵扯到祖父身上，我，我，我们不是那样的关系，我不喜欢邢少……”

她话只说到一半，便撞上了祖母带着笑意的审视目光。她垂下脑袋，脸颊一路烫到了耳朵后面，嘟囔道：“都怪耶耶，是他老催婚，弄得现在谁都觉得我马上要嫁了似的。”

“你耶耶催婚也是为你好，毕竟年纪大了要嫁人确实困难些。”

“我不懂，为何姑娘年纪大了便不好嫁，男子到了八十岁还是想娶就娶？”

“岚儿啊，年轻的女人就像白纸，纯洁无瑕，任何人都会喜欢。随着年份增加，白纸注定会泛黄生污。保养得好些，污得慢些；保养得差些，污得快些。不管如何保养，旧纸都不如新纸讨人喜欢，会被嫌弃、抛弃也正常。但是，若白纸把自己变成一幅画，便会被挂起来，被人们欣赏、瞻仰，寿命越长越值钱。自古以来，白纸层出不穷，却并非每一张纸都能成为名画。”

裴羲岚摸摸下巴：“有理。生如纸，人如画，每一笔都得自己画上去。我决定不嫁人，成为像祖母这样的名画。”

祖母笑了一下，没再看她，转身继续擦拭祖父的砚：“原来如此，那邢少师可真可怜。因为听你的描述，祖母有九成把握，邢少师是喜欢你的。岚儿连嫁给邢少师也不乐意吗？”

裴羲岚眼睛一下亮了，猛地站起来，随后又赶紧坐下去，可是为时已晚。然而祖母什么都没有追问，只是把碗推过来："来，再吃点儿胡饼。"

"祖母，我，我没有……"裴羲岚说不下去，再度垂下脑袋，红着脸郁结地吃饼。她可真是祖母的乖外孙，此前试探河泰对阿妮蛮的情意，用的法子与祖母这出一模一样。

裴羲岚知道，长龟会会员众多，排队等邢逸疏，再排十年也轮不到她。有分教：白练老妪胡饼探意，娇羞娘子欲掳邢郎。她得逮个机会，做点胡气的事。

第八幅画

曲江瞑

安禄山是颗讨人喜欢的球，不仅圆溜溜地滚进了李隆基的心里，还圆溜溜地滚进了朝廷中。不过两年时间，他当上平卢节度使兼代理御史中丞，又累迁范阳节度使。他为人是如此春风拂面，说话使人耳朵怀孕，花钱也是一丁点儿不心疼，举国上下能买通的卿士，都感受到了何为心灵与财富双重春风沉醉。他们跟李隆基说好话，导致安禄山坐镇前朝，稳压后宫，浩浩然成犄角之势。没错，下了朝他还会跟李隆基滚去后宫，甚至认了杨玉环当干娘，催促干娘赶紧嫁干爹。每次入宫面圣，他总会先去看杨玉环，李隆基问他这是何故，他给的理由是他是胡人，胡人都重母轻父。众所周知，太真道长比安禄山小十六岁。这一切怎么听怎么大逆不道的事儿，都被安禄山处置得和他为人一样春风拂面，整得李隆基心里鲜花绽放。

清明寒食过后，有位老臣去故友张九龄的坟头扫了墓，力图成为天宝年间最后独醒的谏臣，对天子道："张九龄曾言安禄山狼子野心，进谏请斩安禄山首，陛下驳回了。今日臣斗胆再度进谏：安禄山必效仿石世龙，反晋乱华。臣不求陛下能有太宗皇帝怀鹞之敬，但求陛下听臣一言，居安思危，戒奢以俭，贬安禄山为布衣，永不让其出仕。”李隆基对曾祖父怀有敬畏之心，听了老臣的话，思来想去很久，把这话转达安禄山，想看看安禄山的反应。安禄山笑答：“对太宗皇帝怀鹞一事，禄山也有耳闻。禄山是个蛮夷粗人，但也知道《礼》有云：‘天地之祭，宗庙之事，父子之道，君臣之义，伦也。’圣人对禄山而言，是君又如父，君父要杀禄山，禄山毫无怨言。只是太宗与魏征，君不君，臣不臣，这藏鸟之事，怎能以此为谏呢？”安禄山与老臣说得都颇有道理，李隆基茫然了。这之后不出几天，雷公震怒，大雨倾盆，老臣在一个夜晚被雷劈死，李隆基终于坚信，宠幸安禄山乃神授之意。

有了安禄山的好意催促，李隆基也更加坚信自己与杨玉环是天作之合。他先把韦昭训的二女儿册立为寿王妃，断了寿王与杨玉环破镜重圆的可能，然后私下筹划，为杨玉环准备三件大礼：和田玉、海棠宫和华清池。收到前两者时，裴羲岚正巧与杨玉环待在一起，已经有了不祥的预感。到第三道诏敕下来，听见高公公亲自朗诵“赐浴华清池”五个字，她和杨玉环都倒抽一口气；听见“入宿飞霜殿”五个字，她俩都差一点晕厥在地。因为，华清池和飞霜殿都是骊山行宫的一部分，华清池是天子最爱泡澡接待大臣的地方，飞霜殿是他的寝殿。这十个字翻译一下不就是“你快洗洗干净躺下等朕临幸”吗！而且时间还是当晚！事情发生得实在太快、太不可思议，邢逸疏又不巧随太子去了洛阳。裴羲岚当机立断，写了一封信让人快马加鞭送到洛阳，自己跟杨玉环去了骊山。

月圆之夜，晚凉幽径，石榴花烧了漫山的火。萤飞思悄然，酒盏生红浪，有人月下临风，起一线清笛，此后便是行云流水，同伴花开花落。杨玉环倚树而立，一个晚上叹了一百二十口气。裴羲岚望着她的背影，小声道：“姐，其实你的心情我都懂。你思念寿王，但对陛下是九五之尊，又待你好到了骨子里，要狠下心拒绝，实在有些难。要不咱们跟陛下说说，再拖延十天半个月？他这样喜欢你，应该不会强迫你的。”

“岚儿，你知道的，我自小学舞，也很喜欢凤吹之美。”杨玉环指了指天上，“你听到了吗，这笛声。”

裴羲岚似懂非懂地“嗯”了一声，在心头琢磨几遍，忽然一个念头出现，有如一道惊雷从天上劈落，直击她天灵盖。再仔细听这月下声喷霜竹之乐，时而温婉，时而哀伤，时而如江城五月落梅花，时而如胡天八月飞白雪，不言一语，已有绝尘之致，传递了满骊山的情意。裴羲岚提起一口气，试探道：“这笛曲……可是陛下奏的？”

杨玉环轻声朗诵道：“泠泠七弦上，静听松风寒。古调虽自爱，今人多不弹……[1]”

裴羲岚两眼一黑，再度睁开时只觉天愁地惨，日月无光。近日，她从杨玉环那儿听说了太多关于陛下的事，这令她很早便有了不好的预感。李隆基对女人的感情一直有些微妙。武则天、韦后、太平公主，是他年少时的镜子与阴影。五王政变令他震撼，韦后之乱令他如履薄冰。继位后，后宫的女人也没一个不会为自己、为子嗣的地位做打算，而他早已深谙女人争宠之术，可以轻易化解矛盾，也对她们兴趣寡淡。直到遇见杨玉环，他才知道，原来女人还可以这样与世无争。只要和她在一起，他便觉得怡然放松，忘记身在何处。他自小参与政权斗争太多，当他发愤图强并实现了抱负，到了中老年迎来开元盛世，反倒向往起了渊明之乐。他通音律，爱法曲，在梨园设了坐部伎子弟三百人。传闻只要有人弹错，他都能跟周郎似的察之正之。这段时间，他与玉环姐姐时常在梨园中幽会。他奏乐，她跳舞，这原来都不只是哄玉环姐姐欢喜，而是因为他俩之间真有牵绊。综上所述，玉环姐对陛下动心了。裴羲岚本一

---

[1] 诗为刘长卿著《弹琴》。

直盼着姐心属寿王，或许时间一久，陛下疲了，把姐还给寿王也说不定。然而她可能还是有些天真。

渐渐地，笛声变响变清晰，离她们越来越近，裴羲岚机智地躲到了树后面。当一道被月色拉长的人影盖住了石榴花影，那笛声便一直在几米外徘徊不去。裴羲岚看不见树影下的人是什么表情，只看见一朵完整的石榴花从树梢落下，杨玉环听着听着，也落下一滴眼泪。

最后，笛声渐次变轻，缓缓收了尾。李隆基从繁花枝丫后走出来，把一朵石榴花别在了杨玉环的鬓发上。杨玉环垂头，苦道："玉奴早已知陛下情意，却深知这段感情为世人所不容，所以一直使小性子，想让陛下对玉奴厌而弃之，却不知，却不知……"

"却不知朕可以认真至此，是吗？"

"陛下，玉奴只是一介无名女子，不介意世人目光，可陛下是千古明君，若真是因玉奴龙威受损，玉奴便是死一万次，也……"说到最后，杨玉环已泣不成声。

李隆基喟叹一声，伸手把她揽入怀中。明月本无情，却因人有情。圆的是心合一，缺的是久长时。他们久久沉默，找不到言语以阐明此时心境。一个是大唐的天子，另一个是倾国的佳人，配上此夜风物，美得让裴羲岚都不忍心去破坏。她太纠结了，导致邢逸疏骤然出现在身边，差点灵魂出窍。她按着胸口平定心情，做了一个"嘘"的动作，悄声道："得了，他俩是真爱，如来佛也阻止不了。若你预言是真，大唐好日子估计也剩不了太多了。咱们还是撤了吧。"说罢往后退了两步。

邢逸疏却一动未动，漠然地看了一眼李隆基和杨玉环，周身有十多条碧光环绕，衣摆无风自舞。裴羲岚被光亮吸引得回过头来，吓了一跳："你这是做什么？"没能得到他的回答，只是看见碧光旋转得越来越快，纷纷化成了剑的形状。她看看月下的两个人，又看看邢逸疏，“难道，你想杀了玉环姐姐？不行！总会有别的方法的，使不得莽性！这样随便乱杀人，还有没有王法！”

“在我这里，没有王法，只有邢法。”说到“邢”一字，他特意停了一下。

“……”如此关键的时刻，一本正经地说这种话，他是认真的吗？

她刚冲上去两步，一把碧光剑便飞过来，化作枝条缠住她的双腿，令她不能动弹。她张嘴想大叫，却一点声音都发不出，眼睁睁看着邢逸疏周身的碧光剑整齐飞出，刺向杨玉环！

心都快从裴羲岚的胸膛中撞出，她闭上眼不敢看下去，但久久都没听见人倒地的声音，或是求助的呐喊。她睁开一只眼瞄了一下，发现杨玉环和李隆基还保持着拥抱的姿势。他们被定格了，周身有深黛雾气环绕，碧光剑一把把撞上去，都被拦截下来，在地上摔成粉碎的波光。接着，一道黑影瞬间闪现，挡在他们前面。

那是一个留着绛红长发的男子，玄色华袍与苍白面孔上均有绛红花纹点缀，看不出具体年龄，举止打扮均不似唐人，甚至不似凡人。他仪态端庄，手握书简，书简像由动物的齿骨制成：“多年不见，太微仙尊。”

邢逸疏面无表情，眼中却有隐怒：“涵虚，我早该猜到是你在从中作梗。”

“你应该感到荣幸才是。身为魔界的无生左尹，本座向来只与高位神族交手，你还是本座第一个对付的仙。当然，也会是最后一个。”涵虚自得地笑，眼角自带一股裴羲岚从未见过的妖冶之色，“因为待结界打破，神仙界都会成为魔族的地盘，哈哈哈哈。”

“做梦！”邢逸疏又聚集了碧光剑，挥手令它们向涵虚飞去。

涵虚用书简一挡，把飞剑打成了碎光。他拉下脸，冷笑道：“不自量力。今日本座没空和你玩。宝贝，去吧！”他打了一个响指，一团烟雾在地面爆开，粗重的兽类呼吸声响起。待烟雾散去，一只宫殿大小的凶兽出现。它羊身人面，虎齿人爪，每走一步都会地动山摇，踩碎大片石榴树，犹如凡人踩碎枯草。它胸脯上下起伏，吐出的红雾团绕成百丈云层，把月亮都熏成了血色。

“饕餮……”认出了这只凶兽，邢逸疏飞速看了一眼裴羲岚，变幻出八卦法阵与一百四十七把碧光剑，把自己与饕餮封锁在明如星辉的八卦法阵中，蓄气准备迎击。

涵虚本想离去，却没有漏掉邢逸疏这一瞥，目光在裴羲岚身上停滞了片刻，忽然笑道：“我就说嘛，为何太微仙尊会对神州结界如此上心，原来北落仙子尚在人世，还真‘落’在了北极星之下。”

邢逸疏面色苍白，喝道：“你敢动她！”

涵虚不搭话，笑意更深了，展臂扫袖，一道青光从他袖中射出，直击裴羲岚，速度快得令裴羲岚没时间反应。青光在飞行中化作一条狈首蛇身的怪物，周身黯黯青蛇色，片片绿龟鳞，满口獠牙明晃晃地咬向她，完全可以把她活脱脱吞下去。而且离她越近，这怪物喉咙里的嘶声就越响亮，喉咙里跳动的肉刺一张一合，居然都是肉灰色的！邢逸疏这个混账，还用仙术把她定住了。临终前她就只想说两句话：“吾命休矣！让我死得这般恶心，邢逸疏还我命来！”

在这千钧一发的时刻，一道强大的力量把她扑倒在地！那怪物也一口咬下来！她终于可以发声，一阵如狼似虎的哀号过后，却丝毫感觉不到痛。她眨了眨眼，发现邢逸疏正紧抱着自己，那怪物有八颗尖长的獠牙，均如昆吾铁冶的宝剑，深刺入他的肩膀与后背。但他没有发出一点呻吟，只是皱了皱眉，并着右手食指、中指指向夜空，七把碧光剑飞下来，刺入怪物的头颅。它拔出獠牙，仰天长啸，油青色的脑浆四处迸溅，乱跳了一阵，便倒在地上。而随着它拔牙的动作，邢逸疏的伤口溅出鲜血，也落在裴羲岚脸上。

裴羲岚诧异道："邢少师，你的伤……"

他脸色难看，身后的饕餮却未受到制约，吐着红雾，踏着沉重的步伐，朝他们爬来。李隆基和杨玉环也恢复了常态，圣驾自然饱受惊扰。裴羲岚把邢少师的胳膊搭在自己肩上，翻身站起来，焦虑道："不管了，我们先跑为妙！我背你！陛下、玉环姐姐，你们也快跑！"

"这是上古四大凶兽之一，不能放它祸害人间。"邢逸疏推开她的胳膊，按着胸口又做出念诵咒文的姿势，"……只有赌一把了。"

邢逸疏挥动袖袍，只听见浩浩海声起，骊山泉溪的水从四面八方飞来，形成盘旋在空中的沸浪。在这片沸浪中，碧蓝光芒凝聚成一道人影。一个青年悬于海浪之上，穿着靛青长袍，面有水纹印记，长发溪流般覆盖了衣袍，发梢随着海浪声轻微飞扬。他眼含星光，神情冷漠，远远眺望着饕餮，没有丝毫进攻的姿态，但饕餮骤然停下了脚步，弓着背后退两步，吐出的红雾变得断断续续。短暂对峙后，它长嚎一声，身形淡淡隐去，最后彻底消失不见，只留下一地残月、大片被踏碎的石榴花枝。

四个人都松了一口气。李隆基强作镇定道："这凶兽……去了何处？"

"应该是回了魔界。"邢逸疏吃力地答完，便按着肩膀跪在地上。

裴羲岚扶住他，急道："陛下，他受伤了！"

"来人，快来人！"

李隆基带着杨玉环去传人，裴羲岚跪在邢逸疏身边，眼泪都快掉下来了："邢少师，你还好吗？你是仙人之躯，凡间的医术对你能有用吗？你有生命危险吗？"

他颓然跪在地上，双目昏暗，似乎意识很不清楚，只用沾满鲜血的手摸了摸她的脸颊："羲岚，从今往后，我不会再束缚你。你可以爱别人，你可以跟任何男人远走高飞。但是，你也要答应我，你一定会活着。我错了一千六百七十二年，折磨了自己一生，早已不再畏惧孤独。可我真的……不能再亲眼看你消……”话没说完，他晕倒在她怀中。

裴羲岚睁大眼，大颗大颗眼泪从眼眶中落下，就好似不是她自愿的，而是体内有其他人逼她落下的。她撕扯衣料为邢逸疏包扎，但脑中全是混乱。那个叫涵虚的魔族管她叫“北落仙子”，邢逸疏没有否认。邢逸疏叫的这一声“羲岚”，很显然也不是“裴羲岚”。她真的很可能是北落仙子转世。可是，除了几个破碎遥远的梦，她为何对前尘往事一无所知？她不知道北落仙子与太微仙尊之间的故事，也不知道他们之间究竟是谁爱着谁，谁欠着谁，谁守着相思，谁又变了心，抑或是早已形同陌路。唯一真实的感觉，只有这一份喜欢着邢逸疏的心意。这一份心意与仙魔界、尧之地、舜之疆、禹之封相比，实是微不可闻。

因此，这个良辰美景奈何夜，有那么一丁点儿难过。

不过难过也就持续了一个晚上，毕竟裴羲岚是个很能看得开的人。睡一觉起来她瞬间通透了：人永远不要企图让别人理解自己，尤其不是一个时代的人，就更别如此指望，就像她永远不能理解秦武王的爹娘为何给他取个名字叫嬴荡。乾坤日月、神魔人鬼、社稷兴亡，和她又有什么关系？作为一个胸无大志、混吃混喝的小女子，她意志是如此坚定，只要过得开心，得到一生所爱，她才不管什么天下事。她把从外婆那里学来的烹饪绝学发挥了一下，便把胡饼装进锦盒，去少师府探望邢逸疏。少师府阍人通报，说少师今日身体未好，不便出门见客。裴羲岚点点头，把锦盒交给他，让他转交邢逸疏，轻手轻脚地跟他进了邢逸疏的卧房。

阍人正双手奉上锦盒，里面童仆看见他身后左右探首的裴羲岚，一个个都惊呆了。裴羲岚敲敲门道：“邢少师身体可大好啦？”

邢逸疏原本侧卧榻上读书，被她这一声唤得书都差点掉在地上。她笑盈盈地扶门钻进去，也惊得“哇”了一声。因为平时的太子少师总是衣冠楚楚，一丝不苟，一副位高权重难亲近的模样。但此时此刻，他衣衫轻披，肤白如雪，碧眸几近透明，长发如云积榻上，狐眼长眉难描摹。但他很快调整姿态端坐起来，把童仆都遣出去：“裴幕僚怎么进来了？”

“我没说我不进来呢。邢少师可大好啦？”

他无奈一笑：“外伤不打紧，袭击你的那个怪物是不咸山的琴虫[1]，被魔族驯化魔化过，比原先强些，但伤不了仙躯，它咬的伤口都已康复。现在只有些内伤，是昨夜强行收回施展过半的仙术所致，调理十天半个月就好了。”

裴羲岚拍拍胸口：“那就好。这么说来，陛下对你的身份有所了解，对吗？他昨天看见你施展法术，居然没有被吓到。”

“他知道我是仙，但对别的事一无所知，包括大唐危机。”

“难怪他对你一直如此客气。我记得你变出个人就把饕餮吓跑了，那是什么把戏？”

“我下凡以后仙力被削弱了九成，无法与饕餮相抗衡，因此变出了胤泽神尊的幻影。他曾经亲手把饕餮伤得只剩一口气，导致饕餮现在听见海浪声都会害怕。还好涵虚自大，先行离去，不然饕餮若识破那是幻影，现在我们都已是它的腹中之物。”

“我记得，你说过，胤泽神尊是沧海之神。没想到他本事这么大，那么大的凶兽都害怕他。”

邢逸疏叹道：“神尊的神力确实是九天一绝，连天帝都对他忌惮三分，可惜他生性自我，一生近八千岁，不曾为六界苍生考虑过

[1]《山海经·大荒北经》：“大荒之中，有山，名曰不咸……有虫，兽首蛇身，名曰琴虫。”郭璞注：“琴虫，亦蛇类。”

半分，导致他成了第一个归元的上古之神。”

“我不懂，为何他不曾为苍生考虑，便要早早归元？这两者之间有什么联系吗？”

“任重者，责亦重。”

“那我还是不要任重的好。而我们重情重义又心大的太微仙尊呢，务必能解决大唐之难，而后在人间名垂青史。”

“不会。仙术可以瞒住我的身世一时，却瞒不了永世。扬名四海会惹来许多不必要的麻烦。待我处理好所有的事，会清除掉自己在神州大地留下的痕迹。”

“那……我记得你说过，你会在凡间多留些日子再回仙界，对吗？”

“现在魔界频繁干扰神州，时间会比我想的长，可能计划有变。”

裴羲岚急道：“为何啊，你在长安待了那么多年，难道不会有点不舍？即便看腻了长安的云里帝城，也应多看看世外的青山远岫、万顷江田，亲身体验一下大唐的历史变迁。对了，你不是还说要去丹阳品酒吗？”

“因为……”邢逸疏顿了顿，似乎把话噎了回去，又徐徐道，“羲岚，在你出生前一千年，我便将神州游历了一遍。况且，仙界的史书与你们的不同，可以靠术法提取往事，将幻境重现。大禹治水、武王伐纣、幽王烽火戏诸侯、始皇焚书坑儒、汉武帝征伐四方……包括你们高祖皇帝发动的晋阳兵变，你能想到的场景，我都能在仙界看到。仙界柳宿有柳川泉酿，仙饮醉七日，人饮醉半年，我也不用特意去丹阳品酒。”

“我决定要去修仙。”

“得了，修仙需要六根清净，戒酒戒荤，你能坚持得了一天么。”

“你也是仙，为何你就可以喝酒吃肉？”

“布衣想当官，得十年寒窗参加科举，你们皇族宗室子孙可会参加科举？”

“言之大理。我决定不去修仙。”

裴羲岚往周遭打量一圈，察觉四下无人，环境幽闭，还难得逮个机会让邢逸疏柔柔弱弱地残在床上，杀人越货、非礼良男也是可行的。只是，龟爷不仅是娘亲口中的龟，还是所有长安百姓心中当之无愧的龟。她的人生志向可不是当个兽奸犯。聪明姑娘该营造营造气氛，套点什么话。她提出了一个机智的话题：“对啊，我都差点忘了，你在仙界尚有家室，现在只怕想早些解决事毕，回去与妻妾团聚。”

“你有这份闲心操心我的事，不如想想自己的终身大事。就你这脾性，不知以后如何面对姑嫜。”

果然，邢少师不容易上当。她吐吐舌头：“大不了不嫁了呗。反正现在耶娘订的亲，我也不怎么喜欢。”

“你喜欢什么样的亲事？我看你眼光挑剔得很。”

“一派胡言。像我这种随遇而安又好养的媳妇儿，怎可能像那些矫情的公主小姐们一样，罗列出一大堆条条框框。我对未来夫婿要求不高，只要他智高过李斯，舌辩胜苏秦，风雅赛周郎，高志比谢安，身为菩提树，面为腊月霜，眸若清辉澹水木，笑如碧海凝清光，足矣。”

“……说那么多，你还是看脸……”

“对了，我俩还得一生一世一双人。”

邢逸疏原本神情自若，听到最后那句话，他眼睛微微睁大，暗淡无光了须臾，随后笑道：“我得先在大唐找找有没有这样的人。”

“即便有这样好的郎君，也不会把感情只留给一个娘子。这可如何是好，只能一辈子一个人啦。”见邢逸疏陷入沉默，裴羲岚故作轻巧道，“要不，大仙人，你替我在仙界帮我寻个独身郎君来？我寿命很短的，只要当此生夫妻便足够。等我归西，他可以继续回仙界娶其他仙女，这岂不比齐人之福还福气些？”她看上去与平时无异，却能听见心脏在喉咙里怦怦乱跳。邢逸疏如此聪明，不太可能听不懂她的试探。但没办法，这会儿如果再玩矜持，以后等他跑路回去，她可真得抱憾终生了。

邢逸疏抬眼看了看她：“简直胡闹。”

“嗯？”

“现下危急之时，你还想给我添多少乱？我会在长安帮你留心这样的人，你少想乱七八糟的事。”说罢，他推了一下她的脑门儿。

不知为何，他看上去严厉，却令她觉得心窝都暖了起来。她揉揉脑门，乖巧地笑道：“知道啦，一切都听邢少师发落。不过，你去除魔界之时，当真不需要我来帮衬着点？”

“你还想出去晃悠？像你这种姑娘就应该被关起来，不见任何人。”

裴羲岚眨了眨眼，想起他在骊山奋不顾身救自己的情景。难道，他真的对她有意思，他想保护她，抑或是，怕别的男人看到她？她脸红道：“为何呀……”

“免得你去祸害人间。你还是比妖魔可怕些。”

“……”

此后，裴羲岚安分了许多。她不爱出门瞎逛了，反倒爱在家里数桃花、呷清酒。不久，她收到了李白写来的信。李白离开长安后去了洛阳，在那里遇到了杜甫后，又在梁宋遇到了高适，三人畅聊甚欢，一同访道求仙，抒怀遣兴。在信中李白说高适多些，对杜甫的评价是：“劳神苦思，直言不退。”

裴羲岚琢磨良久，觉得这似乎不是夸奖人的常态用语，没能理解。她记住了邢逸疏给过她的忠告，所以没在信中与李白套太多近乎，毕竟她可是一个有心上人的人了。她的小宇宙因此蓬荜生辉。不过，这个小宇宙也没有光辉太久，便被一道霹雳雷光闪成了黑的。这道霹雳雷光的名字叫陈卿云。

一日正午，邢逸疏把裴羲岚约到了府上。听说这一消息，裴羲岚特意带上了为他新做的改良版胡饼，不料到了他家中，发现坐在红木案端着阳羡茶的人，除了他本人，还有一个与他年龄相仿的郎君。

邢逸疏从容道："来，裴幕僚，我来为你介绍，这位是陈二郎。"

那郎君面如傅粉，神采飞扬，一袭金线白袍很是低调，却又恰到好处地彰显了腔调。他放下茶盏，起身朝她拱了拱手："不才陈卿云，见过裴娘子。"

裴羲岚向邢逸疏投去了求助的眼神。邢逸疏无意多看她，只招呼下人为客人上果品、案酒。陈二郎倒是对她颇有兴趣，总会率先展开话题。她平时喜欢吃什么、玩什么、读什么，他恨不得掏出个小本子来牢牢记住。而且，陈二郎瞅着谦虚，世家子弟的言谈举止却是藏不住的。她用鼻子嗅嗅都知，他不是富半公室，便是家半三军。可这样一个人为何在她面前跟个孙子似的？她闻到了桑葚的气息。

她总算明白，邢逸疏今儿个转行当月老了。他如此热心地给她介绍对象，对象质量对大部分姑娘来说，可谓会当凌绝顶，一览众山小。她知道，邢逸疏不仅有一番诚意，还因为有十番的歉意。他曾因为小妾负了北落仙子，把北落仙子给逼得让了正妻之位和仙元，所以，现在找到了转世的她，须得好生补偿她。可惜补偿和爱是两回事。他不爱北落仙子，她现在又是凡人之躯，所以哪怕真知道她喜欢他，也会装傻装到头。不，她得纠正一下，这与凡人之躯无甚关系。晋蝶也曾经是凡人，但他还是磐石无转移地把她捯饬成了上仙。说来说去，太微仙尊是个很专一的人，他不会变就是了。

想通这一点，裴曦岚表示内心很淡定。她被甩了。

后来，陈二郎为她殷勤倒茶，问她容易对怎样的人有好感，她随口说了一句“好看的”，他认真揣摩了少顷道：“是邢少师这样的么？”

“你也觉得邢少师是人中龙凤？”

“生不用封万户侯，但愿一见邢少师。思北之容姿，若不见亦可知之也。”陈二郎冲邢逸疏的方向作了个揖。

见邢逸疏没什么反应，好像不太想把话题带到自己身上，裴曦岚更加确认了他的企图，撑着下巴笑道：“那是自然，邢逸疏可是断袖，断袖都很重视外形的，个个都是美郎君。”

“什么？”陈二郎一脸被人打了耳光的表情。

自己说出这种话，在裴曦岚看来是卑鄙的行为，她为此感到羞愧，却无歉意。她表示没什么好补充的。邢逸疏拨茶的动作停了停，抬头瞥了她一眼：“如何，瞧不起我们断袖么。”

陈二郎一脸被人打了耳光又被强了个吻的表情。

邢逸疏回答得从善如流，一丁点儿也听不出生气，裴曦岚想，自己这下死了。但邢逸疏不要她，怎么看她也无所谓。当不成比目鸳鸯便老死不相往来，如此霸气侧漏。她笑道：“不敢。我见邢少师与陈二郎都是一表人才，情投意合，我瞧，有袖堪断直须断，莫待无袖空断肠。我还是亲举玉趾，圆润地滚先。”

陈二郎一脸被人打了耳光又被强了个吻还被推到床上的表情。

邢逸疏道：“小断怡情，大断伤身，强断灰飞烟灭。裴幕僚何必紧紧相逼。”

“小贱怡情，大贱伤身，强贱天崩地裂。邢少师何必彬彬客气。”

邢逸疏再度被她气笑了：“裴幕僚，你今天按时吃药了么？”

“不曾。我已痊愈，多谢邢少师关心。”

“再不吃就真的没救了。我去给裴幕僚拿药。”

“裴曦岚身无大恙，何德何能劳烦龟爷亲自抓药。”

“我看裴幕僚今日诗酒风流，想来是打算与在下聊聊‘鸟路入山烟’的天工蜀锦。”

“恐雕虫小技，不合少师。还是聊聊‘饕餮出骊山’的鬼工篆刻比较好。”

“今太平日无事，讲这些业畜，不觉晦气么。”

“那也比花鸟鱼虫、靡靡之音好那么一丁点儿。”

就这样，二人你一句我一句，把当日的好风好景好情怀给败光了。陈二郎走时脸色就跟被人打了耳光又被强了个吻还被推到床上撕烂衣服逃出来似的，裴曦岚估摸着此去一别，再也不相见，情深意重地与他唱千万遍《阳关》。

她原本做好邢逸疏翻脸的准备，但送客回来，他的态度甚是平静：“陈卿云是陈希烈的次子，才中进士，陛下在翰林殿赞美了他两次，家境显赫，仕途无量。与你门当户对又品貌兼具的年轻郎君不多，即便目前对他无意，也不必那么快推掉。”

原来是临颍侯、大学士陈公的孩子，难怪眉眼如此眼熟。裴曦岚想了想，试探道：“而且，他很仰慕你，他父亲也听你的话。”

“聪明。我跟陈希烈说过，若把你嫁给陈卿云，陈卿云必须始终如一，不可纳妾。他们答应了。”

听见邢逸疏这番话，若说前面还有千分之一的希望，也被摔得粉身碎骨。裴曦岚强忍着不让自己失态，微微笑道：“我不过随便说着玩的，你便真当起了媒人。看来邢少师对我的事是挺上心的。”

邢逸疏沉默地看着她，并没打算解释什么。裴曦岚继续笑道：“话说，他都还没见过我，就已经答应了你的条件？看来是真听你的话。我只是好奇，若他见了我却无法对我动心，被你这样硬凑一对，那我和他岂不是一辈子都被耽搁了？”

“男人的心是最没用的东西。他可以爱着你，但给你纳一百个妾来添堵；也可以爱着你，但永远不给你正房的位置，让你们的儿子分不到半点家产。还是给你切实的承诺与地位比较重要。”

“没有心，万一有一天他遇到了心动的人，反悔呢？”

“放心，我交代他们去做的事，他们不敢不办。陈希烈以全家老小的性命跟我担保过。因此，即便拿不住陈卿云的心，他的人我也能给你控制得牢牢的。”

这确实像邢逸疏说的话，可是，说话的对象是自己，裴羲岚还是觉得有些意外。而想得越多、越细，她越觉得心中苦闷，只想找个没人的地方发泄情绪。因为当着他，她只能笑着，一句话也不能多说。

邢逸疏道：“不必想太多，你大可信任我的辨人之能。此人能给你想要的婚姻，比郭子仪有保障。”

“你有没有想过，假若我不喜欢他，那又该如何？”

“羲岚，我是按着你的要求找的。”

“是的，他完全符合我的条件。可我就是不喜欢他，这该如何是好？”

“我再帮你找。”邢逸疏笑了，却是很复杂的笑，让人一时间摸不透他到底是喜悦还是无奈。

她摆摆手笑道：“别，别。我都说了，先前我只是随口说说而已，哪有想过真的要退亲。我也欠不起邢少师这个恩情。再说，我和郭子仪是陛下御赐的亲事，岂止是父母之命。我会嫁给郭子仪的。”

邢逸疏沉思片刻，嘴角微扬了一下：“也好。”

“听你阍人说，你还挺喜欢吃我上次带的胡饼。所以我又给你做了一些，先放这里了。”裴羲岚把手中的盒子放下，又朝他微微一笑，转身准备出去。

邢逸疏握住她的手腕："慢。"

她停下来，轻轻吸了一口气，赴死之人般回头望向他。他自觉失礼，把手抽了回去，道："这世界上有很多愚昧的女子，为了短暂的情与爱，所嫁非人，不得善终。你认为是一生所爱的人，未必能给你幸福，可能还会祸害你一生。"

裴曦岚摸着下巴认真思量，点点头："深刻。"

"相思不如相见，相见不如相守。对于一个不怎么强悍的女子而言，相比得到昙花一现的感情，还是与丈夫一生相守比较幸福。"

她还以为他和别人一样，认定了她是个缺心眼儿。原来，他也知道她并不是强悍的女子。她还是笑着说道："你说得都对。"

对一个负责的无情人动情，好像比爱上一个不负责的有情人好不到哪里去。他连她的一生都规划好了，却不愿当这个让她托付终身的人。也是，她要求太苛刻了。连他至爱的晋蝶都不敢想的一人一世一双人，她却敢提出来。

门被打开一条缝，微光流泻在裴曦岚身上，如烟如雾，她好似随时会消失一样。他上前一步，险些再度挽留她，但他终究忍了下来，目送她头也不回地离去。他在原地站了很久，眼神暗淡，就连那只碧色的瞳仁也变得毫无光泽。他笑了笑，走出院外。正巧桃花都开了，院子里却是空落落的，只有遍地落红。九百多年前，他的至爱死去后，也是同样的情景。

为儿子找了王妃后不到一个月，天子准备册封杨玉环为皇后。在这之前，有大臣强谏叩首，头破血流，以晋文公拒南威之美为龟鉴，称古代贤君言"后世必有以色亡其国者"，又说妹喜亡夏，妲己亡殷，褒姒亡周，让天子不可做违逆三纲五常之事。杨国忠气得胡子都快绿了，恨不得掏出诸葛连弩爆此人的头，说你是披着比干皮的田常，把不忠不孝的屎盆子往天子头上扣，天子人都搞出个开元盛世了，想娶个老婆有什么错，你有本事你也开个元盛个世。裴羲岚比较推崇鲁共公的政治观点，如果他能活过来加一句"仪狄作酒那段我逗着玩的"再安心地去，她会更喜欢鲁共公。

李隆基只罢了这大臣的官，命满朝文武不得复言。但他自己下来想了想，确实，杀儿抢儿媳都没什么，要真把杨玉环封了后，那等同于昭告天下：朕，大唐开元圣文神武皇帝李隆基，抢了儿子老婆啦，举国上下的屁民们，速速前来围观吾朝最壮观的扒灰事件……听上去，很可能有点"娘的，智障"。他决定把杨玉环册封为贵妃。尽管如此，王皇后被废后，后宫无新后，时人均称杨贵妃为"娘子"，杨玉环也与皇后没什么两样了。随后，李隆基为杨玉环亲自写下《霓裳羽衣曲》，令他的梨园弟子演奏此乐。杨玉环一曲风吹衣袂飘飘举后，他为杨玉环别上了金钗，自觉春风沉醉。

玉环姐姐既为贵妃，裴羲岚自然也要掼掉陪同小跟班的纱帽了。杨玉环很舍不得她，把她招到宫中最后一次嘘寒问暖，依依惜别，碰巧撞上了天子。见爱妃这样情动，李隆基只好扔出撒手锏："羲岚，不好总让你玉环姐姐担心，赶紧嫁了吧。你与郭子仪大婚后，朕便给他升官，不会委屈了你。"

裴羲岚义正词严道："陛下万万不可如此作想，食君之禄，忠君之事，羲岚如何会在乎丈夫的乘坚策肥，浮名薄利？富贵于我如秋风过耳！羲岚在外只忧国计民生，在内只愿效仿太任赵姬，见西风想鲈鱼堪脍……陛下如果给郭子仪升官，最多能升多少？"

李隆基道："……判单于副都护，如何？"

"真好，羲岚可以多在玉环姐姐身边待两年啦。"

李隆基笑意满满，额上青筋跳起："再加个右金吾卫将军。"

裴羲岚道："谢陛下！陛下圣明，陛下敞亮！"

荀息曾对晋献公说过一句话，裴羲岚觉得堪称经典："玩好在耳目之前，患在一国之后，此中知以上乃能虑之。"先前邢逸疏和她说了那么一通话，大致表达的也是这个意思。郁结归郁结，静下来思来想去，她觉得邢逸疏说的句句是真理，没必要与他对着干。她确实很喜欢邢逸疏，可他对她而言，是耳目之前的玩好。如果为一个缥缈如烟又不爱自己的人耽搁了终身大事，到白发晚景萧条，那可是一国之后的患。她不能只顾眼前的爽，她得选择最正确的革命道路。感情可以培养，郭子仪她嫁了。

虽然圣人已御赐过婚配，但郭家相当重视这儿媳妇，请媒人带着一只肥嘟嘟的大雁上门行奠雁之礼、问名取庚帖，纳吉送吉兆，等等；一步也没少，还是八匹骏马纳的币。裴曦岚与郭子仪即将大婚之事，很快沸水般在亲朋好友与朝堂间传开。裴曦岚在家待嫁，没去国子监，但偶有小伙伴儿来访，说国子监有几个郎君借酒消愁，桑葚公子想抹脖子吞鹤顶红，其他同学也都对他俩羡慕嫉妒恨，盼他俩早生贵子。听后，裴曦岚险些心疾发作。

转眼间，立秋已过，绵绵冷雨灌溉了长安城。迎亲之日的前一夜，裴曦岚做了无数个关于成亲的混梦，一会儿梦到新婚夜自己跑了，一会儿梦到郭子仪才成亲便想纳妾，一会儿梦到走廊无尽、如何都走不到洞房中……但令她印象最深的一个，莫过于关于邢逸疏的。

在梦中，她像是自己，又像是北落仙子曦岚；邢逸疏像是邢少师，又像是太微仙尊逸疏。他们并排坐在红烛落泪的洞房中，两个人有一段被梦境模糊的对话，便陷入了尴尬。忽然，他冷笑一声，拨开她面前的珠帘，捧着她的后脑勺吻了下来。她吓得抽了一口气，躲开他惊道：“你你你你……你做什么？”

这梦如烟似雾，她看不清他的面容，只记得他的吻令她心痛，他的话令她错愕：“现在整个仙界都知道，你已是我的妻子。哪怕你对我无意，我也不会把你让给其他男人。”

她好像哭了，说话哽咽结巴，卑微而胆怯地对他说道：“你不会走，也不会变，会永远爱我，陪在我的身边的，对不对？”

“我不会变，也不会走。我会永远陪在你身边。”

“从今往后，你可愿意与我白头偕老，共度此生？”

“不仅此生，要生生世世……”

何为愁，心字头上一抹秋。繁华褪尽的秋雨时节，不愁也得愁。一夜过后，裴羲岚被水声惊醒。烟萝玉树满院，雨声滴碎桂声。她望着窗台出神，隐约觉得最后这个梦不只是个梦。这也是她第一次深切感受到，何为豁出性命地爱着一个人。仅仅是与那人拥抱，都会让她呼吸沉重，心跳凝滞，即便此刻死去，也不负此生。望向窗外灰蒙蒙的天，她觉得不该再胡思乱想，命侍女进来伺候。她们为她换上大袖连裳，在博鬓上插满金钗花簪。母亲也来为她梳妆，把眉画成远山长，唇描成蔷薇红。裴羲岚抬头，被镜中的女子吓了一跳。这样的面容，除了玉环姐姐，她原以为只有仕女图上才能看到。

“我的女儿就要嫁了，看看这打扮，真胡气。”母亲笑着拍了拍她的肩，像是在鼓励，眼睛却红了。母女俩的视线在镜中交会，裴羲岚的眼睛也红了，却没有勇气像母亲那样笑出来，反而快速垂下头去。

打扮好以后，裴夫人把裴羲岚带到楼下。裴侨卿原在操持婚礼之事，见女儿换了新衣新妆，也笑了起来：“我闺女还是好看。”

裴羲岚吐了吐舌头：“耶耶平时催婚跟阎罗王催命似的，这下终于可以不用催啦。”

若是换了平时，裴侨卿肯定会呵斥她大逆不道，但此刻他只是皱眉道：“你啊，从小缺内训，明早去拜舅姑之时，记得收敛点，遵妇道，守四德，事事与你夫君商量。切记，万不可再饮酒作乐，虚弄文采。知道了吗？”

“是是是是。”裴羲岚一脸无趣。

裴侨卿指了指她，对夫人道："你看我这女儿，我看她嫁出去不出一年就会回来。"

"那娘可就开心坏了。"

"你这丫头！"

父女俩又争执了好一会儿才停战。裴羲岚重新上楼，准备把漏掉的耳环戴上。待她背影消失，裴侨卿才松了脸上的笑意，叹了一声。裴夫人抹了抹泪水："生女有所归，这是迟早之事。慢慢我们也会习惯的。"

裴侨卿点点头，百感交集地坐下来："唉，我就这么一个女儿……"

虽然嘴硬，但这段时间准备婚事，裴羲岚渐渐明白了父亲的用心良苦。娘亲希望她待在家里是因为舍不得女儿，父亲希望她嫁掉，却是因为考虑得长远，希望她一世安乐。女人的爱是涓涓细流，男人的爱却是巍巍高山，终究不大一样。想到此处，她忽然记起邢逸疏对她说的那一堆话。他和父亲一样，也是希望她与丈夫一生相守，也是安排了一大堆，如今想来，他对自己的感情岂不堪比父爱？都是什么乱七八糟的假设。世上怎会有男人的爱能与舐犊之情相比。

半日过去，吉时将至，裴羲岚听见外面传来闹哄哄的声音，想是新郎带人来迎亲了。她朝天无言叹气。庙令老人实在识不了神意，手持杯珓鼓捣一通，说此日成亲最吉，结果阴雨绵绵，没完没了。有人撑伞挡雨，新衣拖曳在地，也会被雨水淋个彻底。所幸街巷间的桂花枝头探出墙来，漏了街巷满满的幽香，还有那么些风月之意。

她望向窗外的满目秋色，发现距离初遇邢逸疏已近十年。只是那时景色更繁盛些，有十里春风，有桃李争妍，有她在洛阳的楼阁上作画，画出了她的意中人……只可惜，她的意中人贵为仙尊，寿与天同，她没有足够长的寿命与他携手相伴一生。此生他们注定是要错过了。只愿还有来生，妾为红莲君为浪，随风逐雨长来往。

想到这里，她正巧低头看见郭子仪入院而来的身影，那一抹灰雨中的暗红让她脑中一片空白。然后，她耳朵里"嗡"了一声，想到一件事：是啊，当初是她捡到了那支神笔，在纸上画了仙人，一模一样的邢逸疏与桃源美景就出现在她的眼前！邢逸疏说过数次，他的力量不足以往一成，这说明了什么？还有，邢逸疏对她承认过，当年山崖下的白骨是她的仙界故友子箫。子箫出现在大唐境内，能瞬间辨认出她的前身，怎会不知太微仙尊的行踪？可是，他却说她是"负心丫头"，又说了"千年离乱后，长大一相逢"。也就是说，距离北落仙子离开仙界过了至少一千年！如此一算，邢逸疏说他是四千八百一十二岁，河泰却说他是六千岁，这刚好是一千多年！原来，很可能不是河泰记错，更可能是河泰算的年龄是太微仙尊出生到现在的年数，邢逸疏却只算了自己活过的年数！

裴羲岚觉得头晕目眩，只捂着脑袋，冲下楼从马厩里骑了一匹马，从后门扬鞭奔腾而去。有人大声呼喊着"小娘子，你你你你去哪里啊"，她也当没听见。

可是，她没能在邢逸疏家里找到他。少师府没人知道他去了何处，家丁只说他这几日鲜少用膳，日益消瘦，时常看文书至深夜，似有心事，今日一大早便没了影儿。裴羲岚失魂落魄地离开了少师府，心想他们或许真的无缘，不知不觉便到了曲江。

密雨斜倾，雾锁宫殿。曲江之春是春中之最，此处曾有文人骚客的插柳送别，有霓旌飞扬的光影，有斗草宫女的笑声，有白马金勒的队列，有才人翻天仰射云的英姿，有如今昭阳殿第一人的承欢侍宴，也有她与邢逸疏重逢在春日烟柳下的记忆……此时，往事已矣，只有画舫一叶，江水空流。鬓发已湿，裙摆浸入水中，裴羲岚只能望着眼前的风物，默默吞饮着难以言说的思念。

忽然，那画舫晃荡了一下。裴羲岚眨了眨眼，侧头眺望，看见里面探出一个绛紫色的身影。邢逸疏撑着伞，对里面的童仆说了几句话，正想到船头拿点什么，却看见了雨中的新娘子。他携伞下船，带着些责备的目光走过来，在离她一段距离处停下脚步。他眼神黯淡了一些，松开手，任伞悬浮在空中，施法把伞轻轻推出。油纸伞平移到她头上，他头上出现了冰雾仙术，挡住了雨水。他漠然道："今日不是你的好日子么，为何会在此处？"

衰柳轻雨中，他的身影淡如云烟，而她双鬓花红，朱唇明艳，是这冷灰色天地中唯一鲜活的色彩。她笑了笑："我只是想明白了一些事。"

邢逸疏蹙眉道："什么？"

"你到底是谁？"

他怔了一下，神色未变："你逃婚，闹出这么大的动静，便只是想来聊如此无趣的事？快回去，别耽搁了时辰。"

"你从前以各种理由把我推开，什么人仙殊途，什么世事难料，都不过是满口胡柴——前世的我不是凡人，高高在上的太微仙尊，不还是照样爱了别的女人。不爱就是不爱，哪来这么多借口……"

她话未说完，他已打断道："既然你知道，为何又要多此一言。"

"不，我也是今日才发现的。你把我推开，并不是因为你不爱我，而是因为你根本就不是太微仙尊本人。"

邢逸疏张口想说点什么，但终究未再辩解，只是紧闭发白的嘴唇。他头上的仙术被击坏了般溃散而去。斜飞的雨水淋湿了长发与华紫锦袍，在他的睫毛上留下一层绒白。他远远地看着她，面无表情道："没错，我只是你用千丈幻毫画出的幻象。"

虽然早就猜到了这个结果，但真听他亲口承认，还是难免感到震惊。那支笔真的不是画什么就能召唤什么，而是画什么就会出现什么。但画出来的东西，本身未必是存在的。所以，眼前这人，不过是她凭借残留千年的记忆绘出的一幅画……

天长日暮，断鸿声远，曲江水流成了一片赤色的曲回肠。寒雨浮烟中，他的身形高挑却略显单薄，比云雾还淡，比烟柳还素，真如水墨一般，只是这曲江秋雨图中最美的一部分。他道："幻象无情，亦不会爱。不必再与我周旋，浪费大好光阴。"

她顿了顿，泪水在眼眶中打滚："我不相信。你不接受我，是因为你认为我爱的是太微仙尊……对不对？"

"不是。"

"可是，我从一开始并没有前世的记忆，太微仙尊是什么人，我都是从你那里知道的。你误会我了，是不是？"

"不是。"

"那你为何要冷落我？难道因为你有前世的记忆，当时不喜欢我，现在也不会喜欢吗？还是说，你有了前世的记忆，这一遭下凡，你也跟太微仙尊一样，只是想要拯救苍生？！"

"不是！"他蹙眉道。

"你再否认也没有用。"她断然道，憋着泪水不让它滚下，"我知道，太微仙尊不爱我，可是你爱。"

他身体僵硬，像听不懂她说了什么。

在这幅画里，他是水墨，夕阳是红罗。而她真像火一样，提着裙摆飞奔过去，紧紧抱住他。

"羲岚，你……"他双眸骤然睁大，却无法将她推开，一时只有慌乱。

他的身体是如此真实，隔着锦袍都能感受到结实清瘦的触感，与梦中那个亦真亦幻的薄情郎全然不同。她把头靠在他的颈项间，任泪水大颗大颗落下来："我爱的人是邢逸疏，不是太微仙尊，不是那个看不到摸不着的远古上仙。我不管，我都这样爱你了，你必须爱我！你……”

“你别胡闹了！”

他推开了她，胸膛起伏片刻，扶着她的肩说道：“你听好，我没有凡人的感情，不会跟你在一起。可是，你是我原身的故人，我不会弃你于不顾。”

裴羲岚没有表情，不作回答，只用一双红红的兔子眼看着他。他眉心皱了皱，道：“如今情势紧迫，魔界似乎打算从暗地里操纵九州，上界忙于看守神魔天堑无心兼顾此间。而我幻象的力量极弱，很难与魔族相抗衡。所以，我若真有时间顾虑你，也是该顾虑你能不能活下去，会不会在战乱中饿死，没时间与你谈儿女情长。”

她觉得他说的什么都对，却只觉得更加无力。不等她回答，他又道：“回去成亲吧，再耽搁就太晚了。”

心沉入了深而冰冷的湖底。她扬着嘴角，却连笑也挤不出来，只能轻轻点了点头：“嗯。”

待裴羲岚牵着马离开曲江，天色已晚，老百姓们都回了家，夜禁武侯也都陆续出来。这逃婚算是圆满结束了。她不后悔没嫁给郭子仪，毕竟她心中有人，嫁给郭子仪对郭子仪很不公平，但她很后悔自己用最糟糕的方式结束了这一切。明儿个得回去家中面对烂摊子，这回可不是闹闹便好的，她必然会在爹娘的训斥下上郭家门叩首认错。而与邢逸疏这事，更是令她伤心透了，也尴尬透了。想想这一切，只觉得很心累，还是先放纵自己一个晚上吧。

裴羲岚她把马系在柳树上，打算溜达到武侯较少的城南寻个住处。走了没几步，只见半轮清月出长安，为烛明香暗的坊里住宅披上秋霜。一阵阴风吹过，前方几个灯笼摇晃，一道红影骤然出现在前方。裴羲岚大惊，躲在短石墙后。她闭着眼睛静待了一会儿，偷偷探头去看，发现灯笼停止了摇晃，那里早没了人影，简直跟鬼似的。又一阵阴风吹过，吹得她打了个哆嗦。她松了一口气，刚转头想看看后方状况，却发现一人站在自己身后。

裴羲岚发誓，她差点当场归天。

眼前的男子穿一身红袍，眉如远山，长发如鸦，一双眼睛是不见底的深黑，皮肤是毫无血色的白。看打扮不似唐人，脸孔又不似外族，美得像鬼一样。这比喻颇为清奇，但看见他站在这样的月色下，这是她的第一反应。她总觉得这人有些眼熟，只低声道："你……你是谁？为何出现在此？"

"在下是裴姑娘前世旧友，与姑娘也曾在边疆山谷间有过一面之缘。不过姑娘贵人多忘事，想来是没什么印象了。"他冲她拱了拱手，"在下幽都花子箫。"

"幽都花子箫……子箫？！"

子箫是她梦中的仙界好友啊。那他可不是"美得像鬼"，而是"美得就是个鬼"。而且，幽都，这不是阴曹地府的京师吗……她捂着胸口，颤声道："子箫，你是来找我索命的吗？"

花子箫笑出声来："那是勾魂鬼的司职，子箫可没这么大权力。"

"那你出现做什么？"

"得知裴姑娘今日大喜，特意前来，赠姑娘一份薄礼。"

大喜之日收到幽都来客的赠礼，那算是喜事还是丧事？他会不会提出一吊纸钱出来？裴羲岚惧道："那羲岚先行谢过足下了。还敢请教这份大礼是……"

花子箫缓缓打开一个卷轴，只见金光溢出，其中文字一个个跃入空中翻动，字体不似隶书或蝌文，也不知是哪个朝代的文字。他道："北落仙子羲岚的记忆。也就是说，裴姑娘前世的记忆。"

"什……"

裴羲岚还没来得及惊讶，花子箫挥了挥手，便见那些字朝她飞来，冲入她的额头后消失。霎时间，她如饮千斗，脚下踉跄，脑袋无比沉重，花子箫连带整个街景都摇晃起来。张口想说点什么，但除了风声，她听不见别的声音……

在风月旧梦的画卷重展之前，她连眼睛也看不见东西了，只能看见一片茫茫苍白，只能感觉泪水盈满眼眶。终于，她有力气说出最后一句话，尽管只有轻似叹息的两个字："……逸疏……"

第九幅画

初相逢

仙族之诞生，不外乎四种法子：从仙女娘胎蹦出、集天地之灵而幻化、神族贬谪、凡人羽化。羲岚的出生便是第二种。

话说仙界朱雀天北有座名摇光，摇光有座山叫摇光山，山顶离海二万八千仞，有六龙回日之险峰；山下云霭长风波浪阔，有冲波转石之北海。摇光山崔巍欲倒西北倾，上头长了棵苍天神柏，青铜柯，磐石根，挺秀高悬北斗星辰旁，黛色参天如大鹏展翅，出明月之天山，汲耀日之光华，一去四千年，便有了灵气……总之，上述描述扔到任何一本仙界典籍里，都不难猜出，这日月精华酝酿出的，是个人物。

没错，这便是羲岚的诞生。她便是那神柏……上的菟丝。

神柏诞生千年后，凤凰在它旁边播下了一颗菟丝种子。菟丝就此生根发芽，爬满了神柏的树冠，缠了神柏又一千多年。神柏想要幻化为仙，时常摇动枝丫，打算甩脱缠着自己的这个什么玩意儿。可羲岚是棵很有生活品质的菟丝，每天晒晒太阳，沐个初秋雨月光浴，便懒爽通透。她不想化仙。于是，她与神柏斗智斗勇三百八十八年，时常勒得神柏喘不过气，恨不得翻身掐死她。然而，马有失蹄，草有失眠。一个红湿花重的拂晓，她被冷风冻醒过来。出现在她面前的少年雪袍如雾，发如青烟，一只眼睛还是美丽的深碧色。他微笑道："菟丝附苍柏，引蔓故不长。姑娘幻化为人，当真好看得多。"

按理说，美少年与美少女在荒山野岭单独邂逅，一见钟情，如胶似漆，不出两年便共同奋斗出几个娃娃来，是符合历史与人性规律的。毕竟孔夫子说过，食色，性也。说明人性本质就是吃与繁衍，不管做什么轰轰烈烈的大事，都在绕着这两个主题转。这事撂植物身上会略有不同。植物不喜欢繁衍，植物喜欢雨水和太阳。发现自己被迫幻化为仙，羲岚觉得美少年不顾他人感受，属于人格卑劣，一个冲动，把他推下山去了。

羲岚是棵充满灵气的菟丝。她离开寒冷的北天，去了温暖的仙界南方朱雀天，游山玩水，饮遍佳酿，春来日日花下眠，春去诗画换酒钱。因为诞生在北天之下，所以卖文鬻画时，她为自己取了个笔名叫"北落仙子"。又因她七步成诗，笔墨潇洒，很快扬名于仙界，众仙都以珍藏她的作品为荣，好似府中不挂一幅署名"北落仙子"的诗画之作，就显得不够有腔调。不过羲岚有个毛病，只有缺钱才卖画，不缺钱只喜欢晒太阳喝喝喝，所以作品产量不稳，被人说成是"不过仗着自己有才"。即便如此，这些作品还是被炒到了天价。当她的支持者和反对者争得天崩地裂之时，她觉得很难理解。她只知道，买不起酒的时候最生无可恋。就这样，在临月群星间游荡四十三年，她慢吞吞地逛到了朱雀天首府太微城。

朱雀天与仙界别的天域不同之处，就在于此处由朱雀守护，处处有金云穹火，每一片金云穹火连接之处，都是一块崭新的凌霄境地，大小取决于仙气凝聚量。只要有金云穹火之处，上界都列入开发利用名册中。而太微城作为朱雀天首府，所有金云穹火都建设了个遍，在城外都能看见高空中有楼台仙阁，宝塔万重，驾车鸾鸟，飞盖穿虹，尽数沐浴在祥瑞之光中。其繁荣佳景，吏治强盛，堪称九天一绝。

到了这种大都市，第一件事自然是要逛逛喜欢的地方。羲岚摇着羽扇，进入了符书云火之中，这是一块方圆二十一里的凌霄境地，处处修竹为地，瑶石为桌，金荷为椅；文人雅士聚集其中，拆白道字，顶针续麻。云层间轻飘飘浮着的是曳地书卷，张张画工如山貌不同。欣赏了好一会儿，羲岚看见一张以假乱真的云霄仙人仿画，正想买下来收藏，却听见有人唤了一声“北落仙子”。

羲岚没料到别人能认出自己，应声眺望，发现众仙都朝着另一个方向。她溜过去一看，人群包围着两个人。其中一个是妙龄仙子，头戴醉梦海棠；另一个是气宇轩昂的男子，腰配腾云玉，以穿着打扮、仙力判断，最少也是个灵仙。可在这妙龄女子面前，他没半点架势，反倒成了颗痴情种子：“我已仰慕北落仙子的才情多年，今日一见，方知仙子是这般冰肌玉骨的妙人儿。无论如何，都请容许在下娶仙子为妻。”

那戴花仙子道：“你不过是个灵仙，也想娶我北落仙子？”

四下议论纷纷，都觉得可以理解。北落仙子嘛，要求高些也正常。而羲岚认真思考了一下，觉得有人仰慕自己是好事，值得鼓励。但这种当众求婚扰民的行为有伤风化，不值得鼓励。

那灵仙也不气馁，认真道：“现在是灵仙，不代表以后还是灵仙。这点仙子大可放心，家君是天君，我成为天君是迟早之事。”

“你说迟早便迟早？我可不信。我要看得见摸得着的东西。”

“什么才是看得见摸得着的东西？”

“我要如意缎千匹，混沌帛百匹，七星簪十个，太清翡翠镯三对，太清翡翠耳环三对，冷月璧一块。三日之内把这些东西送过来，我便嫁给你。”

羲岚嘴角抽了抽。她一幅字画只能换八匹如意缎，其他东西她见都没见过，只知道冷月璧价值连城。这样狮子大开口，是会吓着人的。还是说，这姑娘已经做好了嫁过去每天什么事不做光画画的准备？

出人意料的是，灵仙想了想，苦笑道："别的虽然难办，但我都能答应你，只有冷月璧，想买也买不到，可遇不可求。我们换成别的可好？"

戴花仙子抱着胳膊，冷笑了一声："那你走吧，我不嫁。"

灵仙苦着脸道："北落……"

一个感情过于充沛，另一个物欲过于充沛，显然都是太无聊导致的结果。羲岚闲，但一点也不无聊，她掉头就想走。可是，刚走两步她听见有人低声道："没想到北落仙子是如此贪婪、自负之人，这样的人能写出什么好诗，以后再也不读她的诗了。"

被人误认为自负、贪婪事小，没人读诗、没钱买酒，事就不小了。羲岚走出人群，对那戴花仙子笑道："久闻北落仙子大名，深知仙子极擅绘梅，可否为小女子作一幅画？"

闻声，戴花仙子转头轻蔑一瞥，却与旁人一样，只觉得天地失色，视线都收不回来了：眼前的仙子长发及臀，碧裙轻扬，流成六幅湘江水。翠枝缠绕着她的鬓发，枝上生满雪白小花，化作一片初雪，落满她的乌发。她颈项间亦有碧色纹绣缠绕，从发梢蔓延至皮肤上一般。她手戴翡翠镯子，摇着一把羽扇，一双眼睛充满笑意地望过来。戴花仙子望着她，良久，才回过神来轻咳两声。

"我的画可不是寻常人想要便要的。我读的是圣贤书，绘的是上品画，食的是水精盘，穿的是翠云裘，每日入高迁教课九莲府，名列仙册宝箓中，则除里忙外忙，分外锦绣。"戴花仙子念得抑扬顿挫，傲然对她扬了扬眉，作个揖道，"还敢请教阁下是何等高人，素日都做些什么，竟来要我的画？"

"小女子无名小卒一个，不胜惶恐。"羲岚摇摇羽扇，一脸春风沐浴的微笑，"我玩的是春溪月，赏的是琳琅曲，饮的是流霞酒，踏的是飞星草，常年见白芦掩映摇光山，遍崖乱飞杨花雪，但落个无事找事，兀自清闲。”

“我能读书、能绘艺、能下棋、能谈经、能鉴赏、能议政、能金石、能投壶，一身真本领。你又会什么？”

“我会吟诗、会赏景、会品花、会游仙、会插科、会打诨、会律吕、会醉酒，十分歹症候。”

“这水准，也来找我要画？”

“价格好商量。”

“想我有谈天说地之能，鸿鹄安邦之志。价格一点也不重要。”仙子冷笑一声，朝身边的丫鬟摊开手，丫鬟火速递上猸狙毫笔。

戴花仙子正襟危坐，酝酿了许久，挽起袖子，吸了一口气，下笔开始绘制。她背脊如此挺拔，神态如此认真，下笔如此谨慎细腻，稍微有一点点细节画不好，都会耗上近半炷香的时间去添添补补，每一种颜色她都搭配得甚是谨慎，看得周围的人都不禁紧张起来。过了许久，待画完工，展现在众人眼前的，确实是一幅颇有功力、颇有北落仙子风格的寒梅图。人们围过来观看，不由得连连称好。戴花仙子仰着下巴，自得之色溢于言表：“画作已成。”

羲岚呷着酒囊里的酒，单手接过这幅画抖了抖。戴花仙子急着把画抢回去：“喂，小心别弄坏，别把酒溅到画上。弄坏了即便你赔得起，惜画之人也会叫你赔不起。”

羲岚眼珠子转了转，看着空空如也的手，笑道：“一幅画而已，又不是豆腐做的，没必要如此谨慎吧。”

“一幅画‘而已’？你也不看看是谁画的。”

“北落仙子的仿图嘛，学学就会啦。”

戴花仙子的脸由白转红，声音也提高了许多：“仿，仿图？你敢说我是仿的？你看清楚这风格，我可不是在冒充北落仙子！有本事你画啊！”

“好，我懒得换丹青，只用单色可好？”

“什么？”

羲岚笑了，推开长长的卷轴，提笔在画上勾勒，动作如奔雷闪电，笔尖触碰之处，有青光花影出现，烟岚般缓缓消散。她速度如此之快，都没人能看清画上的物事是如何画出的，只能看见带仙气的梅花枝丫川河般延绵而出，被磐石与远山映衬得真有香气一般。又见羲岚向空中洒出囊中之酒，张开折扇，“唰唰唰唰”挥舞了四下，打散漫天酒雨，落在满树梅花上。她“啪”地一收折扇，反手背在身后，提笔在空白处落下点睛几笔，因而有残梅从枝头落下，落了满纸凋零心伤。

人们这才意识到，画已绘毕，青光花影却才消失了一半。人们等了片刻，待青光花影一点点完全消失，都被这幅画迷得挪不开眼睛。其山石崔巍之势，有大江汹涌之澎湃，龙破长空之激昂；傲骨梅花开如雪，落如雪，只道是花中奇绝。画虽是黑白色，却似冰绡裁成，轻叠数重，活生生被墨浸成了灰色般，看得人不由得汗毛直竖。

这一刻，包括那灵仙在内，所有人都回头看了戴花仙子的画。那幅画确实技巧娴熟，工整得无可挑剔，还是色泽艳丽的彩图。可与这黑白梅花图一比，它的花朵简直跟蜡制的一样。

有人低声道：“这位美貌姑娘画的墨梅飞扬冷傲，清高逼人，好像……比北落仙子的红梅画得更好些。”

“甚是，甚是。虽然两幅都很像北落仙子的风格，但我师父特别痴迷北落仙子的花鸟图，他跟我说过，北落仙子笔下的花瓣都是透明的……”

人们看了看羲岚画的梅花，确实每一片花瓣都是透明的。不是墨淡形成的透明，而是花瓣轻薄会呼吸般的透明。人们的议论、羲岚的画，把戴花仙子整得万般尴尬。更尴尬的是，这时有两只穿花蛱蝶飞过，停在了羲岚画的梅花上。戴花仙子想说点什么，但没人大声说话，她不知该如何发泄。羲岚习以为常地挥手赶走蝴蝶，喝了一口酒，第二次蘸墨，笔尖飞舞，袖袍轻摆，在画的左下角题下一首诗：

把角追星问九天，羲皇大道岂得安？
上有火凤之暝旦，下有青龙之狂澜。
昊帝蒸黎均去看，唯观竖子忒骄贪。
愚人莫懂风花醉，画虎如戍莫自惭。
北岭摇光长，铜枝故我乡。
菟丝生碧柏，雪鹤破云翔。
刹那音尘荡，逍遥柳酒香。
金醪沉满盏，妙曼舞神凰。
霄白水碧，古今何移？
问奴归意，清歌风起。
一夕月里，万古恣意。
仙桂满头，醉梦天地。
圣草元非落世间，安能与尔沐凡烟？
若问何处归。绿酒酣，红梅淡，九万寻云海外，七千仞险崖间！

北落仙子

字迹飘逸奇丽如鸾翔凤翥，珊瑚枝柯，快剑生生斫断了蛟龙般，把整幅画点缀得分外有力。她掏出一个印章，在“北落仙子”下方稳稳地盖下去。

那灵仙堪称北落仙子的忠实粉丝，只要读她的文字，他便会有种飘飘欲仙又不住打激灵的感觉。读完羲岚这首诗，他微微一颤，似曾相识的感觉扑面而来。不仅是他，在场许多文人都有相同的感觉：这北落草书、这行诗之风，仿得也太以假乱真了，北落仙子饭碗不保。而其余的人，不懂的人大叫“好诗好诗”，懂的人都看出诗中“愚人”指的是戴花仙子，向她投去同情的目光。

羲岚笑道：“同为赝品，似乎我这份要逼真些。”

戴花仙子胸膛剧烈起伏，脸都成了猪肝色，恨不得破口大骂：“你写得好、画得好又如何？到底不是北落仙子且也没有北落仙子的胸襟气度！”

羲岚摇摇食指：“据我所知，北落仙子志量浅狭，睚眦必报。还是仙娥你的气量宽些。”

戴花仙子尖叫一声，把笔杆子往地上一扔，转身便溜了。那灵仙跟着跑了几步，张嘴想叫名字，不知该叫什么，站着只把胳膊伸向她的方向，呆了少顷便叹息着松了胳膊。羲岚收好酒囊，坐在画旁高声道：“卖赝品，卖赝品喽，北落仙子高仿画一幅，上乘质量，下乘价格，先来先买，先来先买！”

人们涌来，转眼间画便被掳了。她不贪心，拿了钱就走人，不想被人迎面拦住。抬头一看，眼前站着一名青年，华袍玉带，黑发深目，额心一点紫色仙印，面上挂着浅浅的微笑，好一个浊世仙公子。他道：“姑娘的凌寒墨梅图一洗万古凡梅空，当真有天马脱羁之妙，令人佩服。”

“足下对这画有兴趣？不过赝品而已，而且已经卖掉了。”羲岚指了指正在被人群包围的买主。

“在下对这幅画自然有兴趣。不过，相比北落仙子的画，拜识北落仙子尊颜似乎更为荣幸。”

这是被人搭讪了吗？尽管他长得很好看，但想想疯狂的求婚灵仙，羲岚只觉得头皮发麻。她扬了扬眉道：“真巧，我也想拜识北落仙子。”

青年拱了拱手，彬彬有礼道：“在下轩辕座东月楼台子箫，字云霄，号权星长君，还望请教姑娘芳名？”

听见这人名字，羲岚的羽扇差点掉在地上，再给不出否定的答案。正如他所说，子箫字云霄，阶位是仙君，号权星长君，管轩辕座，是名扬九天的大画家、大才子，连天帝的寝宫里都有他的大作数幅。他专擅画，司守戍笔吏一职，笔下的十丈雪荷是封锁天、魔两界通道的钥匙。因而，维持仙界至高的丹青笔墨水准，便成了他的毕生使命。

在诗画中，如说北落仙子是自由派，云霄仙君便是学院派，时常被人比较，两方追随者也经常展开骂战。羲岚什么也不想了，只回礼大笑道：“北落仙子羲岚，久仰仙君大才，今日承蒙仙君错爱，得仙君赏识，大幸，大幸。”

羲岚与子箫一拍即合，立刻找了个茶楼切磋诗词书画，一聊便聊到了星斗横斜。从此之后，二人的友谊被传为佳话，“岚箫之交”也成了仙界的一个成语，与九州的“管鲍之交”颇有异曲同工之妙，不过专指男女之间的高尚友谊。不仅如此，子箫还真像鲍叔牙帮助管仲一样，把好友举荐到了上界供职。他颇为了解她的脾性，知道她做不来太重的事儿，安排的是司相莲供奉一职，阶位是灵仙。

相莲供奉听上去牛气烘烘，实际是个花瓶壳子。神界有一个池叫无相池，池里开满无相金莲，这种莲花可无根凌空而流火万千，却无法离池而活。因此，无相池便成了天帝和众多神灵文艺游赏之地。游赏之时，总要有个别经学之士吟诗度曲为他们助助兴，相莲供奉是时不时被召去干这事的。羲岚喜欢供这职，觉得子箫厚道。

不仅如此，子箫还为她介绍了来自九天四垣的各路仙族。她性格豁达大方，与人结交甚易，名气更是远大过从前。

一日，子箫慎重地把羲岚叫出来，说他一个旧友回到了太微城，要为她引荐。难得见他如此态度，羲岚好奇地问是谁。他只说是一个喜爱游历山水却足不出户的人。这句话好生矛盾，羲岚头脑发昏，决定跟他去赴会后再说。

不管过了多少年，那一日的场景都记忆犹新。因为仙界所有的城镇都限了最低飞行高度，她与子箫腾云驾雾来到太微城门前，便步行前进。不过子箫是稳步前进，她因方饮小酒，凌波微步，时而轻飞，时而落地。朱雀天春夏长、秋冬短。那个初夏的早晨，又恰好飘了些桃香小雨。云里仙城，雨中春树，鸾凤翱翔长啼，群仙来来去去。在石砌的高大城门前，在熙熙攘攘的人群中，一棵桃树下的背影引起了她的注意。那少年白袍曳地，长发及腰，浑身上下最值钱的东西只有一块玉，也只能顶她半幅画的价，但不知为何，她忍不住放慢飞行速度，盯着那背影看。其实不光是她，途经城门的行人也都忍不住多看他几眼。只听子箫唤了一声“逸疏”，少年便半侧过头来后慢慢转过身子。与此同时，羲岚正巧从低空中落下，七星绸带轻飘飘地落在她的羽裙两侧。

与那人四目相交的刹那，羲岚呆住了。

子箫走上前去，拍了拍少年的肩。短暂问候后，他转头对羲岚道：“羲岚，这是逸疏，我最好的朋友。我素来当他是亲兄弟。”

子箫是仙之名士，因为他的到来，偷瞄逸疏的人不再躲藏，光明正大地向他们三人投来好奇的目光。羲岚却很震惊。这人分明就是她的老朋友、老冤家，摇光神柏……不对啊，他不是被她一掌推下摇光山了吗?

“在下逸疏，字子安，见过北落仙子。”语气虽客气，嘴角也是扬着的，但逸疏的笑远不同于子箫的清雅之笑，不但让人感觉不出愉悦，而且还带着一点锐利。

“你你你……”羲岚指着他颤声说道，半晌说不出下文。

子箫看看羲岚，又看看逸疏："怎么了？"

"大抵是劳烦子箫兄费神为我引荐这位姑娘了。"逸疏笑意明显了些，"羲岚是我的旧识。"

进入城中酒肆坐下，逸疏言简意赅地向子箫说明来龙去脉，把一个纠缠，另一个神烦解释成了他"堪托死生"，把她的靠山吃山、靠水吃水解释成了"唇齿相依"，听得羲岚目瞪口呆，几度被酒水呛到。想他与自己冤家了千年，什么也没被她影响，唯独学来了她一招半式的不要脸。经过一下午的促膝长谈，她总算明白这棵树为何坚持离开摇光山：两千多年前，他打从在摇光山上发芽，日日夜夜闲得无聊，养成了观星的癖好后竟与日月星辰通灵，习得了个对六界之灾未卜先知的本事。他无论如何都要化身为人，是以看见硕大魔星降世，才离开摇光山斩妖除魔去了。

好梦甚美，现实甚惨。尽管逸疏心系天下，盼以光芒沐浴苍生，但他由神柏幻化而来，在仙界没后台、没背景，找不到施展抱负的出路。他不肯接受子箫的帮助，向上仙自荐而又总因马屁拍不到位而碰钉子，所以风尘碌碌这么久，到现在也还只是一介布衣，还被不少对手嘲笑。羲岚听后万般感慨，好在自己是个姑娘。不管位居高低，姑娘没抱负都不会被人笑。而男子不同，若像子箫那样身处高位，又曾有过一番作为，寄情书画那叫有闲情雅致，淡泊名利。但身处低位，有抱负叫好高骛远，没抱负叫窝囊废。逸疏这样的有志青年自尊心又强，不肯接受恩惠，多半会被自己郁结而死。想她不过是缠着他的菟丝，还什么都没做呢，便已经是灵仙了……由此，她总结出两条人生真理：第一，当姑娘好，是真真好；第二，做人嘛，开心就好。何必瞎折腾呢？

从这一日开始，羲岚和逸疏也成了朋友。认识逸疏久了，她总算琢磨透子箫那句"喜爱游历山水却足不出户"的意思：爱游历山水，是指他重视生态，喜欢与大自然接触；而足不出户，是指他比较宅，有社交障碍，不喜欢跟外人打交道。所以，她经常与子箫单独见面，也经常与他俩一起见面，却极少与逸疏单独相处。逸疏这木头也确实是根木头，羲岚跟他对话总会有那么点不对盘，或被他几句话堵得哑口无言。打个比方说，她的大作颇受市场欢迎，当着他俩嘚瑟道："最近我身价不错啊。"子箫会说："真不愧是北落仙子。"逸疏却若无其事道："听闻最近猪肉又涨价了。"

另外，羲岚一直认定，一位合格的仙女得纤纤如柳，飘飘如云，体重数字一定不能太大。所以，她很注意身材，为此甚至愿意少喝点酒。有段时间她去鬼宿旅行，一路胡吃海喝，但也累得要死。回来后她发现自己变重了，跟子箫、逸疏碰头时随口说了一句："为何出远门回来反而比之前胖了呢，奇怪……"

子箫道："说明这次出行你玩得很是尽兴，而且外表看不出变化，不必挂心。"

逸疏道："因为你吸收了天地之精华。"

羲岚道："呵呵，那逸疏这样苗条，可是释放了太多精华？"

闻言，子箫沉默，逸疏脸红了，说她无耻。她觉得先撩者贱，她只不过还了一下嘴，他才无耻。而且，逸疏确实把她刺激到了。她很快瘦了回来，并若有若无地在他们面前显摆："最近我好轻呢。"对此，子箫会说："难怪最近人们形容一个女子颇有姿色，都会说'岚腰掌中轻'。"她正被夸得飘飘然，逸疏一句话又把她拉入了谷底："本来可以多涨几两钱，何必把自己弄那么轻。"

每次遇到这种情况，羲岚都会想，兵无常胜，不如忍之。但逸疏没这么大度，最后一定会惹得她跟他斗嘴斗到天昏地暗。逸疏不像她与子箫那样爱吟诗作赋，但口悬河汉、舌摇山岳之力，却一点也不比她弱。她快气死了，跟子箫告状，子箫却说，逸疏年轻不懂事，不必与他计较。年轻年轻，他哪里年轻了，明明比她老一千多岁，却从来不知让着她点。她想，还是子箫好，温和却不乏姿态，与他结交如饮醇酒，令人不觉自醉。

羲岚、逸疏、子箫经常三人行，过得还算滋润。时有羲岚的小伙伴儿发出羡慕的感慨，说羲岚你何德何能，与两个浊世仙公子日日结伴而行。羲岚觉得这是谬论。浊世仙公子是子箫，必须不是逸疏，因为逸疏的嘴太不饶人。背着好友批判他自然不好，她只淡定地肯定了子箫好看的说法。小伙伴儿们都大惊失色，纷纷维护逸疏：

“你不觉得逸疏也很好看？逸疏是美男子好吗，无须任何锦衣华袍装点，都美得跟画里走出来似的。”

“子箫长得太漂亮了，有些阴柔，我是姑娘跟他站在一起都会有些自卑。逸疏不一样呀，虽然长得俊逸非凡，却很有男子气概。”

“呀，你既然不觉得逸疏好看，那也别暴殄天物了，把他让出来给姐妹们分享。”

“不过逸疏虽然仙阶不高，看着却很难接近。你说他会不会丢脸色给我们看啊……”

“是呢，是呢，上次在当铺遇到他，我都不敢跟他说话。”

之后，她们不怎么考虑羲岚的感受，自行将话题从“逸疏好看”转到了“如何接近逸疏”。羲岚的审美也因此受到了冲击。她承认，逸疏是有一张五官极为端正的面容，可这又能掩饰他的重大性格缺陷吗？一个总与她对着干的人，再好看，也让她察觉不出来。

不过，木头虽然脾气不怎么好，心却也不怎么坏，最起码他对孩子和幼兽都特别温柔。一次她与子箫去他家中拜访，他在门前小心地抱着一只受伤的白猫，过去询问，才知它被人遗弃在此。现在小猫瘸了腿，眼睛都没法完全睁大，只微微张开粉色的小口，喵喵叫着，像在哭一样。羲岚心疼得心都快化了，逸疏却比她还焦虑，翻箱倒柜找遍药材，施展法术为它治疗。从这一刻起，这只猫成了主子，羲岚和逸疏成了奴才，每天忙里忙外就是为了照顾它。逸疏生活清贫，只能用法术为它治疗，羲岚则是在外卖画抓药，把最好的灵芝、仙草都奉献给了主子。子箫见他们难得相处愉快，便多留些空间给他们，未参与养猫一事。他俩独处的时间变多了，也变得更有默契。经常到他家拜访，羲岚发现，原来逸疏那么宅不是因为不爱交友，而是因为他忙着悬梁刺股。他的书房比卧房大四倍，塞满了史籍兵书、神仙列传、策略散文、治世通鉴。他一半时间用来读书，另一半时间用来钻研仙术，难怪没精力参与她与子箫的诗画闲情。想想自己的书房不比他的小，她的书架上装的却都是文学作品，她觉得自己与逸疏真是两个世界的人。只盼逸疏有一日能施展才华，才不负他如此辛勤。

尽管如此，羲岚还是坚持认定毒舌影响仪容，直至一个秋日下午的到来。

那一日，枫叶烧红禅月湖畔，黄金桂子十里飘香。羲岚途经禅月湖，见水明如镜，扁舟无数，许多人临湖放风筝，舞了漫天彩色旌旗。岸边有热闹的书摊、画摊、纸鸢摊，有才之人喜欢在摊铺上摆纸笔，临湖写诗、作画，再把字画粘在风筝架上放飞。见仙女们提着线轴飞入水上空中，穿云越雾，身影在湖面静移，时隐时现，羲岚也有些手痒痒，想绘一幅图玩玩。走着走着，她看见了一个书摊前逸疏的背影。她有些惊喜，正想上前去打招呼，却发现他旁边还围着四个同龄少年。

一个瘦高少年面带嘲色道："小白脸，你以为自己是个小白脸，有几个姑娘喜欢便忘了自己是谁？"

一个胖子恼道："天天跟在北落仙子身边，嗡嗡嗡转来转去像只苍蝇一样，讨厌死了，不知自丑！"

另一个少年正在放风筝，还忙不迭道："只有我们大哥才有资格站在北落仙子身边，你给她提鞋都不配！"

三个人数落了一阵子，一直摇扇不语的"大哥"才满面阴沉道："你说云霄仙君便算了，你是个什么东西，不知道会让人笑话吗？还是回家照照镜子吧！哦不，喏，这里有面镜子让你照照。”他指了指他们正在放的风筝。

抬头看了看那只风筝，羲岚倒抽了一口气。风筝上画着一个人像。那是一个头上戴花、涂了胭脂、一脸谄媚的娘娘腔，若不是一只眼睛是深碧色，没人能猜到他们画的是谁。许多行人都抬头看着那幅画，对画与逸疏指指点点，有同情的，有讥笑的，有看好戏的，也有漠不关心的。

居然这样欺负她的好友！羲岚快被这帮人气疯了，想冲过去挨个儿教训他们。但逸疏不怒反笑：“这画不错，若再来一首诗助兴，理应更有意趣。”说罢，他提起一支笔，在空中飞速写了一首诗，用仙术将悬空的字度入高空，附在那张画上。

那“大哥”道：“他写了什么？降下来，降下来。”

少年把风筝降了些，众人都抬头往上看去，只见上面写的是：

良匠绘形容，
为吾表名踪。
当风轻借力，
一举入高空。
天高身渐稳，
只疑赴帝宫。
几人平地上，
看我碧霄中。[1]

读完这首诗，嘲笑逸疏的人都笑不出来了，原本同情他的人也露出了钦佩之情。羲岚更是莫名觉得感动，在心中为逸疏鼓掌了

[1] 本诗改编自宋词《临江仙》，侯蒙作。

一百次。而四个欺负逸疏的少年不开心了，瘦高少年气呼呼地拾起一块石头，把风筝弹下来："写的都是什么狗屁不通的东西！"

"落魄之人的故作姿态罢了。"那"大哥"合上折扇，怒道，"给我揍他！"

三个人围了上去，胖子挽起袖子，面露凶色，另外两人架住逸疏的胳膊。胖子挥舞拳头，对着逸疏的脸便是重重一拳。他刚想打第二拳，羲岚急忙施展蔓藤法术将他的四肢束缚住，跑去挡在逸疏面前："光天化日之下，你们几个都在做什么？！"

"哇，北落仙子……"胖子震惊得更不能动弹了。

逸疏错愕道："羲岚，你为何会在此处？"

那"大哥"也慌了，吓得折扇都快掉了地，对羲岚拱手道："北落姑娘……在下不是有意……这小子实在可恶，时时刻刻缠着你，在下，在下只是为北落姑娘出一口恶气……"

羲岚对这人有点印象，似乎是某次品酒花宴中总缠着她说话的仙君。但她对这种路人甲一点兴趣都无，只护着逸疏道："什么叫缠着我？逸疏是我最好的朋友，你们这样欺负他，便是和我过不去！"

"可是，他就是个没本事的小白脸……"

"什么叫'小白脸'？长得好看便是小白脸？那我还只乐意跟小白脸在一起，总比看见你们这帮歪瓜裂枣好。我不想跟你们说话，快滚！"

不想那"大哥"一脸委屈，居然眼泪汪汪道："北落姑娘……"

"滚呀！"

眼见情势无法挽回，"大哥"带着三个兄弟灰溜溜地离开了。羲岚平定了胸中的怒气，转身抬头看着逸疏："你真是笨死了，为何不还手？"

逸疏答非所问地笑了："羲岚，认识你这么久，我还是第一次见你如此动怒。"

“废话，他们欺负你，我怎么可能不动怒？”见他嘴角青紫，还渗出了一些血迹，她叹了一口气，轻轻捧起他的下巴，“你的脸受伤了，把头抬高点我看看。”

他乖乖地抬头。她盯着伤口看了很久，施展法术，为他开始治疗：“你还没回答我，为何不还手？”

“无妨，吃点小亏总比亮出底牌好。”

“受不了你，都不晓得一天到晚在未雨绸缪些什么。”她异常认真地为他治疗，因而变得有些紧张，“我的治愈术练得很糟，这个只能顶一会儿。还是赶紧回去敷点药。”

“好。”

“怎么听着像敷衍，你会好好敷药的，对不对？”

“北落仙子所命之事，逸疏敢不力任？”

听他口吻甚是放松，她疑惑地抬头看了他一眼，却正巧对上他温柔的目光。心脏猛地抽了一下，她收了收手，又恢复镇定，聚精会神地为他治疗，飞速眨着眼睛，不敢再多看他一眼。她只能看见他身后的茫茫秋景，山水、花草被烟霭掩抑，自有一番犹抱琵琶半遮面的美。

羲岚承认，他不讲话的时候，或温柔的时候，确实非常好看。她甚至想，如果这张脸长在自己脖子上就好了。如果拥有瘦长的脸颊、高高的鼻子、那一只水晶般漂亮的碧绿眸子，应该是一种奇妙的体验。但想想如果真长在自己脖子上，自己非但不能看见，还会变成双头怪，那就不大好了，毕竟她对自己的脸也甚是满意。纠结了许久，还是决定把脸还给他，当每天看得见他的人就好。而什么人才能每天看见他，这问题难倒了她。很多年后，她意识到这个思想很有层次，一言难尽，真要解析，恐怕得写成一篇文章，标题应是《论初次想当太微夫人的意识浪潮的分析与解读》。

无论如何，这件事过后，羲岚总算在心中为逸疏的姿色加了认证。而后遗症是，当他沉默之时，她总是忍不住盯着他的侧脸看。一次，他们一起为小猫沐浴，她瞄了铜镜一眼，又偷偷瞄了他一眼，却被他转过来的视线逮了个正着。她心里又是一跳，埋下头去佯装无事。

逸疏淡淡道："虽然你一直吊儿郎当，但最近情况特别严重，沉迷美色，玩物丧志，还指望能做好什么事。"

她的脸无可遏制地涨红："玩物丧志你是天天说，我……我沉迷什么美色了？"

"对镜子看太多。"

她松了一口气，又意识到，近日每次与逸疏见面，她都忍不住对镜检查妆容，想在他面前好看一点。她由此推出是因她察觉到他的美色所致。作为他的斗嘴劲敌，她在外貌上也必须得碾压他。而他说她"沉迷美色"是指她自己而不是他，证明这一局她大获全胜。她又由此推出，听见他所谓"你有美色"，她开心得快要飞上天，是因她大获全胜所致。

功夫不负有心人。十多年过去，逸疏通过考试，被晋升为子安灵仙。羲岚和子箫都为他感到开心，三人还开酒坛子痛饮了一个通宵。不过后半夜逸疏自感不胜酒力，便停了没再喝。羲岚与子箫喝得比较透彻，酒到酣处，羲岚发现逸疏愣是没再碰一下酒坛子，对子箫说逸疏志向远大，搞不好以后得跟你一样，能当上仙君。子箫望了一眼羲岚，笑着摇摇头道："过两百年你再看。"那会儿羲岚还以为，他摇头是觉得逸疏不太可能两百年内当上仙君。

这之后，羲岚还是过着她舒服恣意的小日子，逸疏却分外自律，兢兢业业，常出远门，回来会跟羲岚说很多她没听过的趣闻。例如羲岚知道，九州的凡人称谓与仙界大不相同。他们不仅有名、有字，还有姓，凡人称呼他人，总喜欢用姓氏加上尊号等方式。但她对凡人的姓氏了解止于此处。逸疏去过九州后告诉她，凡人因地域不同，姓氏与名字置放的顺序也不同。东方人喜欢把姓放在名前面，西方人会把姓放在名后面。

羲岚困惑道："姓氏放到名字后面不会很奇怪吗？"

"其实真叫起来，也不会那么奇怪。打个比方说，子箫兄若姓……"说到这里，逸疏看了一眼墙壁，"姓强。他们不会管他叫强子箫，而是叫他紫小强。"

"强姓不好听，逸疏你没什么品位。若是我，定会挑一些比较好听的姓。例如……"羲岚抬头看了一眼头上的海棠花，"姓花多好。"

"这姓确实不错。你若遇到东方人，便可对他们道：'幸会，幸会，在下花羲岚。'若你遇到西域人，可对他们道：'叽里呱啦，在下西兰花。'"

"西兰花，我怎么觉得这名字不太好听。"

"是么，我觉得挺好听的。"

总之，羲岚在逸疏那里学到很多新知识。她原是好玩之人，曾要求与逸疏一同出行。逸疏愣了愣道："就你与我么？"

"不然叫上子箫？可子箫是守戍笔吏，好像无法离开轩辕座太久。"

逸疏沉思了很久，似下了什么决心一般，道："现在还不是时候。我现在一无所有，若与我单独远行，恐伤你名誉。但我向你保证，定会有这一天。岚岚，待我功成名就，你想去哪里我都陪你去，你的任何要求我都会答应。"

羲岚眨眨眼道："好呀。一言为定。"

她未思索过他话中含义，因为听见了他唤她"岚岚"，心跳快得受不了，脑子里稀里糊涂的，只有糨糊。可是，这样温柔的逸疏罕见得很，她甚是喜欢。

第十幅画　比翼情

一晃八十年过去。这八十年里，除了养猫，逸疏几乎没什么时间见朋友。一日，他突然告诉羲岚与子箫一个消息：他游历青龙天之时，遇到了一个男子，其仪容俊伟，一表人物，二人一见如故，畅聊了一天一夜，后来才得知，此人是神界水域天的神君胤泽。胤泽神君非常赏识他，决定将他晋升为仙君，招他为水域神军幕僚，参与伐魔战事。听闻此事，子箫道了声恭喜，却并不觉得意外。羲岚眼冒星星，拱手大拜子安仙君。逸疏被她闹得不行，板着脸推了推她的脑门儿，骂她臭丫头。

这以后，逸疏变得比以前更忙了，常年待在神界筹备军事，连照顾小猫的时间都没有。羲岚有很多朋友，但少了逸疏，她就是觉得哪里有些不对劲儿。只能寄情小猫，把它照料好些，如此等逸疏回来，他们聊得也会多些。但她没想到自己会那么衰，有一天会因为这只猫，差点没了小命。

猫儿生病了，得的还是绝症。仙界认为猫是极阴之物，群仙没什么养猫的习惯，所以能为猫治病的大夫也不多。羲岚访遍名医，名医们都让她放弃治疗，只有一个人给了她一本介绍罕见草药古书的刻本，说里面提到一种草或许可以救它。

自盘古开天辟地以来，神仙界的文字已经经过了万千次演变。翻开这本书读了一会儿，羲岚觉得这文字指不定天帝他老人家也读不懂。好在她肚子里还有点墨水，翻箱倒柜找古文翻译，大抵知道，这种草叫释迦草，是粉白色，有浓香十里，胭脂泪般尽态极妍，却只会生在翼宿的深山老林里，一般依附形似可怖食仙兽的荆棘丛而生。羲岚带几个随从去了翼宿。他们从天明找到天黑，都没找到仙草的影子，后来她决定两人一队，分头寻找。

三更时分，终于，她在山林最深处看见一片漆黑荆棘中的粉光。这与书上记载的情况一致，料想那粉光便是释迦草之光。她一时激动得难以自控，把行囊交给随行的婢女，腾云飞去。到那堆荆棘上空，她隐约觉得有些不对劲儿。毕竟书上写的荆棘长得像食仙兽，她看见的荆棘却和普通荆棘没什么两样，除了上面有一团团圆滚滚的紫球，茎干会轻微蠕动。看见那一株流泻着水光的仙草，她也顾不得那么多了，径直飞下去。然后，有什么东西拽住了她的双足。她呆了一下，低头一看，荆棘上的紫球居然全部整齐开了花，但每一朵花心中不是蕊，而是五六十根森白的尖刺，那股拽着她双足的力量，是蠕动的荆棘！她吓得脸都白了，但挣脱不开，荆棘的刺扎破她的皮肤，一股冷流进入她的血管。她只觉得天旋地转，刹那间，眼前只剩一片黑暗。

寻找这天杀的释迦草分明是七月，待羲岚再度睁开眼，窗外已有积雪皑皑，寒梅盛放。她动了动身子，只听见“喵”的一声，猫儿从她的膝上跳下，蹿到她的颈项间轻蹭。

“云云，你活过来了！”

她紧抱它很久，察觉窗外是东月楼台的庭院，也就是说，她在子箫府上。她只能撑起沉重的身躯，待眼前的金星冒了良久又消失，下床搭一件披风，笨拙地走出门去。刚出去几步，见前方回廊处站着两个人。其中一人是神界人士打扮，另一人披着天狐大氅，却是神色凛然的逸疏。羲岚一时好奇，溜到一边偷听他们说话。

那神族玩味不羁道："逸疏，我知道你一向心大，待朋友也古道热肠，但这样费尽心思去救北落仙子，恐怕有别的缘由吧。"

逸疏道："没什么别的理由，我不可能眼睁睁看着她去死。"

羲岚这才想到，她被荆棘袭击以后必然受了重伤，不然也不可能从夏天一直昏迷到冬天。她思绪有些混乱，也不知发生了什么，只能继续偷听。那神族又道："呵，答非所问的本事还不小。老实招了吧，你是不是喜欢她？"

羲岚忍不住抽了抽嘴角，这神族为老不尊的，说话居然这般直白不正经。而且，他去逗弄谁不好，非要去逗弄冰锥子造的逸疏。果然，逸疏的回答是："这问题毫无意义。"

逸疏虽然年轻，但他不仅志存高远，智力还与众仙不同，少有人能与他有深层次的沟通。喜欢什么人，这对他来说太俗气了。他才不会有这种感情。她心安理得地继续偷听，那神族又道："哦？何故毫无意义？"

"自她在摇光山缠着我，对我而言，她便跟妻子没什么区别。只是入世以来我身负重任，又身份低微，无法对她负责。救她的性命，原本是我分内之事。"

一道闷雷劈落，把羲岚的思绪都劈成了豆腐渣，豆腐渣还化成千千万万的野蜂，在她脑子里嗡嗡乱转。她晃了晃脑袋，想扶住什么东西站住脚，却不慎碰到身侧的珊瑚金烟瓶。瓶子晃了两下，她赶紧伸手接住，但动静还是传入了殿内。

"什么人？！"

不过眨眼工夫，那神族已出现在她面前。但一瞅是羲岚，他立马笑逐颜开，一副看好戏的样子，回头看了一眼随后而来的逸疏，清了清嗓子道："哦哦，我忽然想起胤泽神君还有事召我，二位，我先走一步。"

羲岚之死与这神族的不正经相比，可谓有过之而无不及。即便如此，还是有不少姿智俱佳的少年对她有那么点儿热情，当面示爱的也不在话下。她一向都是调戏两句，便泥鳅般滑出窘境，从未为自己招惹过半点麻烦。可此刻，那些功夫本领都给狗啃了似的，她的眼睛不知该往哪里看，说不出话来。两个人沉默了很久，她僵成了木雕，才听他迟迟说道："岚岚。"

她紧张道："怎，怎么啦……"

逸疏平静如秋水道："你醒了便好。今日神君还有事找我，我先回神界了。"

如此这般，她回到了仙界。直到她辞去，他与平时并无差别。没有辩白，没有解释，没有掩饰，没有情绪，什么都没有。他的过于冷静，让她觉得自己反而是大惊小怪的人，或者是脑子真的也被伤着了，因而产生了他喜欢自己的幻觉。

子箫听说她醒来，很快回来看她。经他解释得知，她理解错了古书的意思，那生在释迦草旁边的荆棘本身就是食仙荆棘，并非长得像食仙兽。她被它缠住以后，被拉拽到了荆棘丛中。婢女提剑去砍它，自己也差点被卷进去。所幸婢女跑得快，第一时间去通知其他人，才总算把她救出来。但出来时，她的肉身被吸得只剩了一层皮，仙元也已残破不堪。这下她和猫儿的身份互换了，她变成了逸疏、子箫访遍名医都救不好的那一个。后来还是逸疏去胤泽神君府上，向他跪了几天几夜，才总算令神君高抬贵手，用特殊的药引把她救活。仙元损毁是很可怕的事，不仅折寿，还有可能无法转世，以至于在六道轮回中烟消云散。她好奇是什么药引救了自己，子箫也不知。只能说，神界真是造化了。

最令羲岚吃惊的是，她并不是昏迷了半年，而是昏迷了一百三十九年。一百三十九年来，神、魔两界冲突不断，诸多事件动荡了九天六界。三皇时代，燧人氏与华胥氏生下女娲，女娲赐予了凡人智慧，给予他们新生。随着时间推移，凡人繁衍，战争四起，魔族乘虚而入，介入了神州大地的战争中。带头者是魔神蚩尤，他化身为人，试图击败黄帝以将九州领土收入囊中，进而作为据点，再度向神仙界扩张领土——逸疏当初坚持要离开摇光山，看见降世的魔星也正是蚩尤。

神界自然不能就此罢休，派遣神族军队下界，助黄帝与蚩尤交战。逸疏成了胤泽神君阵营的幕僚，随军在涿鹿之战中大败蚩尤。但一战方平一战又起，水神共工受人离间，与颛顼又打起来，试图争夺九州帝位。神界发配火神祝融下界讨伐共工，他俩素来“水火不相容”，这一伐，把共工彻底伐怒了。他大喊一声，头撞不周山，而后折天柱，绝维绝，天崩地裂，洪水泛滥。胤泽神君协女娲采集五色石补天，断神鳖四腿立于天地四方，剿灭趁乱作恶的黑龙，立下不世之功。他回到神界，取代共工成为新的沧瀛神，司天地之水，晋升为神尊，成为神界神尊中最年轻的一位。

早在成为胤泽神尊幕僚之时，逸疏已被提拔擢为子安天君。在这诸多战事之中，只要有胤泽神尊立功之处，均有逸疏的身影。羲岚总算明白，原来那一次酒后，子箫摇头，是指逸疏的前途不会止步于仙君。可战乱结束后，逸疏却没再得到晋升，这令旁人有些不思其解。但这些羲岚都不太在意，她只觉得一觉睡起来沧海桑田太可怕。逸疏对那神族说的话，也实在太可怕。这个晚上，她彻彻底底失眠了。她从未受过这种折磨，从日落到鸡鸣，人静静躺在床上，心却是波澜起伏，不曾停息。

第二天早晨，逸疏同子箫一起来看羲岚。逸疏把从神界带来的丹药壶放在桌上：“此药每日卯时服下，一次一颗，记得准时。”

他说话的腔调有极大的转变，但又比以往更加沉稳、疏冷又不可抗拒。或许是循序渐进的改变，子箫并没觉得有异样，但羲岚错过了一百多年时间，觉得很不适应。她费尽所有勇气，才敢抬头看了他。当二人四目交接，她的心跳把自己都吓了一跳。他还是话不多，嘱咐好用药之事，便静静离去。他还是什么都没有说。不仅这一日，之后漫长的一个月，她都没有等到他的解释。他也不会刻意避开她，还是和以往一样，奔波于仙界与神界之间。

他越久不解释，她心中的担忧便越多。到后来，已经心烦意乱到连姐妹都看出来了。

“羲岚，你到底是怎么了，最近一直唉声叹气的。”其中一位仙娥如是问道。

她纠结了很久，才把这件事说出来，只是隐去了逸疏的名字和摇光山的过往。仙娥道：“既然他不提，想来是不愿把事情弄尴尬了，你也装傻不好吗？你以前对其他男子的示爱，不都是稀里糊涂便混过去，这是你最擅长的，不是吗？”

“他与别人不同，他是我故友。我现在烦得每天都睡不着觉。”

“天啊，羲岚，你说的好友，该不会是子箫吧？”

“不不不，不是他，你不认识此人。”

“难道是子安天君？”说罢，仙娥自己也“扑哧”笑出声来，“说笑，说笑，子安天君肯定不是这种人。那我多半不认识。不过，你既如此在意，可是也对这故友动了心？”

羲岚差点儿掀了桌：“绝无可能！我一点也不喜欢他！”

另一位仙娥也笑了起来：“真想知道是哪家俊俏儿郎，把我们北落仙子迷成这般模样。”

羲岚急道：“不是，不是，我真的不喜欢他啊！”

“呀，羲岚的脸都红透了，真如三月里桃花开，如此害臊，真是可爱。”

自作孽，不可活。羲岚平日总是自信满满，处处欺凌弱小，这一日尽数被嘲笑回来。她原想事缓则圆，反正时间还长着，总有一天能和逸疏缓和尴尬的关系。但没想到逸疏某次交代“这回去神界可能久一些”后，一去便又是一百六十七年。

一百六十七年说长不长，说短不短，这期间羲岚在太微城听闻了诸多关于逸疏的传闻，知道他现在如日中天，却无机会与他联络。每次与子箫聊起他，子箫建议她写信给他，她都只是耍耍嘴皮子应承着，底下相当被动。

羲岚幻想过千百种与逸疏重逢的可能，但他真正回来的情形，还是远在她意料之外。那一日，太微城大街小巷都在议论，灵紫仙尊飞升去了神界。因民心所向，众仙举荐，天帝将新的仙尊从神界派遣而来，在蚀月祭坛进行授冠仪式，从此掌管朱雀天。而且，新的仙尊很是厉害，才两千七百多岁，上界便直接授予他太微的号。如此殊荣，自三皇时代至今，还是头一遭。听到此处，羲岚想到新仙尊和逸疏同龄，都没想到这人就是他。直到逸疏回到仙界，第一时间找到她与子箫，满面喜悦地亲口告诉他们这个消息。那一刻，他身披锦袍，腰系冷月璧，英姿勃发，神采飞扬，真是有那么一点点好看。

随后，他们一同去蚀月祭坛参加了授冠仪式。

过了很多很多年，羲岚都不会忘记那一幕。白云轻抹祭坛，火神祝融为逸疏戴上朱雀冠，两只凤凰衔着九霄紫罗袍远远飞来，似带来了九天上最美的祥云，轻轻搭在逸疏的肩上。顿时金光星散，仿佛与他融为一体。凤凰在他周围盘旋啼鸣，百花凌空绽放。

除了祝融，日神羲和、月神望舒、水神胤泽、土神南池、风神练轩、金神蓐收、木神句芒、雨神商羊等众神也参与了仪式。在众仙朝拜新任仙尊与诸神的严肃时刻，羲岚和子箫交换了个眼神，笑得特别开心。逸疏走下台来，掌声雷动，他不为所动，神情严肃。但经过羲岚与子箫身边时，他偷偷丢了个眼色给他们，还有些孩子气地眨眨眼。正巧这时祝融和胤泽叫他，他赶紧收敛了笑意，正色与他们说话。

仪式结束后，诸神回到神界，逸疏在太清殿宴请众仙。太清殿悬空而建，为流云霞光笼罩，内有芙蓉绣帘、火凤屏风、水晶春台、翡翠灯笼、紫府琼浆、茶烹玉蕊，极尽奢华。羲岚和子箫被安排在一桌，只见仙厨来往不绝，鸾刀频斩素鳞肉鹤。满桌金箸玉碗，肥鸡壮蟹，连招待众客的开胃酒，都是奢侈的流霞酿。许久没有参加这样热闹的活动，羲岚兴致高昂，空着肚子便灌了几杯酒。

同桌一位蓝袍青年道："哎哎哎，这位姑娘，流霞虽不算烈酒，但极易致醉，你现在喝这么快，只怕撑不到后半夜啊。"

"呵呵，一看阁下便知是别的天域来的，不知羲岚之海量，堪称饮如长鲸吸百川啊。"答话之人是掩月灵女，羲岚与她有过几面之缘。

"原来是北落仙子！在下久仰北落仙子美名，'北落羲岚，色如天香；八斗高才，千杯不醉'。却因初到太微城，不识贵人。失敬，失敬。"那蓝袍青年忙起身拱手，做了自我介绍。

羲岚客气地回了礼，又转头对子箫道："仙界还有这般厉害的北落仙子，可惜和我这懒姑娘撞了名，不然堪称完美。"逗得周围人都笑了。

蓝袍青年道："北落仙子好生有趣。"

与他同行的金袍上仙笑道："那也得看看是什么人的朋友。物以类聚都不懂么。"

蓝袍青年满面钦佩："是啊，太微仙尊智勇过人，年少有为，不愧是跟过胤泽神尊的人。这一路走过来，仙尊也是顺水顺风，鸿运当头，让人羡慕、羡慕。"

众人都纷纷赞同。羲岚在心里偷笑了片刻，只道他们都不了解逸疏的过往。

"我们太微仙尊的喜事可不会止步于此。"金袍上仙一脸"你懂的"笑意，下巴对着逸疏的方向偏了偏，"看见那跟在仙尊身边的两位美女上神吗？或许都是未来的太微夫人呢。”

同桌几个姑娘当场变了脸色，其余人则好奇地打探喜事。羲岚怔忪半晌，随即反应过来，现在逸疏已是仙族至尊，若他想要再度往上走，只能飞升为神。而神仙界素来有一条不成文的规矩：常态下，神族与仙族不联姻，一旦联姻，则表示神族有意令仙族飞升。过去神、仙结合，往往都是男性神族娶女性仙族，反过来的情况极少。看那两位神女的穿着打扮，还不是普通神族。她们若都想嫁给逸疏，意味着逸疏确实前途无量，她们也有意提携。

羲岚觉得有些想不通。怎的眨眼工夫，她与逸疏的距离已变得如此遥远。在她的记忆中，逸疏分明还是被人放风筝嘲笑的布衣，是需要她出面拯救的。

子箫看出她的异样，靠近了些，低声道：“羲岚，你还好么？”

羲岚骤然抬头，往四下看看道：“没事，我在想这太清殿的风光甚美，回去可以画成一幅画。”

“这主意不错。”

“可惜我比较喜欢画会动的物事，不太喜欢画建筑。这样，我俩合画一幅，你画楼阁高台，我画众仙云霞。”

“好。今日人这么多，我们可以把画扩大些，丹青便以赤红为主，你觉得如何？”

一聊起绘艺，羲岚和子箫就有无数话题可聊。旁人见他们聊得尽兴，也没人插嘴，但心里都有了七八分猜测。后来羲岚端着酒杯去了门外楼台上，想研究研究窗外之景如何描摹。这还是她第一次登上太清殿，只见金光万丈，红云连绵，下有太微光景，山峦河流，楼宇高高低低，有的依山傍水，有的群集城内，有的高悬飞石之上，参差不齐，流畅如川，巍峨如崖，又有群鹤列鸾徘徊其中，不时从羲岚面前飞过，抖落满楼台的羽毛，构成了亘古不变的一幅明艳画卷。

不一会儿，掩月灵女和另一位白衣仙女也走了过来，与羲岚攀谈了几句。掩月灵女道："羲岚，你和云霄仙君真是心有灵犀一点通。"

"那是，我俩都喜爱书画，人生追求也差不多，也是多年志同道合的老朋友了。"羲岚笑了笑，举杯喝了一口酒。

"如此般配，何不结为夫妻？"

羲岚差点把酒喷出来："什么？夫妻？！"

白衣仙女道："是呀，适才我见你们聊天，子箫望着你的眼神，那可真是温情脉脉。他肯定喜欢你。"

羲岚摆摆手道："子箫对谁都是这样温情脉脉，他就这个性格。"

"那你也可以考虑跟他在一起呀。这样好的郎君若不尽早抓住，恐怕以后再没有机会了。"掩月灵女叹了一口气，"就像逸疏，我曾经与他交好，现在当着别人，却只能唤他一声'太微仙尊'。得知他要娶神女，桌上姑娘们的反应你也看到了，恐怕都悔青了肠子。"

羲岚笑道："或许是因为你们有些注重仙位尊卑。对我来说，不管是太微仙尊还是太微神尊，是娶了凡人还是娶了神女，逸疏还是逸疏。"

"话是这么说，可一旦他成为神族，去了神界，你也不大可能再见到他了，不是吗？"

是啊，逸疏终有一日会去神界。到时，这百年来翘首以盼的离别，就会变成寻常生活的一部分。想到这里，羲岚想掩饰失落都觉得有些困难。她也叹了一口气道："作为朋友，只要他开心便好，只要有心，总会相聚。"说到此处，她又笑了起来，"好在子箫和逸疏不一样，他没那么大的抱负，当守成笔吏都几千年了，也没见他想离开东月楼台。这个朋友还是能留住的。"

"真是傻丫头！"掩月灵女轻推她的额心，"正因如此，你才更要把子箫牢牢绑住。不然以后他娶了妻，还有可能会这样陪你吟诗作画吗？怕得淹死在妻子的醋海里。你绝不可能有机会见他。”

羲岚这才理解了她们的苦心。虽然她隐约觉得，她和子箫不应是夫妻关系，他在她心中一直是好友的感觉。然而，失去逸疏的痛苦确实太重。若失去子箫也会这样难过，那她还是决定要慎重考虑她们的提议。当然，这话她可不能当着外人说出口。她一脸慈祥的微笑：“我决定承认你俩说的都是废话。”

两位仙女都笑了起来。

“你们在笑什么呢，这般开心？”

听见这个声音，三人都惊讶地转过头去。逸疏正站在她们身后，说话对象是“你们”，目光却一直留在羲岚身上。羲岚对这样的目光并不陌生，三百年前，她赶走欺负他的人时，他也是这样温柔地望着她。这一刻，不明缘由的，她心中的难过加剧了，整颗心都被利刃刺穿了一般。

白衣仙女以扇掩嘴，坏笑道：“我们在笑小女子芳心初动！羲岚喜欢子箫，子箫也喜欢她！”

逸疏愕然睁大眼，像一时间没能反应过来。羲岚没想到她这样能闹腾，拿了她的扇子打她脑袋：“我看你是芳皮初痒了。”

白衣仙女哎哟哎哟叫着小步溜开。掩月灵女也跟着她转身走掉，却不忘回头起哄道：“仙尊，羲岚和子箫早已情投意合，就差最后一口气儿了。你和他们关系好，要帮忙撮合撮合呀！”

羲岚飞出扇子，施法让它追着她俩打了一路，直至她们消失在拐角处，而后转过身，对逸疏无奈地摇摇头：“这两个姑娘真是脑瓜坏掉了。”

逸疏缄默片刻，低声道：“羲岚，她们为何要开这种玩笑？”

是时有凤羽旋落，玉桂垂坠，缀了逸疏一身白袍紫衫。不知从何时起，记忆中的少年，已经长成了英气勃发的盛年男子。他头戴朱雀紫冠，身穿九霄翘肩罗袍，脸还是以前那张脸，却因衣着气度与以往大有不同。从前只要不开那张毒嘴，无论穿着如何普通的衣衫，他都是一个无瑕的美少年。而不过三百年时间过去，他最为醒目的已经不再是面容。他是太微仙尊。就连问出这样普通的话，都有一种质问僚属的气势。而且，他没有再叫她“岚岚”。谁说功业不会改变一个人？羲岚觉得自己有些天真可爱。

“可能因为她们看出了点儿端倪吧。”

“什么端倪？”

羲岚明显感到气氛紧张起来，但还是露出了喜滋滋的笑容：“当然是看出我喜欢子箫啦。”

她没有得到任何回应。逸疏只是一动不动地看着她，像什么都没听见。她害羞地扭了扭身子：“不过不可以告诉他，我不知道他喜不喜欢我。”

“我不会说。”逸疏的声音也无甚起伏。

“逸疏，要不你帮帮我，看看怎么把子箫拿下。”

“你自己想办法。”

逸疏转身回到宴席上，一次也没有回头。

羲岚脸上的欢愉也烟消云散了。她不会忘记逸疏说过，在他心中，她是妻子。可是，妻子可以是爱的人，也可以只是负责的人。“太微夫人”可以是太微仙尊爱的女人，也可以只是政治联姻的利器。他并没有说过爱她。而且现在过了这么多年，他是否还有当年的念头，无论出于什么原因，他们都不适合走在一起。他兢兢业业，她散漫闲逸；他胸怀大志，她随心所欲。她尊重且理解逸疏的选择，也爱自己的人生。只是两个有着不同追求的人，没有谁对谁错。可是，他们若勉强凑对，必定会有一个人是错的。

从逸疏当年写的那首诗就能看出来，他想要的东西她给不了，那些神女却可以。想到此处，羲岚在心底长叹一声。斩断一个注定悲剧的开始，她没有错。

她也不后悔，只是感到遗憾。

逸疏活了两千七百六十二年，此夜头一次喝到烂醉如泥。子箫和其他人试图扶他离开太清殿，他连胳膊都抬不起来。一双眼睛睁着，却跟失明一般暗淡无光，转也不转；明明还有呼吸，却周身冰凉僵硬，跟死了一样。是人都知道逸疏冷静自持，没人见过他醉成这样，还都以为是他当上仙尊才如此尽兴。

他的失控也仅有这一夜。第二天起他身体极为不适，但一刻也没耽搁，便到朱雀殿没日没夜地执行公务，开始了他在太微垣的第一个工程——龙腾书谷。他与朱雀司空聘请了最杰出的仙匠，动用了大量神力与人力，凿石作楼，剜苔剃藓，足足倒腾了近百年，才把太微城郊一整座瀑布大山改造成一座豪华书院。建成之后，此地变成仙界最大的藏书院，自然也成了著名的旅游景点，吸引无数隔壁星宿的游客观光玩耍，逸疏自己却没什么时间去享受这份成果。

这百年来，羲岚过得倒是比以前还潇洒了些。

要论仙酒之最，绝大多数嗜酒者都喜欢流霞。流霞盛名在外，每饮一杯，数月不饥，羲岚却认为有些名不副实。她尝遍仙界美酒，柳酒若称第二，流霞只能靠边。柳酒全名柳川泉酿，顾名思义，是朱雀七星柳宿上咮川产的名酒。朱雀天的酒都甘醇而性烈，这柳川泉酿更是猛药一剂，传闻神饮醉一日，仙饮醉七日，灵饮醉一月，人饮醉半年，跟死了也没忒大的差别。

一日，羲岚跟子箫溜达到柳宿游山玩水，采个景，写个生，在当地见曲车经过，她那个垂涎三尺，脚跟钉在地上似的，无论子箫如何劝诫，她都坚持拖了几大车酒坛子回归太微城。这世上还有何事能比书画、饮酒、晒太阳更加惬意？翌日清晨，她包了一只鸾鸟，拖着她的酒车，浩浩荡荡飞去了龙腾书谷。

龙腾书谷盘绕在高山飞瀑之间，有良辰美景，白鹤亭皋，装书的格子深陷山石之中，格中有枝丫缠绕，只要将竹简放回其中，它们便会与枝丫结合而生如花木。这里人潮涌动，想霸占个好地方可不是那么容易的事。羲岚去得早，挑了山中地势最好的桃花亭，把喜欢的书堆到亭中，斟了一杯白螺酒，一边品酒赏花，一边倚亭啃书。

羲岚的酒量，以她自己的话说，是“还能喝些”，以酒仙的话来说，是“可与日月相抗衡”。因此，即便是烈如柳酒，猛灌十多壶下肚，她都没能醉倒，只是百无聊赖地读着《三皇诗集》。这本诗集是仙家文化之精华，是上界老家伙们的心头肉，出于供职需求，很有必要多做研究。然而，那个时代的诗歌花样很少，翻来覆去都是讲华胥氏、燧人氏还有他们的娃们，用词中规中矩而刻板，没什么嚼头，实在配不上嘴里辛辣的柳酒。羲岚觉得，要来些够劲儿的。她从一堆竹简中翻出了《夜合花记》，打开一看，眼睛便弯了起来。也难怪这本书一度被列为禁书，因为故事实在是太香艳，随便扫一行，都是这类段子：

“珠箔金阙，玉郎轻扇。珠箔金阙，换不来莺娘色如花；玉郎轻扇，挪不开凝目情如春。孤云鸥鹭月满天，美人何处与共箫。好莺娘，奉酒入口亲喂饮，玉郎烟波眉目暗传情。你问那仙界万年韶华怎的好，候得良人方待晓。千金难买缠绵夜，贪恋香衾懒下床。真真是人生得意恣畅欢，一醉三生千年梦……”

读了两个时辰，喝了几十壶酒，几片桃花瓣落在竹简上。羲岚把它拂开，读着读着，甚至觉得有丝竹做伴……但过了少顷，她发现不是错觉，是真听见了一抹箫声。那箫声平稳却孤僻，如在百花中挺拔而立的一棵寒柏。时有仙鹤飞过，振翅之声绽破云烟，却掩盖不了箫声的凄美，反倒令她浑身汗毛竖起，忍不住提着酒壶、拿着竹简起身，寻向箫声源头处。原是有人站在一根桃枝下，背对她吹箫。她走过去一看，那人竟是逸疏。她拍了拍他的背，他转过头来，望着她的眼神还是那么温柔：“岚岚，这么巧，你也来此读书？”

她瞅瞅他，有些醉意的眼中，他那天生丽质的脸蛋也被放大了，比书中的玉郎不知要高贵多少，好看多少。然后，他走过来，作势要牵她的手……

她吓了一跳，然后把自己惊醒了。原来只是一场梦。她揉揉脸，见西天红霞满天，不知不觉居然睡了一日，看来这酒是有几分烈。她觉得分外畅快，唯一不痛快的便是梦被打断了。她灵机一动，在书谷中找到了《梦引录》，第二天便开始驻留龙腾书谷，勤奋刻苦地修习操纵梦境的仙诀。

接下来的日子里，除了偶尔执行公事，她闲暇日都淹留在了龙腾书谷，早上与诗、酒、字画为伍，下午修炼仙诀再睡个午觉，也不算是虚度光阴。刚开始梦境总是模糊得是人是鬼都看不清，动不动就会醒过来，后来稍微有点提高，也还是经常失控，好在羲岚耐心很好，坚持了四十多年，总算让逸疏顺利出现在了梦里。

《梦引录》中记载的是仙界公认最耗时间、最无意义的仙诀，因为梦中的一切只能看，是感受不到的。羲岚却觉得这是本好书，这样的日子她过不腻。她与逸疏现在不仅不再私下见面，连与子箫同见的次数都大大减少。有时，她两年才能见逸疏一次。而在这龙腾书谷，她想见他几次都可以，想让他如何温柔地待自己都可以。既然都是逸疏，那是真是梦又有什么关系？又花了三百二十五年，她的梦引仙诀练得炉火纯青，已经可以把话本中的故事照搬到梦里，并且把男主角换成逸疏。

她与逸疏在梦中成了鸳鸯眷侣，时常月下私会，虽只能眼观而没有触感，但她还是深陷情爱中无法自拔，自然会有些重色轻友。子箫发现她买酒的次数变多，而且在龙腾书谷逗留的时间过长，一次与逸疏聊天不经意提起这件事，说不知道羲岚一天到晚在忙些什么。逸疏没太大反应，只淡淡地转移了话题。

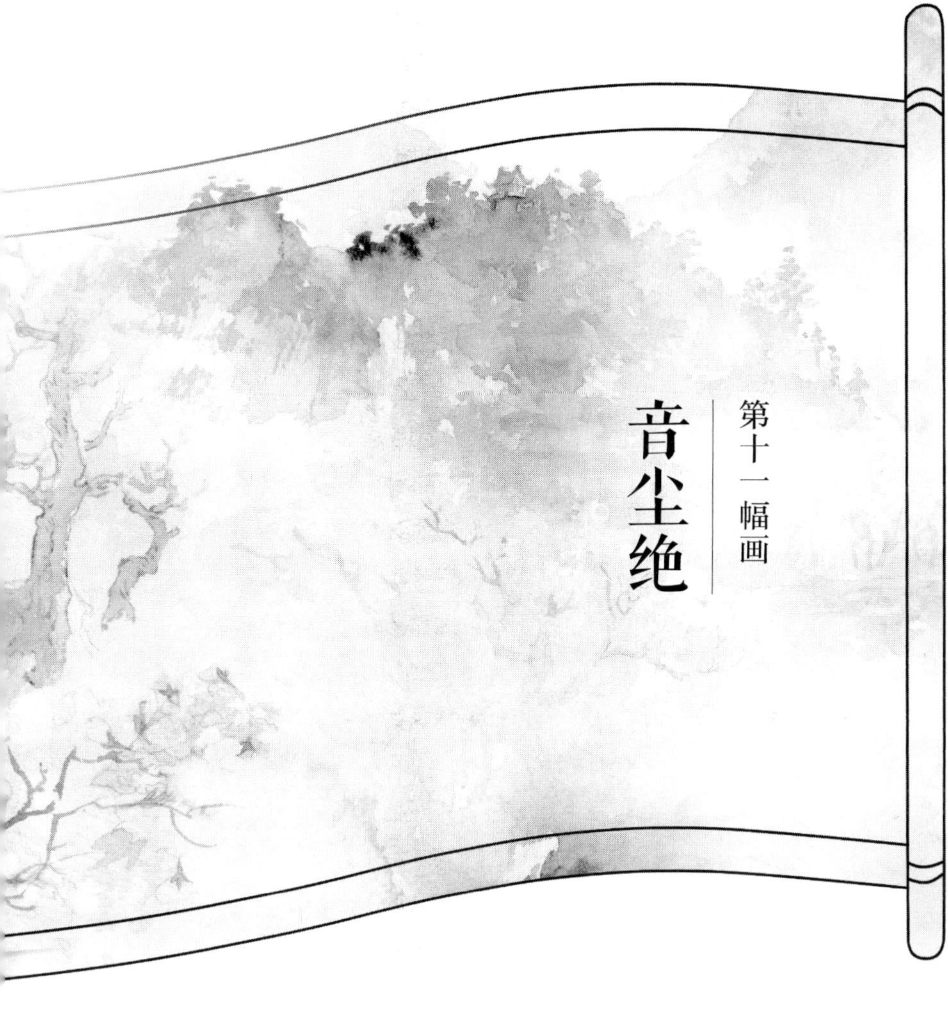

第十一幅画 音尘绝

又一个下午，羲岚看完《夜合花记》后便睡着了。她又进入了重复千万次的梦中。梦里她还在原处，依然有千树碧桃开，落花旋成雪，飞湍瀑流倒挂成银河。不同的是，悬崖边的桃树下，灼灼夭夭的凌乱花雨中，她的意中人正拨开花枝走来，找到了她。她起身时步履略有轻飘，穿亭而过似乘船，而后停在他面前。逸疏低头看了看她手中的书，蹙眉道："难怪最近有传闻说，龙腾书谷出了醉仙，果然是你在贪杯误事。好在别人不知道你在看什么书，否则你以后脸上可要光彩了。书给我。"

他走过来，朝羲岚伸出手。恰有桃花落在他的绣袍上，香气袭来，更是比以往梦中的美酒、明月还有上那么几分情调。只可惜他不解风情，她无非是读了一本艳书，他便跟个爹似的训她。这跟她编好的梦不太一样，醒来还需要再做一些整顿。不过，看他这样一本正经，她倒更来了兴致，眼睛明亮亮地望着他："今时我醉美人前，美人颜色艳如桃。美人兮美人，终年不见兮心烦忧。"

逸疏怔了一下，居然有些脸红："……勿妄言。快把那淫书给我。"

"想要？过来拿呀。"她退后一些，把竹简举起来，逗弄孩子般晃了晃。

逸疏上前去，想要夺书，她将它藏到背后。他不跟她玩游戏，反倒收了手，微微皱眉道："醉成这般，真是不成体统。羲岚，若以后让别的男子看见你这般轻佻的模样……"

那么动人的双唇一开一合，说出来的却不是什么动人的话。不甚乐意听他训自己，羲岚摸了摸下巴，认真思索道："那么大的秘密也被你发现了，看来我得想办法让你封口呢。"

她上前一步，搂住他的脖子，抬头轻轻一踮脚，嘴唇碰到了他的唇。她扬了扬眉，笑盈盈地望着他惊诧的眼："这下你也有不为人知的秘密了。你被我轻薄……"她说到一半，隐约觉得有些不对，怎么亲上去的感觉，跟以往不太一样……

手腕被人拉住有短暂的痛感，羲岚才总算反应过来，她好像不是在做梦……糟了，她都做了些什么！瞬息间她的酒全醒了。知道自己犯了错，想要保持镇定，想法子打圆场，但一个黑影落下，已经再度被那双唇堵住了口。手中的竹简落地，酒壶也翻摔得粉碎，溅污了她的罗裙。她睁大了眼，还处于惊诧中，逸疏搂住她的腰，把她推倒在亭柱上。不再是梦境中那种有些羞涩、充满绵绵情意的心动。身体被撞在了柱子上并有明显的痛，随着他温热潮湿的嘴唇辗转，心脏也有被刀割般的明显的痛。他的臂弯相当宽阔，一只手搂住她大半后腰，像点燃了火，把她的身体也烧了起来。当他捧着她的后脑勺强势深吻，她觉得快要窒息了，心慌意乱地挣扎，总算躲开。他也不立即追击，低头在她的耳垂上、颈项的碧枝绣纹上、锁骨上留下密如集雨的吻，把她吓得完整的话都说不出一句，只是使劲儿推他，叫他住手。

忽然他停下来，带着一丝紊乱的气息淡淡道："知道醉酒诱惑男人是什么结果了么？若是换作别人，只会比这个更糟。"

她眼中湿润，想哭拼命忍着，想骂又骂不出来，只是嘴唇发抖道："你……"

他沉默地凝视了她片刻，再度压住她的嘴唇，深沉而缠绵地长吻她。直到风停鹤去，花雨落尽，她最后一抹气焰都被他浇灭，身体微微发抖，他才呼吸不稳地收了手。

"……知道了么，只会比这个还要糟。"

"你，你这混账……"话是这么说，她连看都不敢看他，反倒做错事了一般低下头去，心中满是苦涩酸痛。

他静视她，轻叹一声，也蹙眉看向别处："我派人送你回去。你回去好好反省反省。"

她对着竹筒狠狠踢了一脚，转身便走。可是刚一掉过头，眼眶就湿了。梦里的逸疏根本不是这样，他何曾这样冷酷粗暴过？现实原来如此可怕，男人原来如此可怕。她望向头顶飘落的桃花，把眼泪憋了回去。

罢了，罢了，起码第一次亲吻的对象真是逸疏。

这时，她听见不远处传来东西碎裂的声音。她抬头一看，只见一个嘴角长了痣的仙女目瞪口呆地望着他们，脚下有一堆花瓶碎片。这下惨了。羲岚绝望地想。此人是宝燕姑，仙界著名的漏嘴仙娥。

一个月过后，羲岚的姐妹青龙天七日游结束，途经浮屠星海夜市，带来了一本小人书，名字叫《太薇北洛无删节插画本》，惊诧道："羲岚，这是怎么回事？你和太微仙尊怎么变成了艳书的男女主角了？！"

原来只要把草字头挪一下，就可以写成不侵犯名誉权的春宫图本。大仙界商贾真是腹内隐雄兵。

若换成一般人，这桃色消息估计也就传个三五日，无奈他俩名气太大，一个是誉满九天美貌多情的诗画圣手，另一个是朱雀天的仙之极位者兼高岭之花，因而谣言越传越离谱，连他们在野外做羞羞之事的版本都传得跟真的一样。羲岚平日厚惯了的脸皮也快挂不住了，不是迫不得已，无论如何都不肯出家门一步，更别说见绯闻男主角了。

直至有一天，子箫寿辰到了，她再度在东月楼台与逸疏正面相遇。她尴尬地躲开他，转过身便听见几个女子嘀嘀咕咕道：

“敢做却不敢认，可笑。”

“喜欢太微仙尊的姑娘多了去，但这样倒贴送上门的还真少见。真是丢尽了脸。”

“攀高枝就是这种下场，只有一夜风流，没有长相厮守啊。”

没错，逸疏是仙尊，是寻常仙子高不可攀的郎君，但她是北落仙子，跟逸疏配对怎么就叫攀高枝了？但一阵气头过后，羲岚想清楚了真正的缘由：一个女子若传出未婚失洁的流言，就是再高贵动人，也会被人贬低。难怪近日都没有追求者向她示好了。责任大多在她，别人如此议论也无可厚非。但是，她生平最不喜欢被人当软柿子捏，因为这有点低估她智力的嫌疑。谁让她背这黑锅，谁就得扛这责任。

她对那几个女子笑道：“我与逸疏已经私订终身了。他说他会娶我。”

只要逸疏说“不知道是怎么一回事”，她就作弃妇状，一哭，二闹，三上吊，说你都亲过我了还不负责吗？你这狼心狗肺的负心汉。如此，大家都知道他们只亲过，还是他主动，是她被坏人骗被抛弃，众人的同情心终究是给了她的。她唱了红脸，他只能“被”唱白脸。此计甚善。让逸疏这浑球儿尝尝轻薄女子的代价。

果然，姑娘们闹到了逸疏那里。逸疏说的话化作一道惊雷，把羲岚劈得龟裂了：“是，我与岚岚情投意合，已经私订终身，下个月便成亲。”

“啥？”羲岚脑中一片空白。

这番话引来了所有路过之人的围观，四下一片沉寂。逸疏走过来，把羲岚揽到自己身边，在耳边低声道："近日谣言越传越厉害，再这样拖下去，我是无所谓，你却完了。作为朋友，我也得对你负责。放心，婚后我不会碰你，你还是自由的。"

"可是，逸疏……"

"别可是了，这事我替你决定了。"逸疏抬头对众人笑道，"本来想一切备好再告知各位，没想到各位消息灵通，都已先行知晓。三日后我会请人把喜帖送到各位家中，欢迎来参加我们的合婚之礼。"

掌声几乎将楼宇掀起，除此之外，只有欢呼声与祝福声。就这样，恼了羲岚许久的麻烦，逸疏轻而易举便化解了。但羲岚什么也听不见，她抬头看了一眼逸疏，苦涩道："你是认真的？你真的要娶我？"

逸疏道："我知道你喜欢子箫兄，不必强调。你与他来日方长，现下先保住自己的名声才是真。不然即便子箫兄对你有意，此事也会成为他心中的疙瘩。"

羲岚一时哑口无言。她都快忘记自己说过这番话，正想解释几句，逸疏又道："我不喜欢你，但养你不在话下。"

"可是，你若遇到喜欢的人……"

"我不会纳妾么。"

一个月后，太微仙尊与北落仙子的大喜日子到来。婚礼办得极其盛大，光宾客都有上万人。谣言不攻自破，桃色八卦翻了身，变成郎才女姿的佳话。

洞房花烛夜，月玲珑，花木深，九霄殿中雪白幔帐铺成一片新婚之色，床上的两个人却坐成了木桩子。人生何故会走到这个份儿上，真是败兴。羲岚隔着凤冠珠帘望向上方，猜想后面的日子还能荒唐成什么样。逸疏被宾客灌了不少酒，但似乎没半点醉意，只是静坐在一旁。她对他的个性也算有点了解，只要自己不言，他也必然不语。她只好无奈道："接下来该如何是好？你在此掩护，我逾墙出逃？还是反着来？"

她高估了逸疏。哪怕说了话，他也很是被动。过了许久，她都快尴尬得被鸡皮疙瘩淹没了，他才徐徐道："悉听尊便。"

"罢了，还是在这里等天亮为妙。不然被逮着，那我们可都死了。"

她得到的答案还是沉默。这样唱独角戏，有点蠢。她侧头看了他一眼，凤冠前珠箔摇晃掩映，描出一幅动人丹青，绘的又仿佛是深闺梦中人。一时间，她只觉得心中酸涩，说话的语气也软了些："你今天话好少，是不是也觉得很荒谬。"

逸疏道："我不觉得荒谬，只是会想，若此处坐的不是我，而是子箫兄，又会是怎样一番光景。"

羲岚眨眨眼，笑道："那可是会轻松很多。"

逸疏也笑了："……我明白。"

"是啊，和他相处很轻松，什么都不用想，喝酒、下棋、吟诗作画，一会儿一个晚上便过去了……"

"不必说了。"他冷冷打断她，"我没兴趣听你俩的情情爱爱。"

逸疏是个木头，会轻易相信女人说的话。羲岚却不是木头，男人的口是心非，她能察觉得出来。她偷瞥了逸疏一眼，试探道："我不喜欢子箫。"

他怔了怔，转过头来，迷惑地看着她："这可是你亲口告诉我的。"

她摇了摇头，珠玉之声也细碎如私语："我不喜欢他。"

他冷笑一声，长久不语，忽然拨开她面前的珠帘，捧着她的脸吻了下来。羲岚吓得抽了一口气，躲开他惊道："你你你你……你做什么？"

“若不是子箫兄，我便不会再退让半分。”说罢他一边吻她，一边摘下她的凤冠。长发飞瀑般泻下，落在他手心。他的吻很温柔，语气却异常坚定，“现在整个仙界都知道，你已是我的妻子。哪怕你对我无意，我也不会把你让给其他男人。”

“真看不出来，太微仙尊是如此蛮横无理的人。我若对你无意，即便不跟别的男人在一起，你也不能拿我如何。”她故意这样说着，心里却甜得跟灌了蜜似的。

“无妨。过了今夜，你会爱上我的。”

这话说得云淡风轻，却冲击极大。羲岚想得越多，心跳便越快，却还是不肯服输，伸出手指挑了挑他的下巴，耍流氓道：“逸疏，先前在子箫家中，你与那神族说的话都是真的，对不对？你可是对我倾慕已久，一早便想娶我……”

“对。我从还在摇光山上时便喜欢你，已经喜欢两千年了。”

他答得如此干脆，让她再度蒙了。逸疏这么早就对她动了情，这真的不是梦？有些不敢相信……她还没来得及接话，他已握住她并调戏她的食指，低头轻轻含住。她雷打了似的抽回手，涨红了脸道：“下流！”他不再强求吻她的手指，却搂住她的腰，侧头再度吻她的唇，直至吻得她四肢发软，喘不过气来。

她浑身无力，几乎流下泪来，只能抱住他的脖子支撑身体，恋恋不舍地贴着他的嘴唇道：“逸疏，其实我，我也……”

认真剖白实在不是她的行为作风。她断断续续说了半天，还是尴尬万分，说不出口。他抚摩她的背心，低低地说道：“不必勉强自己。夫人从最初便是缠绕我而生的菟丝，如何会不喜欢我？是我想太多，反倒误了我们的良缘。但从今往后……”话未说完，他已再度覆上了她的唇，伸手把幔帐放下来……

这一夜，羲岚做了很长很长的梦。在梦里她看见十里红楼，桃花遍野，她与很多人在一起饮酒作乐，唯独见不到逸疏。她到处寻他，始终找不到人，是否又该施展仙诀让自己做梦呢？那种浓浓失落感将她唤醒。窗外旭日把雪白帘帷浸泡成淡金，也晕染了床褥。而她正睡在一条赤裸结实的手臂上。她刚有一点点动静，腰便被另一只手臂揽住，整个人被带入炽热的怀抱中。逸疏重重地吻了她一下，微笑道："夫人早。"

能与逸疏成亲，简直就像做梦一样，但又和羲岚造的百年幻梦相反。从今往后，她在梦里或许见不到他，但清醒时，她总能第一时间拥抱他。不敢相信，她与逸疏行了夫妻之事，又相拥而眠了一个晚上。她笑了起来，却感动得快哭了："夫君早。"

他笑着没再说话，只是把手指插入她的长发，捧着她的脸与她亲吻。

记得以前逸疏有一对儿朋友成亲了，两个人每天都牵着手甜甜蜜蜜，有时还会自以为旁人没看见地偷亲小脸、偷摸小腰。羲岚觉得这样很幸福，逸疏却冷笑道："两个仙界的负担。生了孩子便算完成使命，做无意义的腻歪有意义么？"

很显然，他此刻在做自打脸的事。吻过了唇，他又在她的额上、面颊上、耳垂边细细吻着，不论重复多少次，都不觉得厌烦。他的吻实在太动人，激发了羲岚的创作情操，不过不是作品创作情操，而是后代创作情操。等逸疏小两口甜蜜够了，她要生个神似逸疏的小包子。这样，这木头夫君后继有人会更开心，她能同时拥有两个逸疏，更开心。她觉得有些害羞，但深爱他的情感又满溢出了心房，一头扎入他的怀中，在他的颈项间黏黏地轻蹭。

她嫁给了一生所爱。她成了逸疏的妻子。只要想到这一点，羲岚无论走到哪里，都能肆无忌惮地笑出来。

可惜的是，热恋的男人都是一个样，热恋过后的男人个个都不一样。

刚成亲时，逸疏每天完成公务回家，无论再累都要和羲岚亲热一番，翌日又一定比羲岚起得早，静静凝视她的睡脸直至她醒来。那会儿羲岚就很担心他的身体，怕他长期劳累会吃不消，他总说无妨，他年轻力壮。但时间久了她才发现，他只能坚持和她亲热，且不管什么时候、什么状态，只要她有一点暗示，不，即便她没有暗示，他都能毫不犹豫地推倒她。除此之外，他可以比以前还毒舌，可以睡得比石头乌龟还死。也就过了半年不到的时间，逸疏又变回了以前的那个逸疏。新婚期的无限温柔、无限深情简直就跟幻觉似的。但是，羲岚却更加喜欢他了。他俩起床的情况反了过来，变成她捧着脸凝视他的睡脸，沉醉在他的美色中。

一个休假日的清晨，她忍不住低声道："每天早上看到夫君的脸，真是好开心。这就像戏本子的最后一章一样。"

逸疏迷迷糊糊地睁眼瞥了瞥她，又闭眼道："岚岚，你让夫君再睡一会儿好么。"

"这反应跟戏本子里男主角反应根本不一样。"

"每天都演同一个戏本子多无聊，换个花样不挺好么。"

说得好有道理，她竟无言以对。

有一次，逸疏出远门办事，她在家闲得无聊，但又不想给自己找事做，于是便在家里没命儿地思念逸疏。待逸疏回家，她简直高兴坏了，小鸟一般飞过去抱住他，在他脸上雨点般乱亲一通。他事务繁重，待她亲完了便要去看文书。她抓着他的衣角，委屈道："可是我想你……"娇还没撒完，他便直接把她推倒在榻上。她惊呼一声，起身笑着跑了。他命令道："羲岚，你给我回来！"然而她并不太听话。

一日，羲岚肚子不舒服，逸疏担心地问她是怎么个痛法，要不要去朱雀医坊。她生无可恋地望着他："因为吃了你的口水，所以我拉肚子了。"

逸疏嘲道："你每天都在吃，偏偏今天坏了肚子？"

“今天吃得特别多。”

“多吃点你智力会有所提升。”

她推开他，一脸轻蔑：“呵呵，我已经很聪明了。”

羲岚和逸疏平时有斗不完的嘴，连在外人面前都是这样，互相调侃得旁人哈哈大笑。又因为两人认识了两千多年，对对方的脾气都了如指掌，他们知道对方何时开心，何时低落，仅仅一个眼神便足以理解彼此，并在第一时间内做出令对方宽慰的事。因此，总让人觉得他们是成亲千年的老夫妻，认定他们是整个仙界最般配的一对。逸疏虽然嘴上不饶人，却比任何人都关心羲岚。她稍微皱个眉都会令他心慌，她只要开心大笑，他说着再欠抽的话，眼神都会流露出满满的温柔。夫妻俩独处之时，羲岚时常觉得自己脸上、身上涂了蜂胶，又黏又甜，逸疏才会每天都把她揽在怀里嗅来亲去。自成亲以后，她的心情单调得堪称毫无创意。因为，只有满足。

一年下来，逸疏总算有时间给自己休个假，带羲岚去神州大地游山玩水。羲岚激动坏了，立即着手收拾行囊。临行前一夜，一轮明月高悬青天，照了满屋银白。羲岚把东西都放在一处，路过窗边，仰头看着天上月色，沉醉于美景中。逸疏见她久久不动，问她怎么了。她伏在栏杆上，撑着下颚，轻声道：“我在想，你以前曾说过要带我出去游玩，当时我以为你只是随口说说，没想到真的实现了。”说到此处，她露出一脸窃喜，“而且，现在我还是你的妻子呢。”

逸疏走过来，弹了弹她的额头：“傻瓜。”

“逸疏，我们一定可以白头偕老，共度此生的，对不对？”

察觉逸疏良久不语，羲岚疑惑地眨了眨眼，谁知，整个人却被他一把拉过去。他小心翼翼地把她搂在怀里道：“不仅此生，还要生生世世。”

“什么啦，都老夫老妻了，你还说这种话。”羲岚居然觉得有些害臊，眼眶也有些湿润，但还是故作一脸傲娇，“你不会走，也不会变，会永远爱我，陪在我的身边的，对不对？”

“我会永远陪在你的身边。我不会走，也不会变的。”

幸福的当然不仅仅是羲岚。逸疏也如此清楚地感到，与羲岚心意相通是多么幸运的事。她是他此生最为珍惜的人，他要永生永世，都如此温柔地待她。

今宵明月何其多，满入心房，盈院而出。

然而，今宵过后，君心赤忱如明镜，亦唯有明月知。

翌日，羲岚和逸疏正式出发，决定临行前把小猫交给子箫管。他俩本来准备一起去找子箫，但在前往轩辕座的路上，羲岚突然想起自己最喜欢的天麂金缕鞋忘带了。那是与逸疏在山清水秀之地幽会的必备法宝，忘了那是万万不行的。逸疏觉得很麻烦，开始如何都不肯回去拿。她撒娇赖皮了许久，总算说动他跑腿，她将在子箫府上等他。

可是，她到子箫那里等到夕阳西下，逸疏都没有来。她使用万里传音，催逸疏赶紧过去。逸疏才漠然应声说，马上来。

羲岚在东月楼台的凉亭中等待逸疏，一直到清月出岭，夜静虫绝。子箫命人为她送上茶水，也在亭中陪她聊天打发时间。

“这样算来，你与逸疏成亲已有一年了。总感觉你们成亲是昨天的事。”子箫望着月色，微微笑道，“其实我早看出你俩对彼此有意，但偏偏你俩反应都慢了半拍，我也不便插手当这月老。顺其自然果真最好。”

羲岚愕然道：“咦，你看出来了？如何观察出来的？”

“太明显了，无须费心观察。你的心思我发现得晚些，逸疏是一眼便能看透。”

子箫有一张年轻的面皮，看上去像羲岚的同龄人，实际他是三皇时代的仙族，比逸疏大八百多岁，比羲岚大近两千岁，和他们都不是一个时代的。他早在两千五百年前的战争中立过功，但因沉浸于闲云野鹤之乐，更喜欢待在东月楼台吟诗作画，以梅为妻，以鹤为子，放弃了多次晋升的机会。逸疏则大大不同，他自降生那一刻起就心系天下，立志要在这碧落九天闯出一番天地。加上子箫这番话，总感觉逸疏被当成小孩子看待了。羲岚禁不住笑起来："子箫兄果然比逸疏成熟很多。真不知得是怎样白璧无瑕的姑娘，才能入得了云霄仙君的眼？"

"白璧无瑕？我唯一一次心动过的对象，还真不是白璧无瑕的女子。"

听到此处，羲岚的耳朵立起来了，好奇道："我很可能没意错。速速招来，何年何月何日，那人是谁？"

"一个精通音律的女子。"羲岚正想说这话说了等于没说，他又缓缓补充道，"在三皇时代的神魔战场上。"

这可是考验羲岚历史功底的活儿，她搜肠刮肚，说出了无数个仙子的名字，后来连神族都猜进去了，但子箫都摇头否认。她正想放弃，忽然脑中浮现了一本史籍上的丹青画：依抱古筝的女子身着紫黑长袍，长发及踝。她笑颜冷艳，双眸血红，纤长玉指弹奏的魔音中，万千神仙、将士白骨堆积如山，尽数被她踩在脚下。

"这姑娘，不会是……"羲岚微笑着吞了口唾沫，"血眼琴魔，青寐……吧？"

子箫却答非所问道："逸疏何故久而不至？"

羲岚也难得不给人台阶下，急道："子箫，平日我不掺和政事，但这次我不能不管。你是守成笔吏，青寐是诛仙狂魔，你要跟她好，上界会完蛋的。你可万万不可糊涂了。"

"你多虑了，她常年深居奈落，压根儿不认识我。即便我想跟她好，也没这机会。"子箫提及的奈落是魔界七虚域首府，也是魔界帝都。在佛语中意为"无法脱离的无底深渊境地"，与魔界帝都还有些相配。因为至今为止，去过奈落的高等神族都屈指可数。

“她不认识你？那你是如何认识她的？”

“在战场上见过一次。略有心动，谈不上喜欢。”

羲岚见过的魔族不多，但她知道，魔族情绪激动、施展术法之时，眼睛会冒红光，这状态上界管它叫“血眼”。寻常仙族撞见血眼魔族，一般是死透了。而青寐之所以叫“血眼琴魔”，是因为她魔力源源不绝，一上战场便不会停止弹琴屠杀，眼睛也一直是红色。就这样子箫还能心动，堪称闷骚。

羲岚喃喃道：“真一点看不出来，你人如此轻淡如画，挑女人的口味可是一点也不轻。”

“说了，我没看中她，只是觉得她有几分姿色，男人看见美人都一个样。”

难得子箫也会辩解，看来真是戳到了痛处，羲岚坏笑道：“解释者，自我揭发也。仙界美人何其多，怎么没见你心动？”

子箫用扇子敲了一下她的脑门儿：“你这臭丫头，我看是逸疏平日把你宠坏了，连兄长的玩笑也敢开。”

她嗷嗷叫了两声，从枝头摘下一团桂花，扔在子箫身上：“你喜欢青寐，你喜欢青寐，飘逸风雅的云霄仙君原来是个重口味！”她从亭台中跳出来，想要躲开子箫的反击，但刚一走出来，便看见静立在院中的逸疏。

羲岚走过去，假装赌气道：“逸疏，你怎么这么慢？我在这里都等了一整天。”

方至十三夜，月色已如玉，碎了逸疏满身琼色。碧月冰凉，逸疏的目光却更加冷冽：“走罢。”

羲岚察觉到情况有些不对，匆匆与子箫辞别，跟逸疏一起回去。可是，一路上无论她如何询问，他都不解释发生了什么。她思索良久，只能想到他生气的原因是让他回去拿鞋，结果耽搁了出行时间。她乖乖地去道歉了半天，他都还是一脸冷冰冰的样子。她想逸疏现在脾气越来越大，一点也不懂见好就收，以后如果一直这样，以后的夫妻生活得怎么过？于是，她也不再道歉，一到家中，径直回房将息。在床上滚了半个时辰，也没等到逸疏进来，她顶不住倦意，沉沉坠入梦乡。

羲岚不知道，这一梦，便是白云无尽，水遥山远。

翌日起，逸疏彻底失去音信。开始几天，她还以为他只是闹脾气，想怎么也不能让他欺负自己，要他来主动道歉，可时间一长，她的愤怒变成伤心，伤心又变成了担心。她去太微殿想找逸疏谈谈，却得知闹脾气后的第二天，逸疏令僚属暂管了太微座的司职，从那以后再也没来过。羲岚意识到了事态的严重性，又去找子箫等友人求助。朋友们也毫无头绪。她本想去神界求助，但想到这样可能会影响逸疏的前途，便忍了下来，自行出发寻找他。遗憾的是，上穷碧落下黄泉，两处茫茫皆不见。

逸疏与文曲星交好，曾赠文曲星神木树枝。羲岚去找文曲星讨来了树枝，做了一支笔。一旦她找逸疏找累了，回家等待逸疏的日子里，她用这支笔画画，并将从《梦引录》习得的仙法注入笔中，研究出了新的仙术。久而久之，这支笔可以把画中的东西变为真的。最初幻化出的幻影时间短暂，不过昙花一现，但感情越多越真实，停留时间也会更长些。她画出过逸疏，一般不过一日便会消失，但他走得越久，她越思念他，越是将他的音容笑貌铭记于肝脾，这个虚幻的逸疏停留时间越长。到后来，这支笔也被赋予了仙力，成了上界法宝千丈幻毫。

就这样，日复一日，年复一年，花谢花开，花开花谢，八百二十八年过去。

是年武王伐纣，牧野之战发起于中原，九州大地五谷不登，民不聊生。羲岚第一百二十三回去人间寻逸疏。

朝歌城外一片荒凉，羲岚毫无头绪地漫步在萋萋芳草中，听见远处传来清歌琵琶声。她悄悄飞过去，发现是一位少女正在卖唱。她十七八岁，淡扫蛾眉，婀娜柳腰，蛋黄罗裙衬冰肌玉骨，绣花弓鞋笼粉白软袜。她眼中饱含珍珠泪，随着旋律时而抬头，时而低头，唱的、弹的都是黍离之悲、相思之情。

这时，有两个官兵走了过来，其中一个调笑道："哟，小娘子，才新婚两年，又出来卖唱啦？怎的，你家那位小白脸夫君不要你了？"

"既然他不要你，来陪两位外公玩耍玩耍！"

商女站起身，脸色惨白："警告你们，莫要靠近我。我夫君可是天神般的人物，你们是斗不过他的。"

"得了吧，天神般的夫君会丢你在外面卖唱？"那官兵走上去，抓住她的手腕，作势要撕扯她的裙衫。

羲岚上前一步，刚想救人，却见一道白光闪过，地上飞出上百条蔓藤，缠住两个官兵的身躯。他们还没来得及喘气，已被枝叶茂盛的枝条缠住脖子，勒断了气。随着枝条缓缓松开，一个青年的背影出现在商女面前，那两个官兵的尸体也软软地倒在地上。

"你是怎么回事，为何要出来卖唱？"青年的声音有些愠怒。

商女委屈地哭了，病弱地咳嗽，瘦削的肩膀也随着颤抖："我，我只是个凡女，与您终究不能长久。这两年我喜欢您越深，病得越重，便越觉得情思甚痛。只能逼迫自己做回原来的商女，才能，才能……"说到最后，她已泣不成声。

青年轻轻叹了一口气，上前一步，欲伸手揽她。此刻，羲岚张了张口，用不似自己的声音唤道："……逸疏？"

青年动作僵住，却没有一点动静。商女止住了哭泣，迷茫地看着羲岚，谨慎道："好像有人在叫您。"

他终于转过头来。纣王方自焚于鹿台，此处除了破败的城垣，便只有萧条西风、黄叶秋草。而与他面对的仙子自九天落凡尘，长波妒盼，遥山羞黛，仙绡素裙被吹得雾般飘起。她一点没变，还是美得如此令人心惊。

逸疏浅浅笑道："好久不见，羲岚。"

羲岚不可置信道："好久不见？只是'好久'而已？你已经离开了八百多年。就这般家不要、仙界不要、仙尊之位也不要，彻彻底底消失了八百多年！"

"那又如何，只要不妨碍你的生活，你似乎无权过问我的事。"

羲岚想佯装淡定，却气得连手都在微微发抖："我无权过问你的事？逸疏，我是你的妻子！"

"你已经得到了妻子应有的待遇。"

"妻子的待遇？"她蒙了一下，笑了出来，"莫非你所谓的'待遇'，便是交代太微垣的上仙们，照料我的生活，供我吃穿玩乐？"

逸疏沉默良久，道："你还想要什么呢？"

羲岚看看他身边的商女，心中已明白了八九分，只静静等待他更多的解释。这时，那商女低声道："夫君，这人便是羲岚姐姐吗？"

"是，她就是羲岚。"逸疏把那商女揽过来，对羲岚平静地说道，"羲岚，这位是我两年前迎娶的侧室，晋蝶。"

这和羲岚预想的还不太一样。她原以为只是逢场作戏，但他已经把她娶进门了。

晋蝶立即朝她行了大礼："见过羲岚姐姐。这两年来，夫君一直跟我提起姐姐大名，又说您是'北落羲岚，色如天香；八斗高才，千杯不醉'，今日一见，确实令妹妹分外惭愧。"

真是柔顺听话的姑娘，若不是夫君的妾，羲岚恐怕真能与这晋蝶成为好姐妹。确切说，如果她夫君是其他人，她也可能和晋蝶成为好姐妹。

唯独逸疏，不可以。

逸疏是她此生所爱，他的脸庞、身体、手指、皮肤、笑容、柔情……甚至连掉落下来的头发丝儿，都得是她羲岚的。她无法跟任何女人分享他。她道："先别急着跟我姐姐妹妹的，我可没打算与凡女和平共处。逸疏，你喜欢她便留在此处陪她，待她寿终正寝了再回仙界。在这之前，我不会见你。"

人命短暂，一生几十年对仙族而言不过尘埃。生为仙族，是她最后的尊严。等逸疏亲眼看见晋蝶变老变丑，她不信他还能追晋蝶下黄泉。

逸疏道："不必，我已决定让晋蝶飞升为仙。你先回仙界吧。四十九日之后，我会带她一起回来。"

羲岚既感到意外，又感到不意外。

意外的是，她一直以为自己很了解逸疏。逸疏只要不喜欢一样东西，做什么都别想让他扭回来。别人说他太倔，她觉得这是个优点，这说明他喜欢上一个人，也不太容易扭过来。事实说明她错了。

而她不感到意外，是因为逸疏很早便对她说过，若有一天他遇到了真爱，他会纳妾。

知道晋蝶的事后，子箫第一时间上门拜访。他与逸疏谈了良久，大致意思是说，羲岚才是逸疏的结发妻，逸疏玩消失八百多年，纳妾不过问正室，不是很靠谱。逸疏没有做出任何辩解，只是静静听他说。子箫拳头打在了棉花上，只得叹息道："罢了，既然你这妾都已经纳了，那多补偿一下羲岚，多陪陪她，最差也要雨露均沾。"

逸疏道："我不会再碰羲岚。"

子箫愣了："你总不能让羲岚守活寡。"

逸疏望向窗外，见数只鸾鸟从远处飞过，但又什么都入不了眼，只是下定决心般吐了一口气："放心，待晋蝶有了身孕，我会放羲岚走。到时，即便她与我分开，名誉也不会受到影响。”

“你别在人界待久便忘记了，仙族女子无所出算不上什么大错，你若真这样做，羲岚是赢得了好名声，你的名声可就差了。”

“无所谓，我不在意别人怎么想。原本便是我负羲岚。”

“总之，你再考虑周全些，你和羲岚本来感情那样好，有必要走到这一步吗？”

听到此处，逸疏回头看了一眼子箫，露出不明深意的浅笑：“子箫兄，你心里应该有数，羲岚不爱我。”

子箫几乎将“她如何会不爱你”脱口而出，但他也是男人，明白这不过是逸疏为自己纳妾找的说辞，只是笑着摇摇头：“你们夫妻的事，也只有你们自己知道。”

逸疏和晋蝶重返仙界之前，羲岚原以为自己如此骄傲，面对逸疏的背叛她会很愤怒，搞不好一个冲动便杀了他俩，她也确实做好了杀人放火遭天谴的准备。然而，晋蝶过门的两日，她只是彻夜失眠了两夜。每当月色降临，她孤零零地躺在大床上，觉得漫漫长夜比逸疏不在时更要难熬。她满脑子都是逸疏正与晋蝶拥吻亲热、床榻缠绵的场景。只要一想到他把曾经给她的温柔都给了晋蝶，她便觉得连愤怒的力气都没有了。除了心痛，她什么也感觉不到。

没过多久，羲岚路过会客厅门前，首先看见逸疏，原本在想要不要躲开，但随即看见了子箫，便进去与他们打招呼，吩咐人准备好酒菜招待子箫。

哭肿的眼睛用药敷好了，但羲岚眼圈周围发红，下眼睑有些淡青色，比平时看上去憔悴很多。这是两日来逸疏第一次这么近看见她，从她与子箫对话起，目光便没从她身上离开过。子箫也发现了羲岚的异样，他一直视羲岚如亲妹，顿时觉得逸疏实在是有些混账，却又不能做什么，只能安慰道：“羲岚，家里多了个妹妹，还有些不习惯吧。”

羲岚笑道："刚开始有些不习惯不很正常么，不过，既然晋蝶入了门，以后就是一家人了，我会照顾好她的。"

客套话她也是会说的，但见逸疏皱了一下眉，她却觉得有些撑不住了。犯错的人到底是谁？凭什么逸疏还要表现得如此不满？她心中重伤未愈，不愿再被他伤害下去，转换话题道："先不聊这些了，子箫，我才买了一些字帖，想与你共赏。"

子箫自然表现出了兴趣。她命人拿了字帖过来，在桌上展开："你猜这是谁的字？"

子箫道："瀚何。"

羲岚惊讶道："你怎么如此厉害，一眼便看出来了？瀚何平日都行破体，这还是我头一次见他写这样标准的楷书，刚开始我都没认出来。"

"那是因为你性情洒脱，只凭感觉创作，不会留心观察别人的行书规律。瀚何的书法很好认。"

"我还是认为，这是因为云霄仙君文采风流。"羲岚拱了拱手道，"佩服，佩服，羲岚可望而不可即也。仙君不如也来写几笔，让我等俗人观摩一番。"

子箫笑道："你这丫头又开始胡闹，我的字你还不熟么？"

"不熟，不熟，赶紧写来让我瞻仰瞻仰。"

"不如这样，你来作几首诗，我照抄一份，这样我俩也可以互相切磋书法，你意下如何？"

"只照抄可不行，你还得作画。"

"行。"

"说话算话。我写几首，你便画几幅。"

见子箫颔首，羲岚思虑了一阵，不经意瞥了逸疏一眼，低下头藏住难过的表情，提笔飞速题了七首诗。

第一首：

此去天宫万里遥，
生情转瞬若诛茅。
深山翠草堪为药，
爱桂溪山月下高。
逸采翩翩随阔少，
疏林满径度昏朝。
不知世事青丝坠，
悔效罗睺落碧霄。

第二首：

到此长吟斟酒坐，
凡生四世度芳酌。
花深柳暗情无限，
挚爱听江散丝多。
永逸诗词方任怨，
萧疏古径空音迁。
终不雨后披荷锦，
却悔湿衣浪太忙。

第三首：

云霄此饮出长鼎，
碧海生花瑟有鲸。
雪静深春书乐曲，
黄鸾爱宿险峰听。
杏花逸性春不定，
雨浸疏帷雪满庭。

百岁不相思翡翠，
昭华悔峻地天心。

第四首：

星桥会此遗仙机，
巧媚初生泪满枝。
玉桂云深飞去尽，
江潮煞爱仙君子。
仙君秀逸回眸觅，
回眸生疏菟草时。
菟草伤不知入世，
凋时再悔嫁秋夕。

第五首：

九凤龙蹄此夏思，
黄金桂树生银丝。
沧江醉恨深十载，
大地关情爱旧时。
最记神尊逸兴气，
千杯碧涧疏光移。
鼋鼍负屃不重见，
大利江山悔怆凄。

第六首：

新香碧树附此岩，
火雀斜阳草生烟。
画杖芒鞋出深野，

吾歌洛夜月爱山。
七天帝相惜逸典，
秀丽千金且疏观。
灿烂琼花今不谢，
徒得玉色惧悔言。

第七首：

前生后世皆如此，
上榻别屐白发生。
六界七天一样深，
孤零菟草孤客爱。
孤客曲画才偏逸，
一夏青梅梦已疏。
玉盖华灯云去不，
成空往事醉成悔。

“我来看看北落仙子的大作。”子箫笑着看完前六首，最后一首颇拗口，本想问个缘由，再低头回顾一次，瞬间懂了。他叹息一声，转而对逸疏道，“逸疏，你看羲岚写的诗。”

逸疏漫不经心地读了前两首，到第三首看见开头便是子箫，眉心微蹙了一下，但还是耐着性子读下去。读到第四首最后四句，他停住了，目光一直停留在那四句上。所以，仙君子是子箫，她是菟丝。秋夕是谁？他么。虽然心中早有准备，但亲眼看见这些诗句，逸疏还是难免感到冲击。再回想前一夜他只让晋蝶刺绣，通宵达旦地望着她的侧颜出神，觉得胸中一股无名火烧起，难以平复。子箫见他不动，不确定他是否看懂了，也不确定羲岚是否希望他点破，于是佯装品赏道：“我看这最后一首写得不错。”

逸疏抖了抖纸张，神情漠然，但脑子里嗡嗡作响，完全无法思考。他扫了一眼最后一首诗，一眼只看见了中间四句：“六界七天一样深，孤零菟草孤客爱。孤客曲画才偏逸，一夏青梅梦已疏。”

若说前面还有模棱两可的地方，此处便再没了。逸疏素来不喜欢诗画，喜欢诗画的人是子箫。他再也无法读下去，放下纸道：“你们聊着，我还有事要去朱雀殿，先出去了。”

子箫道：“等等，逸疏，羲岚写的诗颇有韵味，你不给点评价么？”

逸疏站住脚，侧回头笑道：“任何君子见了这诗中的菟丝，恐怕都会怜香惜玉。遗憾的是，感情最重要的是两情相悦，旁人无法插手。”

羲岚未抬头看他，只在一旁麻痹地磨墨，觉得一颗心都冻成了寒冰。子箫也没料到他会说得如此绝情，一时间不知该如何接口。然后，逸疏头也不回地出去了。

见他走远，子箫无奈道：“羲岚，你了解逸疏，他心里越计较什么，就越爱对什么事嘴硬。你别被他的这番话气着，我相信他对你是有感情的。他纳妾多半也不是因为女色。若为色，在仙界纳妾便可，又何必大费周折，跑到九州去弄个凡女上来？他或许是有心事，才会躲到九州那么久。或许是因为神界之事。”

逸疏过去不仅是胤泽的僚属，还与他有近似师徒、弟兄的情义。他们在战场上同生共死，逸疏可谓是助胤泽登上神尊之位的第一功臣。但待到四海平定，他才发现胤泽性情凉薄，打仗只为立功过安逸日子，还时常与妖魔有来往。他百般劝诫，胤泽也全当耳边风。这与他的初衷差别过大，他决定不再追随胤泽，只把心思放在建设神仙界上，同时致力于仙术研究，盼能守护好仙界疆土，后因有所建树，被上界封为太微仙尊。地位升高后，逸疏的处境反而更加危险。胤泽在神界的敌人知道他脱离了胤泽的势力，想要暗中拉拢他。逸疏个性如此，自然不给面子，结果弄得两面不是人，明里暗里已经被神族多次使过绊子。羲岚很早就察觉了这些事，也很早察觉了逸疏确实仙力极强，本事极大，责任感极强，在人际方面也是极度缺心眼儿。所以，她才成亲不到一年，便想跟逸疏生个娃，以便有至亲辅佐他，稳固他在太微垣的地位。目前看来，这事用不着她来操心了。

羲岚轻笑道："他自然不是好色，也不是因为神界之事，他只是遇到真爱了。"

"你觉得他爱晋蝶？"

"对。"

子箫反复思索逸疏过去对羲岚的种种，再解析自己对他的了解，怎么想都觉得逸疏对晋蝶不是认真的，但又难以找出证据说服自己，只能转个话题，指了指最后一首诗道："对了，你写你的诗也罢了，为何在此处调侃我和青寐？"

羲岚扬了扬眉道："因为你对青寐也是真爱，就像逸疏对晋蝶那样。"

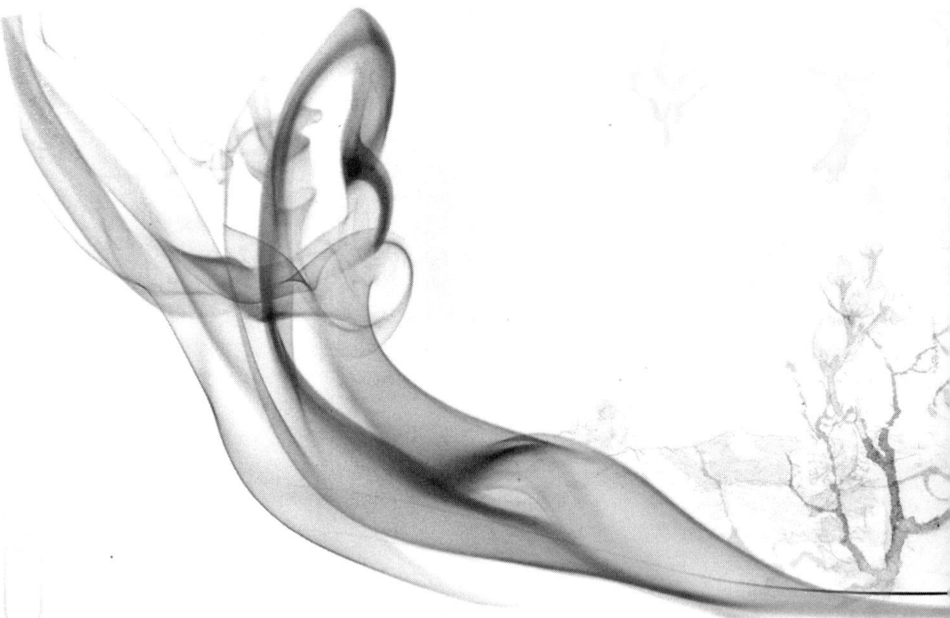

第十二幅画

长相忆

逸疏的种种行径，的确证明了晋蝶是他的真爱。自他带晋蝶回太微城，朱雀天对此事便争议颇大。女子不用说，个个心寒，毕竟先前她们抨击男子花心，都是用太微仙尊来做榜样。待娶中的男子只求逸疏速死，缘故是自己的待年之妇因为逸疏不理自己了。除此之外，大部分男子，尤其是家中有只母老虎的已婚男子都觉得逸疏霸气敞亮，就应该享齐人之福，让小老婆压压大老婆的威风，这才是妥妥的人生赢家。可不管别人怎么说，逸疏都不曾有过半分动摇。他事务繁忙，大部分时间都在灵紫殿独自入眠，偶尔招晋蝶过去共寝。

从某种角度上来说，逸疏也是个专一的人。因为有了晋蝶后，他就再未与羲岚共寝过。他连羲岚的手指都没碰过。在外他对羲岚尊敬有加，奉为上客；若有神界赏赐，最好的东西总会留给羲岚；出席重大场面也只带羲岚一人。但纸包不住火，逸疏与羲岚无夫妻之实的流言，也渐渐从九霄殿内传了出去。别人在背后偷偷议论羲岚被冷落，或同情，或嘲笑，她的婢女听了都分外气愤，她却没有太大看法。她的人生态度原本便是今宵有酒今宵醉，别人的目光可能不太重要。她只在意一个人的感受，但那个人现在显然不在意她的感受，所以她也没什么好在意的了。

当然，大部分姑娘讨伐逸疏的同时，也有一些姑娘心情很是雀跃。自打逸疏娶妻，她们对他都不敢有非分之想，而且服气。但他纳妾之后，她们都看见了生机，想他既然会纳第一个妾，标准也不怎么高，势必会纳第二个妾，于是开始对逸疏投怀送抱，美丽的、温柔的、贤惠的、机灵的、明示的、暗示的、热情的、羞涩的，样样俱全，却全部碰了钉子。这令她们非常不服气，却也再度说明逸疏是个专一的人。

至于晋蝶，从初遇逸疏之时，她就深陷囹圄不可自拔，知道他有妻室，还是飞蛾扑火冲向他。她暗暗发誓，哪怕当他的侍婢，也要留在他身边，只要能伺候他、看着他便好。能成为他的妾，已经大大超出了她的意料。她嫁入九霄殿是从侧门进入，阵势自然与羲岚、逸疏成亲时不可相比，所以也知道她与羲岚的地位不可相比。她与羲岚见面的机会不多，只要见面，对羲岚总是毕恭毕敬，且极为满足于自己所得到的一切。然而，人与仙之间有个差别，便是人更加欲壑难填些。晋蝶已飞升为仙，但到底曾经是个人。她察觉到逸疏和羲岚之间有很大的裂痕，纵使羲岚被仙界无数男女老少追捧，在逸疏眼中似乎也不是什么吸引人的姑娘，反倒是自己对逸疏更重要些。几百年后，她的心思也从感恩戴德，变成淡然处之，最后变成暗中得意。

每次逸疏赠予妻、妾宝物，晋蝶从未见过那么多上界的奇珍异宝，心中欢喜，总会带出去嘚瑟一番。仰慕羲岚的仙女瞅她不顺眼，偶然间轻描淡写道："太微仙尊即便把整座太微城都送给北落仙子，恐怕北落仙子也不会显摆。"想到自己得到的东西确实不如羲岚，晋蝶总是有些不安。人一旦把自己看高了，便不太能接受别人看低自己。后来，若有人对晋蝶有一点点不恭，提及她的妾位，或言语中有一点点拿她跟羲岚比的意思，她都会有些不舒服。而且，即便逸疏和羲岚的关系已经淡成那样，人们还是喜欢把太微仙尊与北落仙子放在一起，称他们是仙族眷侣中最般配的一对，决口不提她，令她更加不舒服。

确实，羲岚很貌美，但她也不差；羲岚有才擅书画，但她也会弹琵琶；羲岚是仙，但她现在也是仙；羲岚确实盛名在外，但她持家贤淑更有正室风范……除了出身，她想不到自己有什么地方比羲岚差。而且，她还比羲岚年轻，没有羲岚嗜酒又散漫的坏习惯。羲岚时常睡到中午才起来，动不动便往外跑，她可是天未亮便已收拾打扮好并开始伺候逸疏了。如果再来一个孩子，她没道理不能成为正室。

可是，逸疏与她同房，从不给她怀孕的机会。她每次追问，他只说还不是时候。她隐隐有些担心，并未细想，直到有一天，她把最喜欢的耳环弄丢了一只，翻遍灵紫殿都找不到，于是在婢女的建议下，买了一面照屋镜。通过房屋主人施法给予许可，照屋镜可呈现出室内过去的情景。她让逸疏帮忙施法后，便用镜子查看过去一个月内灵紫殿寝宫的情景，顺利在窗外花盆里找到了耳环。她觉得镜子颇有意思，又查看了寝宫内更遥远的历史。结果，她看见了羲岚和逸疏的过去。

那时的羲岚跟现在截然不同，举步投足像个小姑娘。她提着裙摆在镜前转了几圈："逸疏，今天是七夕呢，我们也来学学牛郎、织女鹊桥会如何？你看我今天穿得如此飘逸，有没有觉得倾国倾城？"

"织女一大早便急急地出门了，她可没你臭美。"逸疏嘴上说得嫌弃，目光却未离开她。

羲岚眨眨眼，回头笑道："原来你发现了？今天我把眉毛画长了一点，好看吗？"

"你可以把中间也连起来，这样就变成了一字眉。"

“你先试试嘛，我随后。”

“不必，不必，这等好事，留给夫人便好。”

“来，我来为夫君画画眉。”

“羲岚，我警告你，离本仙尊远些！”说是这样说，逸疏嘴角已经有了笑意。

“七月景，宜醉不宜醒，我喝多了耳朵儿不好使。前方那眉目如画的仙尊速速停下来，容我慢慢说与你听……”接着，羲岚追着逸疏满寝殿跑。最后逸疏被逮住了，还是不能幸免地被她把眉毛连成了一条线。看她笑得在床上直打滚，他捏着她的脸摇晃道：“好玩吗，好笑吗？”她同情地抱住他，说夫君乖，别难过，却笑得更加厉害了。

看到此处，晋蝶手指微微发抖，又查看了另一日的场景。这一日，羲岚和逸疏一聊到未来要孩子的事，羲岚问他若可以选性别，他想要男孩还是女孩，他说要男孩。她问为何，他道：“咱们家大女儿都已如此闹腾，来个小女儿，该如何是好？”

羲岚道：“放心，小女儿会安静的。因为女儿都像爹爹。”

逸疏扬了扬眉，轻描淡写道：“那大女儿为何不像我？”

羲岚微笑道：“因为大女儿不想一开口说话便被人打。”

“……”

羲岚很不如愿以偿地被逸疏挠痒痒，又一次笑滚在床上。

镜子里的逸疏与晋蝶认识的太微仙尊，完全不是同一个人。她想，会不会是因为逸疏那时候还年轻，现在变成熟了？可哪怕是在过去，当房间里只有逸疏一人或有下人在时，他的言谈举止都与现在所差无几。那么，让他如此孩子气的原因，是……羲岚？

然后，她又翻到了一段过去：有一次，羲岚一口气画了数幅画，灵感被榨干，灰心丧气地伏在桌上：“逸疏，你说会不会有一天我的画法过时了，没人喜欢该如何是好？到时没人给我供职，连饭都吃不起。”

“你还有夫君，夫君有钱养你。”

“我要的不是钱，是人生的意义，是身价。禁止讨论猪市。”

逸疏平静道：“我买你。你多贵我都买。”

羲岚看似被触动了，却依然佯装无事道：“没人喜欢我，身价再高也无用。”

“即便全世界的人都不喜欢你，我也喜欢你，还有你的画。”

羲岚一点也不难过了，连那一点点矫情也不愿意再伪装，只笑盈盈道：“真好，我还有夫君。”

“是，你还有夫君。我真羡慕你，因为我没有夫君。”

羲岚直接挂在他的身上：“这样我也不怕江郎才尽啦。”

“当然不会江郎才尽。要知道，我在仙界认识的所有姑娘里，我妻羲岚是最美、最聪明、最有才的。”见她脸上笑容越来越深，他又淡淡补充道，“也是最矫情的。”

羲岚微笑着沉默了许久，道：“我也爱你。”

逸疏叹了一口气，拿她完全没法，只能捏了捏她的脸颊。见她笑得这样美，他眼中微微一动，仿佛不能思考了，只捧着她的脸深吻。

他们吻了很久很久，吻到后来，逸疏的呼吸都凌乱了，却依然不满足地亲吻她的发梢和眉间，再流连到她的唇上。

如此缠绵之事，晋蝶从未经历过。他极少吻她，深吻更是从未有过。而且，即便是在共赴巫山、她呜咽流泪的时刻，他也是冷静克制的，从未有过亲吻羲岚时这般情动的模样。

晋蝶从不知道，原来夫妻之间可以恩爱到这个程度。而她更想知道的是，他们曾经如此恩爱，是如何闹到如今这般田地的。她中了蛊般不断查看灵紫殿的过去，却意外地发现，他们之间并没有发生过任何矛盾。一切中止在他们出行那一日。后来的日子里，逸疏消失，只剩羲岚一人时常失魂落魄地坐在床上，或者抱着逸疏的衣裳哭泣。

这些过去都让晋蝶难受极了。她不愿再回想那个不一样的逸疏，却又因为看见他这一面，对他感情更深了一些，对羲岚恨意多了一些。隔日她在院内为逸疏沏茶，撞见了迎面走来的羲岚。逸疏对羲岚态度相当冷酷，羲岚也以淡漠回礼。晋蝶只能自欺欺人地想，他俩感情破裂，或许是因为后来自己的出现。她没有跟逸疏提及照屋镜的事，只当什么都没发生，静待时间流走。

一切兀自照旧，直至一个男子的出现打破了平衡。

那男子叫瀚何，外号笑笑仙，是远住在白虎天少微城的天君，胤泽神尊的友人。除却写得一手好字，笑笑仙生平最爱三瓦两舍，风花雪月，一双眼睛柔情万种、桃花满满，一纸折扇轻摇之间，不知祸害了多少个清白姑娘，伤碎了多少颗纯情芳心，逗弄了多少闺中少妇。笑笑仙与逸疏早已认识，从未见过羲岚。他对逸疏心生敬畏，因此对羲岚也不存好奇之心。那一日，羲岚与逸疏一同去参加胤泽神尊的寿辰，正巧笑笑仙也在场。与人谈笑风生不经意回头间，笑笑仙看见了人群中的羲岚，折扇掉在了地上。随后，逸疏向他介绍自己的夫人，他才结结巴巴道："见过北落仙子，在，在下瀚何……"

"原来你便是笑笑仙清衍天君，久仰久仰。"羲岚觉得这人书法写得出神入化，传闻却分外逗闷子，禁不住莞尔一笑。

对她周围的人而言那是多么常见的笑容，但那个瞬间，瀚何只觉得整个天市城的桃花都开了。他走神了良久，直到旁边有人推他，暗示他此举不敬，他才赶紧别开头去，不再看羲岚，一整晚都心事重重。那一天还有人悄悄议论，说笑笑仙最喜欢跟美少妇一夜风流，见了北落仙子居然没有展开攻势，果真是怕了太微仙尊。

没人料到，一个月以后，瀚何出现在了九霄殿外。

听见有人呼唤自己，羲岚回头看过去，笑道：“清衍天君竟来了朱雀天，实在是意外惊喜。”见他久久不语，她想了想道，“可是来游玩的？”

瀚何道：“在下是为北落仙子而来的。”

羲岚眨眨眼道：“为我？”

“与北落仙子见面之前，瀚何家中便有仙子的书画收藏，自认放眼整个仙界，没人能比瀚何更欣赏、更懂北落仙子。瀚何实是……实是仰慕北落仙子已久……”

羲岚惊喜道：“都道笑笑仙风流多情，不想连对诗画都是如此，还专程来说这一番话。羲岚感到荣幸之至，得好生招待你一番。”

“实不相瞒，瀚何此次前来是为提亲。”

“提亲？跟谁？”羲岚一头雾水。

“请北落仙子下嫁于我。”

羲岚蒙了，看看左右，有些不好意思：“可惜羲岚并非未嫁之身。天君上次可能没听清逸疏的介绍，我是他的妻子。”

“在下知道。在下还知道仙子与仙尊之间早无夫妻之实，太微仙尊现在只宠幸爱妾晋蝶，冷落了你八百多年。”

这都传到了青龙天去？很可能不是什么太好的事。羲岚觉得有些头痛，叹了一口气。见羲岚眼中有动摇，瀚何上前一步，蹙眉道：“在下确实情史荒唐。可是，这也是在下活了两千年来，第一次如此想要娶妻。”听到此处，羲岚扶了扶额。甚好，年龄快只有她的一半了。看见她的反应，他更是如坐针毡，“只要北落仙子愿意跟从在下，在下会写下金印诺书，保证成亲后，再不跟任何女子来往，不纳妾，一生只对夫人一人好，否则天打雷劈，七魂俱散。”

金印诺书是施了束缚法术的锦书，一旦亲笔写下便必须遵守承诺，否则书上的毒誓都将兑现。听见“金印诺书”这四个字，羲岚有些感慨自己当年够傻，没想过让逸疏写这玩意儿，结果捣腾出了今日的局面。如今，笑笑仙这番话有了足足的诚意，却起不了什么作用。她爱的人是逸疏。

“对不起，我做不到。天君请回吧。”羲岚转过身，不再直视他。

刚走两步，急促的脚步声传过来。瀚何搭住她的肩，蹙眉道：“他都那样对你了，你却连考虑都不考虑我一下吗？羲岚，我是见惯风月的男人，比你更了解男人。逸疏已经不爱你了，以后他只会尝更多鲜，心不会再回到你身上。你还这样年轻，就要过着守活寡的生活，有意义吗？我……”

话未说完，一道雷光落下，劈得瀚何收了手，后退一步。冰青色的荆棘从地面刺出，挡在他与羲岚中间，在地面延伸，把瀚何圈在中间。逸疏出现在上空，长发与袖袍在仙风中飘动，眼中燃烧着寒极的怒火，声音却是冰冷的：“瀚何，你好大的胆子，连我妻子的主意都敢打。”

瀚何捂着受伤的手，却不畏惧：“我说的话句句发自肺腑！足下是太微仙尊又如何，根本配不上她！放手吧，让她嫁给真爱她的人！”

“即便放她走，也轮不到你这等货色。”逸疏的神色可怕至极。

羲岚道：“逸疏，他没有对我做什么，不要伤他。”

“你还护着他！”

逸疏快气疯了，闭着眼胸口大幅度起伏良久。与此同时，瀚何周围的荆棘越围越密，上面的刺也越来越长，几乎刺到他脸上。但最终逸疏还是忍了下来，落下握着羲岚的手腕，把她硬拽回了九霄殿。手腕被握得很痛，待进入她的寝殿，她狠狠甩开他，皮肤上有了明显的五指印。她用翡翠镯子挡住通红的手腕，怨怼道：“今天你是哪根筋不对了？我以为你早想把我休了。”

“别再让我发现你和别的男子有来往。你只能跟子箫。”

羲岚惊呆了："休掉我，我俩都不是夫妻了，你还要为我限定来往对象？"

"对。"

羲岚笑出声来："我要跟谁在一起，你管得着么？"

"只要还在仙界，你可以试试看跟别人在一起。"

这能算威胁了吧。可羲岚知道，他说到便能做到。他们成亲一千六百年，从他离开仙界，便再没对她温柔过，也再没碰过她，现在居然还这样蛮不讲理。她觉得很委屈，道："那我跟子箫一起，你是否便愿意写下休书？"

他望着她，许久，才缓缓道："是。"

清风吹开窗扇，也扰乱了羲岚的发丝。借拨开头发的机会，她偷偷拭去了眼泪，微笑道："好，那你写吧。这样挺好，你可以好好跟晋蝶在一起，我也终于解脱了。我去帮你磨墨。"

她到书桌旁磨好墨，左手扶住丝绢袖袍，露出胳膊，白玉兰般的手指将毛笔立起，蘸了点墨，便把笔递给逸疏。逸疏上前一些，忽然离她这样近。他闻到了她乌发上白花的香气。她颈项间蔓延的碧纹变成了罂粟，牢牢地抓挠他的意志。他接过笔，不慎碰到了她的手指，她刚想收手，整只手却都被他的手掌包住。他用力一拽，便把她拉到怀里。她低呼一声："……逸疏？"

他凝视着她的眼睛、嘴唇，目光疏冷，僵持了片刻，最终还是松开她的手。那只正欲搂住她腰际的手，也硬生生地收了回去。他转过身，无声叹了一口气："改日再说吧。"

当天晚上，晚风无声，冰盘如昼，玉兔平吞三千里。晋蝶被逸疏召到灵紫殿，推门没看见人，却被人从背后紧紧搂住。带着酒气的炙热之吻落在她的耳垂、颈项、肩膀。她受宠若惊地回头，嘴唇又被逸疏含住，被迫深深地与他唇舌缠绵。这八百年里，他从不曾如此热情。这一夜他简直就像初尝情事的少年，吻得她背脊酥麻，四肢瘫软，仿佛变成了照屋镜里的逸疏。他把她推倒在床后，一切更是汹涌得毫无章法。她被这突如其来的激情打动了，指甲在他的背上掐断，泪流满面地唤着他的名字。这也是第一次，他没有在最后一刻离开她的身体。自始至终，他也不让她离开自己的怀抱，从背后搂着她入睡，亲吻着她的肩背。

晋蝶想，或许是因为喝醉了，也或许是因为逸疏终于愿意为她打开心扉了。这是她第一次知道，一个男人原来可以把女人宠爱到这种程度。心中的不安总算消散，她蜷缩在逸疏的怀中默默流泪，只觉得自己能这样爱着一个人，爱得如此没有保留，此生此世，也再没了任何遗憾。

一个月后，羲岚与子箫相约在禅月湖游玩。

这两年子箫府上多了个前来学画的姑娘，二人朝夕相处，颇为投缘，好事将近的消息也传了出来。这回他也把这姑娘带到了禅月湖。见了羲岚，她笑得很是温婉，眉宇间却有一股仙界罕见的坚毅妖娆之气："北落仙子，幸会。小女子花青媚。"嘴上自称"小女子"，却没一丁点儿谦卑之意，反倒有一股女皇帝的腔调。

羲岚早知道了她的身份，但还是配合子箫继续演戏："青寐？这不跟'血眼琴魔'的名字一样吗？"

青寐笑道："是妩媚的媚。小女子出生时花开得正好，家父题诗'飘花散香媚青天'，便有了现在的名字。"

他们三人去摊铺上买果品案酒。子箫看上其中一样，说这是青寐喜欢吃的，伸手欲拿。青寐轻轻按住他的手背道："不必顾虑我，挑你喜欢的便好。"子箫看了看她的手，又将视线挪到了她的眼眸，若有所思地陷入了沉默。青寐却似没有看见他的目光，自行取了三块子箫喜欢的仙杏酥。子箫的目光随着她转动，却始终不语一言。

他俩之间开满了无形的粉色花朵，真是十里外都能闻到的爱情。作为一个旁观者，羲岚的鸡皮疙瘩都快立起来了。想想自己与逸疏曾经也这样恶心人，她觉得可以理解。只是外人或许看不出来，她却能深刻感觉到子箫陷得有多深。子箫口口声声说他不会掉以轻心，可这样下去，最后待真相揭穿，他得经历怎样的剜心刻骨之痛？

随后，青寐坐在枫树下准备点心，羲岚与子箫去摊铺处买了些风筝骨架。羲岚在湖边铺下绢素，让子箫在上面作画。是时八月十五湖水平，山红波碧混太清。万壑千岩中，翩翩行舟无数；秋景萧疏处，片片枫树啼泪。眨眼间，子箫便绘出一幅《禅月湖秋意图》，那生机勃勃的笔触，比眼前景色还要动人上那么几分。羲岚最喜欢与他搭伙儿搞书画，还不待他搁笔，她已提笔蘸墨，即兴在旁题了一首诗：

血色罗襦落叶丹，花旌影坠月湖边。
回头蓦色倾城处，却是娥眉拢纸鸢。

北落仙子

二人几乎同时停笔，相视一笑，待墨干去，以法术把绢素粘在了风筝骨架上。羲岚心情大好，让子箫再画一幅自己放风筝的画，带婢女拎着风筝放起来。她放风筝的水平不行，半晌才把风筝勉强拉到半空，又不肯用法术辅助，心中早已叫了一万声救命，神态举止还是满满的淡定。试了数十次，婢女总算把风筝抛了起来。羲岚望着风筝，全神贯注地后退，不知不觉已退到了枫林边，却看见婢女龇牙咧嘴地看着她身后。难道退过头了，要撞树？正这么想着，羲岚真碰到了什么上面。但那触感明显不是树，而是……

她正想回头道歉，一双手扶住她的双臂。那双手戴着白手套，手指修长而笔直，衣衫也是紫白色。正巧有金桂落在袍上，清香袭人，让她的心跳停了一拍，手也抖了一下。她握紧线轴，躲开那人的怀抱，低下头平定气息，抬头笑道："正是月湖好风物，红枫时节又逢君。我俩可真是有缘，连在此地都能撞见，你说是不是呀，夫君？"

"夫君？"逸疏轻扬嘴角，却无笑意，"我可消受不起如此聪明的夫人，连风筝都放得如此出神入化。"

羲岚沿着线轴望去，风筝早已不知掉入了丛林哪个角落。她清了清嗓子，尴尬地转动线轴，风筝却被卡在枝丫上，如何也拽不动。逸疏伸手朝里面指了一下，一道碧光在林中闪过，风筝缓缓升入空中。他朝自己的方向抬了抬食指和中指，风筝便顺势飞过来，落入他的手中。他看了一眼皱巴巴的风筝，眼睛细微眯了一下，抬头果真看见子箫在不远处作画。他道："子箫兄的画一寸千金，你便给弄成了这样。"

羲岚确定，自己和他非但无缘，还八字相克，而且她越来越不待见他了。她不想知道他的消息，不想听见他的声音，不想看见他的脸，不想与他对望，哪怕只有片刻。因为，近日连跟他日常对话，都会觉得很难过。她表现出的还是玩世不恭的模样："只要夫君一日不写休书，我便一日是你的夫人，这可是真爱。"

"你根本不懂如何爱一个人。"

"甚是，甚是，我是不懂如何爱一个人。"羲岚头脑空白地乱答了一通，然后停了停，愕然地看着逸疏，"……是么，我不懂如何爱一个人。"

"晋蝶怀孕了，现在重病，危在旦夕。你何时有空，随我去把休书写了。"

晋蝶怀孕了。

芳菲易老，往事成空，从新婚到如今，转眼已过了一千六百年。她一直以为，这是她人生幔帐中，最长、最值钱的一段伤心锦。她以为自己能等回逸疏，却忘了逸疏是个负责又钻牛角尖的男人，他爱一个女人，便一定会保护她并让她活下去。

终于，她幡然醒悟：逸疏变了。他不会再回来了。这一千六百年来，她等的是一段早已缘尽的姻缘。她与他的夫妻之情，早在一千六百年前，便已结束了。

她从未痛得如此彻底过，也从未如此痛快过。因为，总算不用再忍受被思念折磨的孤独长夜。她总算可以放手了。

红莲之火是摧毁仙族的炼狱之火，会连七魂六魄一起焚烧殆尽。冷月夜，羲岚当着逸疏的面，用这把火把自己的残骸烧了个干干净净。

消失的最后一刻，看见逸疏惊诧的眼眸，她不是没思索过他最后那句话的意思。也不是没想过，他们之间是不是有什么遗憾。可是，自她在摇光山上发芽与逸疏纠缠，已经过了三千六百四十三年。她以为时间能耗光逸疏对晋蝶的爱，没想到最终耗光的，是她对他的热情。

她确实心如磐石，潇洒坚强，有酒有花即故乡。时间久了，她或许也不想过得那么仙儿。她或许也想像个普通女人一样，被夫君呵护在怀中，偶尔矫情地撒娇，哪怕只有一天也好。这么多年，若是逸疏愿意给她一丁点儿温情，她也不会做出最后的决定。可是逸疏太专一，专一到连伪装都不愿意。遥想相逢的最初，相爱的曾经，他们之间到底错在了何处？他们之间到底是谁先犯错？她想不透。也不愿再想了。

计较对错，心有怨怼，那都是多久以前的事。如今她能留给逸疏的，只有能够守护他子嗣的仙元。而胸腔中那颗早已伤透的、爱了他三千六百四十三年的心，他不会稀罕的。她决定把它带走，来世交给一个对的人，一切从头再来。

她还是相信爱，愿意再一次尝试。但她没有告诉逸疏，自己在仙术中动了手脚。让逸疏认为她灰飞烟灭，永不能入轮回，是为了彻底斩断他们之间的联系，也是为了最后那一点点小心思——她坦坦荡荡地放手了，还救了他爱的女人，他或许，或许，会偶尔怀念她吧。得不到爱，能得到怀念，也挺好。

但愿在他的记忆中，她能永远裙裾飞扬，面如桃花，永远是最初相遇时那样美好的模样，哪怕是在千年后的一场醉梦中。

北落仙子羲岚，到底是个聪明人。

九霄殿中，晋蝶得到了羲岚的仙元，渐渐开始痊愈。晋蝶的贴身婢女推开窗户想透透气，看见一颗巨大的星斗拖曳银色长尾，从北天坠落。婢女指了指远处高空，惊道："二夫人快看，好大好亮的流星。"

晋蝶撑起身子坐起来，扶床咳了两声，抬头望向北天。星斗湮灭在遥远的黑暗中，在她明镜般的瞳仁中也留下浅浅痕迹。她捂着胸口，浑然忘了痛苦，只笑出声道："幸甚，真是幸甚，以后我可以安枕百年了！"

逸疏的三位婢女看见那颗星斗也极为震惊，其中一位身子晃了晃，一下控制不住情绪，哭着跑出门去；一位直接跪在地上掩面流涕；另一位年纪稍长些的，只是用食指关节轻蹭去眼角的泪水，把羲岚熬好的汤药倒回锅中，重新置放在火炉上："仙尊选择二夫人没有错。看似多情总无情，北落仙子其实是个无情的人。"

这句话令其他婢女十分不解。因为在她们看来，夫人被冷落了一千多年，最终还为仙尊牺牲了一切，怎么也算不上无情。倒是仙尊，薄情得让人心寒。羲岚离开以后，他并没有掉过一滴眼泪，甚至连眉头都没皱过一次。他只是在家的时间变得更少了，把精力都投入了政事上，把所有的仙力都献祭给了仙术谱写中。他的消瘦显而易见，哪怕是天天见到他的人，都会惊讶他缘何会瘦得这样快。晋蝶、他的僚属与友人都苦口婆心地劝他，让他不要再如此自残下去，这样下去耗损的便不再是肉身，而是仙元了。每一次，他都只是答应得很快。

三年后，晋蝶产下一女，母女平安。可是无论她如何暗示，逸疏都没有提她为正室的苗头。满月宴上，她抱着女儿请画师为自己和女儿画肖像。画成之后，她发现画中的母亲角度是侧面，高高的鼻梁，美丽的下颚，却分外令她反感。她对画师大发雷霆道："何故你画的侧面不是我，反而是羲岚？！"

画师畏惧道："夫，夫人，我从没见过北落仙子，这确确实实是您啊……"

晋蝶察觉情况有些不对，立即命人取了两面镜对照自己的侧面，一颗心凉成冰块——若不知道是在照镜子，她会以为羲岚复活了。再回想自与逸疏初识到如今，不管是她弹琵琶时、用膳时、写字时、睡觉时，他都喜欢坐在她的身侧。连他们云雨之时，他都喜欢从背后拨弄她的下巴，让她以侧颜对他。如此说来，每次他望着她的侧脸说着夫人真是国色天香。在他心中，真正的国色，其实是……

再看一眼那幅画，回想起镜中往事，晋蝶捂着口，险些吐出来。

但对晋蝶而言，这都不是最为打击她的事。这之后第二天，她把事情闹大了，才有婢女嘴漏，说出了羲岚逝去的真相。她一向视羲岚为劲敌，羲岚灰飞烟灭后一年内，她是很开心的。随着时间推移，当嫉妒渐淡，当她确定了羲岚不会再回来，心底竟生出一丝愧疚。得知羲岚死去是为了救她腹中的孩子，她抱着女儿，一时目瞪口呆，哭笑不得。再想到逸疏这三年行尸走肉的生活，她懊悔不已，对婢女苦笑道："他们夫妻俩一定恨透了我，对吗？"

婢女怯生生道："其实，我觉得夫人或许有过芥蒂，却不曾恨过你。她太爱仙尊了，所以只要有人能照顾好仙尊，让他开心，她甚至不会介意这个人是谁。而太微仙尊，他，他更不恨你……”

晋蝶看了一眼自己怀里的女儿，只觉得心里空空的。这一刻，她觉得很难受，不知该向羲岚道歉还是致谢，但随即她便发现这想法毫无意义。因为，仙界连羲岚的坟头都没有一个。

五年后，子箫与青寐成亲了。新婚后第二天，他把青媚即是青寐的事实告知逸疏，并说一旦青寐暴露本意，他便会把青寐交出来。

三十九年后，逸疏肉身病残，元神受损，已经需要靠仙术与丹药支撑。子箫来探病时，终于忍不住说了实话：“其实，我心中一直有青寐。这四十年来，只要想到她或许会与羲岚一样，从世上永远消失，我便卧不安寝，辗转生受。逸疏，我们认识这么多年，这是我第一次请求你。放青寐一条生路，让她进入轮回。”

逸疏怔了怔，道：“你与青寐不是逢场作戏，那羲岚算什么？”

“羲岚？我不懂你的意思。”

“羲岚才离开多久，你便已经忘了她？还是说，你从未对她认真过？”

子箫错愕道：“逸疏你是病糊涂了么，羲岚是你的妻子，我与她情同兄妹，从未有过逾越之想。”

那个冷月夜的画面又一次浮现在逸疏脑海。熊熊烈火中，羲岚用饱含泪水的眼眸望着他，苦笑着说：“逸疏，你不是说了么，我根本不懂如何爱一个人。”想到此处，那一刻可怕的设想再度侵蚀了他。他竭力保持冷静道：“我们成亲后第二日，我看她一整天都在你家，似乎很开心。”

子箫更是一头雾水：“胡说什么，你们成亲之后，我起码有三个月没见到她。”

“子箫兄，我虽病了，但一点也不糊涂。”

“别说你没糊涂，你真糊涂了。她若真对我有意，为何会当着我俩的面写那七首诗？当时你不是看懂了，还讽刺了羲岚么？”

逸疏命人速速去羲岚房间找出诗作。再读这七首诗，他震惊至极，心跳撞得胸腔发疼。第一首的每一句句首、第二首的每一句第二个字、第三首的每一句第三个字，第四首的每一句第四个字……直到第七首的每一句句末，八个字，整整重复了七次。他当时仅仅因为妒火中烧就失去了理性，连这样明显的藏头诗都未曾发现。

他只觉得头晕目眩，脑袋一片空白，而后迅速回想起了两千多年前的一段往事。

见逸疏面色白得跟纸一样，子箫察觉情况不对，本想问问他怎么了，却见他扶着桌面，闭上眼，额上青筋高高凸出，胸口一阵起伏。子箫连忙搀扶他上床，但走到一半，他捂着胸口，吐出一口鲜血。子箫拿手帕擦他的嘴角，急忙唤人进来。逸疏扶着床沿咳了好一会儿，整张手帕都红透了，鲜血顺着苍白干裂的嘴唇流下。最终逸疏被扶上了床，眼前交替了无数个白昼与黑夜般，明明灭灭。他什么也听不见，除了自己的呼吸声。

最终，青寐还是背叛了子箫。可子箫很傻，为青寐杀死了神君，并甘愿被罚下无间地狱，永世不得超生。

子箫下地狱后，逸疏对自己的一生都感到十分迷惑。在他博取功名的路上，子箫一直在默默帮助他，羲岚也一直在默默支持他。可是，他不仅害羲岚烟消云散，在子箫遇到如此重大挫折之时，也未能救回子箫。他现在是太微仙尊，是上仙中的至尊，是朱雀天最有权力的男子，已经强到足够保护他珍惜的人。

然而，他珍惜的人，又在何处？

魔界丢掉了一个最得力的女魔将，东月楼台又少了最重要的守戍笔吏，自然免不了又一场神魔交战。逸疏亲自指挥上战场，首战出师告捷，歼灭了两万七千个魔族精兵。又一个月夜到来，幕府中，他做了一个很长的梦，梦的是两千四百八十五年前，神界水域天的一段往事。

“神君，子安仙君已在门外跪了两天三夜，说无论如何也要求您救活北落仙子，还说拿他的命换也成。您要不要出去跟他说说？”一位小厮对胤泽如此说道。

“不过为了一个女人，真是不成体统。”胤泽神君放下茶盏，拂袖而出。

那时的胤泽神君还不是神尊，但因天赋异禀，有青龙身，在神界地位显赫，桃李满天下。他素来极度自我，不喜见人为爱伤神。他赏识逸疏，觉得逸疏以后前途一片光明，便赐了逸疏仙君之位。不想逸疏是个儿女情长之辈，他有些失望。只是，偏爱到底是有的，胤泽不打算把他逼到绝路。

皓鹤羽毛飘飘洒洒，把门前的逸疏都快盖成了雪人。胤泽低眉打量他少顷，道：“你想救北落仙子，也并非难事。她原本便是依附你仙力而生的菟丝，靠你一人力量完全可以救她，只是需要你做出极大牺牲，你可考虑清楚了。”

“无妨，我不怕死。”冰冷的雪覆盖着逸疏的睫毛，他的声音比雪还要冷。

“比死好，也比死坏。你失去的东西，将是你一半的寿命、一半的仙元和一生中最宝贵的记忆。”

“可以，只要能救她。”

“你想好了？丢掉一半的仙元，若不好生护着身体，可能会损毁魂魄精神，再无转世投胎的机会。”

“寿命、仙元都不是问题。只是，最宝贵的记忆……”逸疏想了想，摇摇头道，“我这一生都平淡如茶，没什么宝贵的记忆。”

“若如此，那日后等宝贵的记忆诞生，不管持续的时间有多长，你都会在一年后便将之彻底忘却。”见逸疏态度坚定坦然，胤泽神君递给他一卷贝叶书，“燧皇鼎在我的西苑，你只需念此咒文，便可将五成寿命与誓约提制为药引，置入鼎中。”

及至那一刻，逸疏都不曾有一丝后悔。那时他年轻自负，曾天真地想过，只要她活着，即便给她幸福的人不是自己，亦是甚好之事。

糊涂的意识中，逸疏知道梦境即将到达尽头。他如此希望能看见羲岚。想见她和从前一样，在飞瀑山谷中裙袍轻扬，斟一壶仙酒，摘一束桃花，书写风流词句，笑若灿烂朝阳。哪怕她自始至终不看他也无妨，他只盼见她最后一眼。

可是，羲岚再也没有出现，即便是在梦中。

但对逸疏而言，这也并非最坏的结局。因为，他与羲岚生在一处，死后也都同时从六道轮回中灰飞烟灭了。或许，他们会在旁人都不曾到过的地方重逢、相守，那里或许远离红尘世俗，是一片世外桃源，就像四千年前的摇光山。在那里，有神柏、菟丝，枝叶缠绵。

是夜三更，边戍萧条，黄沙卷地，在神魔战场上有猎火孤城，残败山川，哀云悲雾十万里。当幕府中有成片的悲恸哭声传出，守戍神仙、将士们都有了不好的预感，纷纷回首望去。但与此同时，又有极为明亮之物自高空坠落，将士们整齐抬头眺望星空。

原是太微垣最大、最亮的星斗陨落了。

仙界典籍《广仙志·太微卷·羲岚传》有云：

北落仙子者，炎黄仙族也。元摇光菟丝，司相莲供奉，有朱雀之气，玄牝之仙也。其行踪无定，常驾龙乘云，潜游海川，翱翔仙山，虚步太清，七世不明所在。赏花饮酒、欣欣然自乐也。其诗如美玉，画胜万钱，享誉九天。故而时人曰：‘北落羲岚，色如天香；八斗高才，千杯不醉。’太微仙尊逸疏之妻。后自焚于红莲之火，遂灰飞烟灭，不复重生，时三千六百四十三岁。

《广仙志·太微卷·逸疏传》有云：

太微仙尊者，炎黄仙族也。元摇光神柏，掌太微，往往至紫微灵台山上。其色如少年，姿貌佳而性冷。取神于紫冥，取精于徂辉，有朱雀之气，玄牝之仙也。曾任水域神军幕僚伐魔，助胤泽斫黑龙、败蚩尤，与补天之事，立不世之功，累迁太微仙尊。内修政理，筑龙腾之书谷；外长巧策，推朱雀之仙术。妻北落仙子羲岚。商时下界，复还之太微垣。后于神魔通道边戍战场，耗竭仙元而殁，不复重生，时四千八百又三岁。

第十三幅画

渔阳弄

羲岚，原是一个仙子，带着前世未了的情缘，带着对太微仙尊错过永生永世的思念，来到凡尘。这是一个颇为凄美的故事，感伤一下也是应该的，但恢复神志的裴羲岚，听见的第一句话是："高仙芝不能死！"

这是父亲裴侨卿的声音。羲岚还未从旧梦中彻底抽出身来，门外便传来踱步声，裴侨卿焦虑的声音也远远传来："如今洛阳沦陷，国政混乱，军心不稳，人心涣散，陛下再处死战绩赫赫的大将，只会更加出师不利！不行，我现在就去上书进谏！"

接着是裴夫人的声音："别，别，使不得莽性啊，陛下正在气头上，你若去触他的逆鳞，只怕……"

"男儿国即家，击楫誓中流，怎能在这个节骨眼上贪生怕死？"

羲岚往四下打量了一番，发现自己躺在自己的长安闺房中，父母在门外吵个没完没了。她总算回过神来：北落仙子和太微仙尊的故事已是往事，她现在的身份是大唐河东裴氏之后裴羲岚，即便前世有什么遗憾，也可以放放然后再遗憾。此时此刻，还是该操心操心当下之事，顺带找到逸疏，不，她画出的逸疏。她扶着床沿起身、下床，颤颤巍巍地走出去："耶耶，阿娘，这都发生了什么？"

二老分外诧异，都跑过来搀她。裴夫人流泪道："我的儿啊，你居然醒过来了。阿娘还以为这辈子都没法见你睁眼了，醒了便好，醒了便好……"

这时，有小厮来报："主人，因高仙芝、封常清失律丧师，陛下已下令，一个时辰后将二人斩首示众！"

裴侨卿目瞪口呆，颓丧地坐在地上："果然，陛下已不再是当年的陛下，他……怎能如此糊涂……"

裴夫人"嘘"了一声："这话在家里说说也罢，在外可千万要谨慎啊。"

裴侨卿气不打一处来，望了羲岚一眼，无奈道："唉，你说你何时醒来不好，偏在这时候醒，我看大唐要完，你还不如一直这样睡下去算了！免得醒来再死一次！"

裴夫人道："你在胡说八道些什么！女儿已经睡了八年，你便这样咒她，她要真吃了你的咒，我跟你没完！"

羲岚惊道："我，我已经睡了八年？"

"是啊，八年前你与郭子仪成亲之日偷溜出去，被人送回来时长睡不醒，找大夫来看也看不出点症状。我们便把你安置在闺房中，平日让阿妮蛮伺候你……"

一旁的阿妮蛮也小声雀跃道："小娘子，你终于醒来了。"

如此说来，父母和阿妮蛮看着确实比以前老了不少。羲岚只记得当时在街巷中遇到子箫，他使用术法，令她看清前世的境况。她觉得还有些头晕，阿妮蛮便搀着她回去歇息。她望着桌上的石狮镇纸道："这可真像河泰。"

石狮镇纸道："算你有眼识泰啊，北落仙子。先前见面恁多次，我居然没认出你是谁。"

"河泰，真的是你？快跟我说说现在是什么情势，我糊涂了。"

"情势是，安禄山反了。"

听了来龙去脉，羲岚觉得，安禄山可谓历史上最拼的反贼。因为造反这一年，他刚好眼瞎了。但谁说瞎子不能拉旗造反？安禄山带头做给大家看。安禄山何故反得如此拼，事出皆有因。羲岚陷入沉睡的这八年里，天子过得比以往还要滋润些，不爱上朝便不上朝，爱玩艺术便玩艺术，爱安禄山便让安禄山一人兼职三个节度使，爱杨玉环便专宠她，连她的姐妹、兄长也宠了个遍。宫中专为贵妃做锦缎刺绣的工匠有近千人，每年花在杨家三姐妹身上的脂粉钱高达百万钱。开元盛世期间他提倡节俭，后来有钱就是任性，曾把一年全国所有的进贡都赐给李林甫一人。总之，什么路走着顺他走什么路，也不管是上坡路还是下坡路；什么人让他舒服他宠什么人，也不管这人是赤胆忠心还是口蜜腹剑。

佞臣也是有尊严的。杨国忠觉得自己牛气冲天，因为他是大唐丞相，有个天生丽质难自弃的妹妹，想杜甫都为他发明了一个成语“炙手可热”，后面那句是“慎莫近前丞相嗔”，还颇有些傲娇意味，那是真的挺能耐了。这样能耐的人，怎能让一个胡人跟自己争宠。他利用在朝廷的优势，处处打压、排挤安禄山。安禄山也颇有尊严，他手握二十万兵力，利用自己胡人血统的种族优势，和边镇的奚族和契丹族打成一片，与史思明二人被当地百姓称作“二圣”，眼里早容不下宰相朝堂。安禄山表面上拍着天子的马屁，底下早开始操练军队，时刻准备讨回尊严。

天宝十四年十月底，杨玉环头晕反胃的旧疾发作，每次让御奉来查，都查不出原因。李隆基灵感骤现，遣人查荔枝，结果查出荔枝里下了药，自带点避孕功效。众所周知，杨玉环吃的荔枝都是安禄山请人快马加鞭进贡的。安禄山的思路让人有些寻思不透。大唐早立了太子，即便杨玉环生了娃，等娃能争夺太子之位时，安禄山多半也走不动路了。他为何要费尽心思阻止杨玉环怀孕？莫不成他喜欢朕？李隆基想了想，觉得他还是喜欢玉环，遂龙颜大怒，招身处范阳的安禄山回朝问罪。

十一月初九，天子依旧带着贵妃在骊山两情依依，却不知敕书刚到范阳，安禄山便宰了使者，号称忧国之危，讨伐杨国忠，在范阳起兵。安禄山的兵是练好了，但唐军安于闲逸多年，疏于操练，连兵器、军马都囤在南山，河北县令们都一溜烟跑光，整个州县未战而降。这个时刻，李隆基才想起张九龄曾说过，安禄山狼子野心，拼了老命也要进谏请斩安禄山，有一种超脱顿悟之感。他终于放下身段，想招张九龄来赔个不是，可惜现在张九龄就剩了个灵牌。

十一月十五日，李隆基派兵防守洛阳。安禄山来势汹汹，不足月便把洛阳捅出个大窟窿，斩了两个将，降了一个将。高仙芝、封常清被逼退至潼关，坚守不出。这是敌军进军京师的最后一道防线，失守则长安完结。李隆基如何也想不到，自己会被个瞎子搞到这地步，他有些头晕了，在安禄山恨不得弄死高、封二人之时，听了宦官诬告的谗言，反倒先替安禄山下了手。

听完整个过程，羲岚也赞同父亲的意见，觉得高、封二人不能死，决定去大明宫找玉环姐姐开个后门。因为她知道，天子太多年未经内乱，又年事已高，面对安禄山二十万大军，势必淡定不起来。若他现在还能听进谁的劝，多半也是玉环姐姐的。她换上男装，命人备马，出行前又问了河泰一句："对了，我中的是回梦之术吧，缘何会沉睡足足八年之久？"回梦之术是鬼界的禁术，可使人在梦中窥见前尘往事，只有得到丰都大帝批准才能对人使用，也不知子箫在阴间是否有当个遵纪守法的好百姓。

"你说到要点了。本来沉睡三个月施法者可将你唤醒，但你沉睡之后没多久，太微仙尊也消失了。花子箫怕你醒来嫁给郭子仪，故意拖着不唤醒你。叵耐这些年郭子仪一直痴心不悔，苦苦等你，太微仙尊也不曾回来，直至安禄山造反，郭子仪才被调去河北对抗史思明叛军。”

听他说“花子箫”，羲岚才想起鬼和人一样都有姓。子箫果然是个惧内的，连加个姓都得跟青寐瞎编造的姓一样。可她总觉得一时半会儿接受不来，因为在她心中，子箫应该姓强。

羲岚道：“逸疏消失了？”

“我觉得吧，他很可能是以为你没救了，备受打击……说、说不定自寻短见去了。”

“河泰，逸疏的智力和你不一样，你不能用你的脑子去衡量他。”

“……”

“如此说来，安禄山造反反倒救了我一命？若不是因为他，郭子仪也不会离开长安。郭子仪不离开长安，子箫也不会把我唤醒吧。”关键时刻，子箫还是只考虑逸疏。她和子箫友谊的小船说翻就翻。

“那倒不是。花子箫本来打算一两年便唤醒你，但后来青寐阴错阳差在阴曹地府住下，他便把你这事忘了。直到昨天，才想起。”

羲岚道：“这理由我很服气。”

羲岚策马赶到皇宫，正巧赶在高、封二人人头落地之前。只是这一回天子分外固执，连贵妃的劝告也不听，羲岚还未开口，他便猜出背后主使者是羲岚，念在她大病初愈头脑糊涂，他不计较。这也说明陛下在不该糊涂的地方糊涂了，但总体说来没她想的那么糊涂。与杨玉环偷偷交流后，羲岚得知，李隆基如此主张要杀高仙芝，是因为四年前在怛罗斯一战，高仙芝败给了黑衣大食的猛将并波悉林，使大唐损兵折将、颜面尽失，如今再败，是可忍孰不可忍。听见并波悉林的名字，羲岚蒙了。这不是当年郭子仪拼死追杀的草寇吗？

高仙芝、封常清还是被拉到法场行了刑。随后，李隆基派遣哥舒翰率二十万大军，镇守潼关。羲岚闻言主动请求随军，说自己力虽衰，依然盼为社稷出力，她可以在兵营里筹备晨炊。李隆基善了。

其实羲岚就会做胡饼，说去备晨炊都是瞎扯。她原想请缨系越当幕僚，但想想高、封二人的下场，决定先观察观察动向再说。回家后她果真被才子训了一顿，又回房通知阿妮蛮，打算把她带去代自己的劳。收拾行囊之时，有一块金属从阿妮蛮衣服中滑落，掉在了地上。她赶紧把它捡起来，在胸口擦擦，抱着松了口气。

羲岚道："那是什么东西？看你宝贝成那样。"

"是小时耶耶给我的护身符。他很爱骑马，这是他马络头上的铜环。我七岁那一年，我和阿娘都找不到耶耶，后来阿娘也去世了。临终前她跟我说，倘若有一天我见着耶耶，便可用这个信物与他相认。"

"你耶耶可是在长安？"

阿妮蛮摇摇头："这就不清楚了。我当初来长安是被卖过来的。"

"你阿娘怎么会走得这么早？是生病了吗？"

"当初我们营州整个族都破落离散了，阿娘是被奸人杀害的。"

阿妮蛮的父母与许多突厥族一样，是在葬礼上认识的，而且是在她祖父的葬礼上。根据突厥习俗，男人死后，骨灰入棺前，要先把他的老婆们塞进棺椁活埋掉。阿妮蛮的祖父妻妾成群，其中一位美艳沉静，不畏死亡，被死者的儿子看上了。两位新人在葬礼上成了亲，光明正大地烝淫，不久生下阿妮蛮。后来，阿妮蛮一族破落离散，她父亲被人追杀，连夜出逃，并承诺一定尽快回来接她们。一日晚上，有人侵入他们部落，阿妮蛮的母亲把她塞在两块大石间。唐军杀入母亲的帐篷，很长时间没出来。她听见母亲在里面从破口大骂变成哭喊，又从哭喊变成低低抽泣。待几个时辰后，唐军从里面出来，她冲进去发现母亲除了衣衫褴褛，身上毫发无损。多年后，等阿妮蛮明白帐篷里发生了什么，她已经在酒肆卖笑为奴，母亲也已经自丧其身太久了。

这还是第一次听阿妮蛮说她的故事。羲岚原本以为，阿妮蛮只是一个什么都不懂的胡人傻妞。以前她还认为，国力强盛即是王道，大唐的版块越大越好。可跟随哥舒翰军队前往潼关的路上，她想着阿妮蛮的身世，不由得开始重新思索战争的意义。这世上真有绝对的正义与奸邪吗？就像安禄山，他是一个奸臣，但未必是一个十恶不赦之人。权臣身处高位，急势当头，被逼到不得不反也是可能的。

羲岚忽然记起她第一次见安禄山时，他挂了一个东西在胸前，于是对身侧骑马同行的阿妮蛮道："你耶耶的信物，可以给我看看吗？"

阿妮蛮把用绳索系好的铜环递给她，她翻过来看了看，果然发现上面有老旧的跑马图腾。联想玉环姐姐荔枝里的毒药，联想阿妮蛮姓康，羲岚只觉得背脊很是凉爽。她依稀记得，安禄山对李隆基说过，他父亲死了，他不曾娶亲。她与邢逸疏还讨论过，对一个早已过了适婚年龄的突厥男子来说，安禄山参加过葬礼却未婚有些奇怪。

到了军营中，羲岚要来了笔墨，在纸上绘出了安禄山的肖像，问阿妮蛮："这人你可认识？"

阿妮蛮惊呼一声："这不是我耶耶吗？！"

"你耶耶可是叫康轧荦山？"

"小娘子……居然识得我耶耶？"

事情真如羲岚所料。这不是一场权力争夺战，而是一场血亲冤仇战。安禄山起反之意并非言不由衷，开元年间逃离突厥后，他便打算让轧荦山消失，从此冒姓安。他不让杨玉环怀孕，不是因为他有什么私欲，而是因为他丢了最爱的女人和女儿，也见不得李隆基和心爱女人开花结果。真是人不可貌相，看似那么没节制的大胖子，居然如此心思缜密，城府深沉。羲岚开始觉得，这仗比她想的要难打。

她向阿妮蛮隐瞒了事实，只说以前曾经见过阿妮蛮的父亲，等战乱平息，他们会带她去寻父。她低估了阿妮蛮渴求见亲人的冲动。阿妮蛮偷走了她的画，很快从军中打听到，这画像上的人是叛军首领安禄山。阿妮蛮说要到敌军里寻找安禄山，劝他停战，但羲岚和河泰都觉得这样有点缺心眼儿，花了好大功夫才把她劝住。

潼关是个易守难攻的险地，战栅连云高，飞鸟不能越，道路狭窄得只容一辆车通过，连挥动长兵器都甚是困难，堪称一夫当关，万夫莫开。进驻此地，哥舒翰加重城防，坚固自守。天宝十五年正月，安禄山在洛阳称帝，嚣张挑衅，哥舒翰也始终保持当个没嘴的葫芦。安禄山随即派儿子安庆绪上前攻打，被哥舒翰军队轻而易举击退。于是，安禄山主力叛军徘徊在关外止步不前，足足五个月。

五月初，哥舒翰接到敌军情报，说兵不满四千人，皆羸弱病残，疲惫不堪。看这情况，叛军似乎被他们的防御战拖垮了。他在高崖要处来回徘徊，见潼关外的桃林都开了花，夹着黄河古津，绚烂千树万树，心中却隐隐不安。这时，有个姑娘在身后说道："只恐有诈，元帅三思。"

回头一看，只见羲岚轻摇羽扇，也站在崖边，头戴幞头，脚穿翘头靴，看上去有几分帅气，眼睛却是一汪弯弯的清泉，澄澈得不容置疑。哥舒翰道："裴娘子何出此言？"

"久战兵乏是自然，元帅有所顾虑可以理解，但安禄山理应更加焦虑。"

"何以见得？"

"叛军自范阳出师，远征至此，兵贵神速，粮草和人心都禁不住如此干耗。安禄山的叛军还有大半是唐军，现下他们助纣为虐，拖得越久，军心越不稳，极易被煽动而发生内乱。"说到此处，羲岚用羽扇指了指陕郡的方向，“若元帅是叛军，会将自己的孱弱军队暴露在那种地方么？”

“不会。”

“羲岚笃定，此乃伏击之计。”

哥舒翰目光变得清晰了许多，击掌道：“裴娘子言之大理，我险些糊涂了。我们有潼关为天然屏障，如有神助，万万出不得关。来人，传令下去，加强防备，闭关死守，拒不出关！”

当日起，哥舒翰临时炒了幕僚，把羲岚叫去与他共图擒贼之计。羲岚想出各种装神弄鬼吓唬敌军的套路，哥舒翰拍案叫绝，说若能打败安禄山，那可真是古有淝水赤壁，今有潼关桃林。羲岚也分外开心，与他约好待凯旋班师，一定共饮三百杯，不醉不归。哥舒翰笑说，那老家伙我恐怕得先归。

计划是美丽的，现实是悲催的。不管哥舒翰与羲岚的兵书计划如何周全，都顶不住天子一道敕书。朝廷接到敌军消息后，李隆基下诏命哥舒翰立即出兵，收复洛阳。接到敕书哥舒翰脸都白了，忙上书回奏解释缘由。是时郭子仪、李光弼在河北击败史思明数次，接连传来捷报，也支持哥舒翰坚守不出一策。李隆基摇摆不定，杨国忠却气得吹胡子瞪眼，觉得哥舒翰是为图一己之利才拒不出战，硬用三寸不烂之舌，让李隆基相信哥舒翰是个庸臣，胆小自私，老不中用。李隆基一连派遣使者四下潼关，催哥舒翰迎击安禄山叛军，哥舒翰装了四次尸体。

六月初，常山颜氏兄弟也起兵反抗安、史叛军，周围州郡大受鼓舞，随之响应，因而断了叛军北回的后路。哥舒翰闻此激动万分，想着安禄山这狗贼死定了，正欲再度上书朝廷，使者却第五次来潼关传诏说，若元帅再度抗旨，拒不出兵，诛灭三族。羲岚在帐外听见，吓得扇子落地，羽毛乱飞。哥舒翰捶胸痛哭道：“豺狼入京，我大唐命数已尽啊！”

六月初四早，羲岚在潼关山崖上往下望，见哥舒翰出兵十八万，幡旗蔽日，刀剑如林，浩浩荡荡地往灵宝西原去了。日落时分，远处硝烟滚滚，烈火熊熊，绝望的哭号声连在山崖上都能听见。阿妮蛮也看着远处交战的方向，有些期待地说道："那边杀得如此激烈，是我们赢了吗？"

若"我们"是指你亲爹那边，那你说对了。羲岚心中这样想，却只是转过头去，西望长安的方向，长而无声地叹了一口气。

哥舒翰星夜狼狈逃回，西渡黄河时，身后只有残兵百骑。因士气衰落，又伸手不见五指，唐军辎重人马纷纷翻落入潼关外的战壕，眨眼工夫把战壕填成平，后来的兵卒踏着同僚的尸体躲回潼关。十八万大军，最终只剩八千人，潼关外的桃林也被血染得一片斑驳。

或许是国破山河在令人不禁感伤，羲岚白日在军营中鼓励残兵败将，遣人为他们疗伤送药，到晚上一个人躺在枕上，却辗转难眠了一个时辰，才沉沉睡去。她做了无数个凌乱的梦，每一个都与前世有关，她在梦里到处寻找逸疏，大半夜却连他的背影都无缘一见。最后一个梦里，她总算见着了逸疏：他们回到了摇光山，一起坐在三千仞的山崖顶，眺望一轮金日，万里云海。她靠在逸疏肩上，逸疏握着她的手。她轻轻说，若是能一世如此，那该多好。现在有点后悔当初走掉了么。

逸疏说，岚岚，我离开摇光山是为了保护天下，也是为了保护你，所以不曾后悔过。若是一开始便有这样的结局，我也不会考虑离开摇光山。我们生同衾，死不同穴，虽然结局不算美满，但你我到底是一世夫妻。若不是我元神已经耗尽，再无转世机会，我一定会在千百个轮回中寻到你，与你再生生世世，恩爱到白头。

她紧紧拽着他的胳膊说，你别吓我，我先说我是吓唬你的。当年在红莲之火中，我没有把自己彻底烧掉，我转世了，你可千万要来找我。

逸疏笑了笑说，我们岚岚总是如此聪明，会给自己留一条后路。可惜我没你聪明，有些死心眼，所以说啊，我永远斗不过你。

她急得哭了出来，说她错了，请他留下来。他擦去她的眼泪说，负心人原本是我，该说对不起的人是我。你道歉，只会令我更加自责。可惜世事如此，我们谁都无法改变历史。我的时间不多了。来，让我再抱你一会儿……

数千年来，前世今生，她忘不了曾经无数个日月中的斜倚熏笼，孤灯长夜。等了这么久，只是期待每天能多看他一眼。多少次强颜欢笑，也只是期待看他的日子能长一点。她等得实在太久太久了，久到已经忘记她最初是想等到什么。

她靠在他的怀里，连哭泣都不敢有所动静，生怕身体轻颤也会令他烟消云散。在梦里，她也知道这只是一场梦。她希望夜再长一些。只愿长眠梦中，永不复醒。可是，不管她如何小心翼翼，他终究还是化为一缕轻烟，无声无息地离开了。

在梦里好像过了三千年，但一个翻身羲岚睁开双眼，发现外面天都没亮，枕头倒是湿了大半。她点了烛台，磨墨准备写信给逸疏，可是墨中混了残泪，稀得无法题字。她本想再磨一些，转念一想，鸿雁游鱼，山长水阔，即便写好了信，又能寄到何处?

梦中她似乎回到了少女时代，因而有些娇气爱哭。这会儿她清醒了，觉得情绪很平静，想哭再也哭不出来。她放下笔，望着营外山南山北花开，千里万里月明，忽然发现，原来大唐江山未变，还是开元盛世的样子；镜中朱颜也未改，还是八年前的样子。可是，不管是江山还是人，都在一夜间老了。

五日后，潼关失守。据闻哥舒翰退回关西，依然在驿站张贴告示招揽失散兵士，想重夺潼关，却被另一唐军逼迫卷甲投降安禄山。哥舒翰宁死不从，被对方用马绑腿拖向洛阳，后生死未卜。

长安一片混乱，百姓听见安史大名都会吓得抱头鼠窜。往日

“千官雁一行”的大明宫外冷冷清清，李隆基在高公公等人的护送下去上朝。这一路上，他想起儿时祖母对自己聊起太宗皇帝统治下的大唐，想起神龙政变中皇叔逼祖母退位时祖母脸上的沧桑，想起自己与姑母联手诛杀韦后……那一年他二十七岁，父亲禅位，他在太极宫登基称帝，心中一腔热血难以平复。这一路走过来，他踏过了多少故人的积尸鲜血，见证了多少血亲的生死离别。上有九凤回日之青天，下有卧龙盘旋之疆土，千千万万蒸黎苍生都在亲眼见证，他成了大唐皇帝。从此以后，他要励精图治，在悠悠青史中翻开最壮丽的一页。

直至潼关失守前，他都觉得开元年间的盛世依旧历历在目；初遇玉环时那惊鸿一瞥，也不过昨日之事。直至坐上龙椅，看见上朝的官员只有三人，他们还是规矩地下拜喊着“吾皇万岁”，声音微弱难闻。如今即便是以身殉国，在地下遇见陈后主，怕都无颜提及《玉树后庭花》。

人生不过一场大梦。李隆基如梦初醒。

乙未日天未亮，在陈玄礼整编的六军将士护送下，天子带着杨贵妃姐妹、皇子公主、杨国忠、高力士等近侍逃出了延秋门，向杨玉环老家川蜀之地西行而去。法驾方才西出都门百余里，至马嵬坡，六军将士突然止住不前。大家都心知肚明，安史叛乱并非安禄山一人之过，与杨国忠从中作乱脱不开干系；潼关失守也并非哥舒翰之过，而是杨国忠谗言之过。本来众人对他就心存怨恨，这一路上他们饥疲不堪，杨国忠还保持一贯作风，趾高气扬、指手画脚，引爆了众将士心中的火药。他们把杨国忠围起来，说没有食物，让丞相自己看着办。杨国忠吓得心胆俱裂，屁滚尿流地逃了。不知谁碰巧在军中大喊了一句：“丞相欲与胡虏同反！”将士们全部冲过去，把杨国忠乱刀砍死，把头用枪挑挂在驿站口，其余部分剁成肉酱。

将士们把姓杨的男男女女都杀了个干净，但这些不够解恨，犯驾才解恨，他们把仇恨的目光指向了贵妃娘娘。高力士劝诫天子，让他赐死贵妃以稳定军心。李隆基觉得一切都是他的过错，杨玉环并没做错什么，无论如何都不愿意，说你们要杀便杀了朕。众将士沉默了，陈玄礼带头说，那请陛下承诺永远不与杨贵妃见面，并昭告天下已赐死贵妃，我们便可接受不杀她。李隆基松了一口气，与杨玉环依依惜别后，派遣一行人护送她去了东瀛。

马嵬坡兵变后，天子继续奔至蜀地，太子北上灵武。王室前脚离开长安没多久，安禄山叛军后脚赶到。天宝十五年六月，长安沦陷。裴侨卿一家人收拾好行囊，准备也奔赴灵武投靠太子。临行前他们一家去桃源，准备接祖母逃离战乱，但祖母卧病在床，没有精力跟他们折腾，只笑着摸摸羲岚的头："你放心好了，祖母这地儿隐蔽，连点人烟味儿都没有，豺狼是嗅不到的。再说，即便他们找到我，杀个没用的病老太婆，恐怕他们还嫌钝了刀呢。"

羲岚握住她的手，愁眉不展道："可是，祖母，您的身体……"

窗外没了桃花，只吹来一阵果实累累的清香。此间与世隔绝，恍若仙境，跟陶公笔下的秦人桃花源无甚区别。祖母虽然身体虚弱，神情却分外安详："放心好了，祖母命长着呢，不会有事的。"

她说得如此笃定，令羲岚一时分辨不出是真是假。见羲岚还在犹豫，祖母道："岚儿，人生一世，草木一秋，皆有命数，不必如此计较。然而，人与草木到底不同，因为人有信念。信念越强的人，活得越有意义。"

羲岚似懂非懂地点点头。

祖母道："自从你祖父仙逝，我每日都想着他，却鲜少梦见他。近日，他频频招我。或许是因为我想着、念着、熬着千万遍，他便真的来了。"

羲岚眼眶红了："祖母……"

"记得祖母的话，多想开心之事，少想不幸之事。惜今朝，盼明日，你这一生，都会很幸福……”

祖母最终没能熬过这个晚上。听裴夫人说，祖母已经卧病好些年了，但心中一直记挂昏迷的羲岚，才忍着病痛煎熬下去。如今见外孙女恢复健康，她也算了结了一桩心事。羲岚知道，对祖母而言，终于牖下是一种解脱，但还是抑制不住伏在她老人家的遗体边，哭了一整夜。

为祖母操办了葬礼，羲岚心情很低落，没想到又迎来了一个噩耗：阿妮蛮趁羲岚一家人都在忙碌之时，偷偷溜到叛军阵营，想找安禄山谈判，却被叛军怀疑是唐军派遣的细作，把她打了一顿赶了出来。她遍体鳞伤地躺在长安街头，甚至还没找到一个落脚之处，便被一个蒙面人行刺了。得知消息的羲岚带着河泰去寻她，发现她气息奄奄地躺在血泊里，只剩了最后一口气。羲岚蹲下来想驮她，一个青年却抢先挡在她面前。青年二十六七岁，生着一双凌厉的吊梢眼，额心有一枚深青色的仙印，头戴冲天雨神冠，一身水青战甲银光逼人。

有了前世记忆，羲岚认出他的相貌，担忧道：“河泰，你的处罚期未满，现在化为人形，是会折寿的。”

河泰却无一丁点儿在意，急得脸都白了：“阿妮蛮，阿妮蛮，你还好么？你别大声说话，我现在便为你治疗。”可他刚凝聚了水光在手，阿妮蛮便推开了他的手，一只手按在胸前，紧紧压着鲜血淋漓的伤口：“谢雨神郎君相救，可我的情况，我知道……救不活，反倒会害得郎君遭受天谴，莫试了……”

河泰惊愕道：“你……知道我是谁？”

“我虽愚笨，这么多年，多少也能猜出些……”阿妮蛮的脸脏脏的，但眼眸明亮，还是和他在曲江畔初见她时一样美丽。

“那你也该知道，我这人脾气臭，若置你于不顾，连我都会嫌弃自己！”

河泰不管她挣扎，只想要救她。可她确实命数已尽，他又有天谴在身，无论如何施法，都是杯水车薪。最后，他抱着她的头，红了眼睛，勃然大怒道："我还是什么雨神，连自己心爱的女人都救不了！！"

阿妮蛮口中涌出鲜血，声音也越来越虚弱："没事……即便我活着，今生我们依旧无缘。可是，你是仙人，告诉我，人是不是……可以有来世……"

"有，有的！你可以在奈何桥上等等我，待我惩罚期满，便下来找你，到时我们……"

这时，羲岚感觉身后有动静，回过头发现一个叛军卫士正高举长枪，向她刺来！她在地上翻了一个滚，那一枪在地上戳出个大窟窿。卫士接连刺过来，她接连打了好几个滚，吓得魂不守舍。那卫士喊道："快来！这人是裴羲岚，我认得她，她是狗皇帝和杨贵妃的亲戚！"

有人在身后大喊道："杀啊！！"

羲岚回头，见一群叛军卫士都围来，而河泰离她太远，来不急救她。眼见十多把长枪一齐刺过来，明晃晃地闪痛了她的眼睛。自觉将一命呜呼，她抱着头蹲下来，却听见有利物破土的声音响起，接着是一阵惨痛的哀号。她茫然失措地慢慢抬头，发现自己正被一圈碧色蔓藤包围，蔓藤周围冲出八十三条冰青荆棘，把那些卫士的咽喉、胸膛都刺了个透彻。他们大部分都当场惨死，有两个喊着"妖怪""妖术"抱头鼠窜。

"逸、逸疏？"羲岚哆嗦着站起来，却没能在周围找到熟悉的身影。

"不是逸疏。只是留在你身上的防护术法解封了。"河泰背着阿妮蛮站起身，走过来观察蔓藤与荆棘，"……逸疏还在大唐境内。"

第十四幅画

邺城别

事后，河泰变回了狮形佩玉。羲岚带人在长安城外安葬了阿妮蛮。入土前，河泰在阿妮蛮紧握的手心里发现了一块布料，似乎是从杀手身上撕扯下来的。河泰愕然道："这是怎么回事？这杀手穿的衣服，不是安禄山的军服。他们身上没有这种暗红色。这，这是……"

"史思明。杀手是史思明那边的人。"羲岚沉思了一会儿，"这太奇怪了。史思明现下远在河北，为何他的人会出现在长安？即便他是被派遣而来的，为何要杀阿妮蛮？阿妮蛮去找安禄山之前，势必透露过她是安禄山女儿的事实。我觉得这不是巧合。"

"你的意思是，史思明不希望安禄山与阿妮蛮相认？"

"而且，很有可能是一早便预谋好的。"

"会不会是因为史思明不希望安禄山归顺朝廷？"

"因为和女儿相认便归顺朝廷？安禄山哪有这般可爱。很可能还有别的原因，我们要查一查。"

河泰恨恨道："不管是因为什么，杀害阿妮蛮，史思明等着血债血偿。"

天宝十五年七月十三日，太子在灵武自行登基。听闻这一消息，蒙尘在外的天子这样“被”当了太上皇，成了个大写的懵什么。羲岚与家人也懵那什么了，不知该去投奔李隆基还是他儿子。正犹豫着，她在长安街头看见一个缩在角落哭泣的少年，他衣衫破烂，但高鼻深目，颇有三乳高帝子孙的模子，再一看他腰下系着玉佩珊瑚，她上前去问他叫什么。他流泪摇摇脑袋，坚决不肯说自己的姓名，只知道从叛军进驻长安，他在草野荆棘中躲藏到现在，生活困苦不堪，求她收他为奴。羲岚心中猜到了八九分，这少年是个皇族王孙。太上皇逃得太仓促、太神速，长安很可能还有很多这样的王孙子弟。她分了他几块胡饼，他狼吞虎咽得差点噎死。看见这个场面，她安慰他说，郭子仪与李光弼已经收复了河北，朝廷夺回长安是迟早的事，你可千万要挺住。听完他哭得更是稀里哗啦。看见这番光景，又时有笛里胡腔，街头戏鼓，羲岚与家人毅然决定，还是奔赴行在找嗣君靠谱。

接到太子登基的消息，郭子仪也放弃了北征范阳的计划，与李光弼奔赴灵武。然后，郭子仪与羲岚在灵武临时修建的宫殿相遇了。灵武地处平原要塞，阴风猎猎，白草萋萋，又有诸多因战乱流散各地的大臣来此聚集，因而整座城看着有那么一点儿不太肃穆。郭子仪却还是出淤泥而不染的青松一棵。他如今是兵部尚书、同中书门下平章事、朔方节度使，穿着明光铠回来，腰间还是系着大羽箭，但眉眼坚毅，英姿勃发，早已不是当年青涩的少年，其实是一个励志的故事。可是，站在瑶池边的小娘子，和当年并没有什么区别，还是身着男装，背着手，藏了一脸机灵的样子。

“裴羲岚……”郭子仪大步走上前，扶住她的双肩，原有拥抱她的冲动，但恐失礼，只更加用力地抓紧她的肩，“你终于活过来了！”

羲岚龇牙咧嘴地缩起了肩：“啊啊，好痛。”

“对不起。”他赶紧松了手。

羲岚揉了揉肩，笑道："一点没变，还是野蛮得很。"

"我自小习武，做事鲁莽，当然没你这样斯文。"郭子仪豁朗地笑了起来。八年阅历与战事真能磨砺一个人的脾性，他以前可是说不出这种话的。

羲岚苦笑道："如此说来，我还得跟你道歉。如果当时让你杀了并波悉林，说不定高仙芝就不会死，高仙芝不死，潼关或许就不会失守。我自作聪明，现在悔得肠子都青了。"

郭子仪愣了一下，大笑出声："岚儿在胡说八道些什么，大唐之灾，不在于敌，而在于己。即便留守潼关的人是高仙芝，只要杨国忠那獠尚在，长安便注定会沦陷。你可千万别再自责了。"

听见那声"岚儿"，羲岚心中一凛，迅速在脑中过了一遍情景：她逃婚去找邢逸疏了，但郭子仪和家里人不知道。她昏迷了八年，有了羲岚所有记忆，郭子仪也不知情。她退了两步，清了清喉咙："郭尚书高见甚远。"

二人又聊了一阵子便各自分开，也没人提婚事。晚上回到住处，羲岚小声对腰间变回挂坠的河泰道："河泰，郭子仪现在应该对我没那意思了吧？"

"不跟你说了吗，这八年他坚持不懈来看你，照料你的父母，跟女婿没什么区别。不然花子箫为何对他如此提防？我看啊，他是把你当成已过门未洞房的妻子了，不然为何不提婚事？"

"那我可千万不能耽搁了他。"

"虽然我与太微仙尊是旧识，但老实讲，我觉得你现在既然不是北落仙子，也别再纠结太微仙尊了。嫁给郭子仪挺好，有未来。"

"你说话怎么跟逸疏一个德行？"

"物以类聚没听过吗，我俩都一样，真爱一个女人，希望她幸福会多过想占有她。"

羲岚想起曾与逸疏错过的种种，只觉得心中分外难过，却又接不上话。河泰道："为何不说话？在考虑打算跟了郭子仪吗？"

"我在想，还是子箫懂我。"

"……"

"知道我懂你，便赶紧去找逸疏。他此刻难过得很。"

这声音把羲岚和河泰都吓了一跳。回头一看，见远处苍山夹北斗，皓月铺陈台榭，落在院中红衣鬼的身上。他的眼眸幽深，皮肤却白无血色，还是这样美得骇人。羲岚拍了拍胸口，微笑道："子箫，咱们下回，能不能换个不这般震撼的登场方式？"

"这都震撼？那该让你看看何为真震撼。"

眼见花子箫把手伸到后颈处，作势要揭下自己的皮，羲岚道："别，别。我开玩笑的。你适才说逸疏难过得很，何解？"

"他被魔族封印起来了，现在饱受折磨。"

"魔族的封印？"羲岚惊讶道，"那以我们的力量，很可能救不出他。"

"任何封印都有脱卯之时。明年正月天狼星移位，封印南方空虚，可以乘虚而入。"

羲岚喜道："子箫你可真厉害，这都被你发现了。"

"你先别急着高兴。我得先告知你一声，现在的逸疏已经不是当初的逸疏了。"

羲岚沉默片刻："我知道。"

"那就行。我们先耐心等到明年。"

"好。不过我不理解，魔族为何要封印逸疏？因为他妨碍魔界的灭唐大计？"

"这是部分原因。主要原因是，他杀了很多魔族，被紫修看上了，但宁死不屈，紫修一气之下，下令将他封印了。"

羲岚俨然道："原来紫修有这种癖好。"

河泰道："北落仙子，你别闹了行吗，你明明知道大魔头是惜才如周公。”

花子箫道：“雨神郎君一语中的。撇开诛神如麻这些事迹不谈，紫修是个全能之才，舌灿莲花，精通用人之道，胤泽神尊都被他招揽堕落为魔过，逸疏能扛到他来硬的，还真是因为逸疏脾气倔。”

“其实，还有个原因。逸疏在九天六界中最反感的人就是紫修。”

“为何？”

“他曾跟我说过很多紫修招人厌的缺点，其中一个是用情不专，玩弄了昭华姬。”

河泰道：“神、魔结合确实天地不容，但不是相传昭华姬是大魔头明媒正娶的妻吗，谈不上玩弄吧。再说，逸疏讨厌人家用情不专，然后自己为何纳了个妾？大魔头可没纳妾。”

羲岚道：“以我对逸疏的了解，他自打脸以后，很可能会更讨厌紫修。”

河泰道：“……”

花子箫道：“……”

太子继位并未能为大唐带来喜讯，安史军爪牙持续向大唐四面八方扩张。安庆绪设尹子奇为大燕河南节度使，领兵攻打河南城镇，以电光石火之速，把河南扫荡了个遍。至至德二年元月，除了军事要地睢阳，所有城镇全部沦陷。唐河南节度使张巡领三千兵到睢阳与太守会师，以几千人抵御尹子奇的十三万大军全力攻击，堪称以卵击石。但他们都知道，若睢阳也沦陷，叛军打入江淮财赋之地，大唐的命数便可以画个鸭蛋了。

逸疏的封印薄弱之处，刚好在睢阳南面。羲岚骑马赶到之时，只见城外河水流血千里，浮尸万人，腥味熏天，熏得她险些晕过去。城外的尹子奇大军驾着冲车轰隆隆往前撞，城上的张巡指挥士卒不断往下投石、放箭。叛军死了一片又一片，后面的士兵踩着前面的尸体再度杀上去。喊杀声、哀号声连成片，两边军队杀红了眼，居然没什么人看见羲岚偷偷溜到睢阳南门外。南门外是前些日子的修罗场，门前一堆尸骨。花子箫站在死人中央，守着一道由地面射出的旋转的金光，似已等候多时。见羲岚小心翼翼地避开尸体踩过来，花子箫给了她一把刀："这个结界能对神仙妖鬼造成重创，唯独未对凡人设防，也算是魔族轻敌吧。你记得用这个斩去修罗金兰的束缚。"

羲岚接过那把宝刀，看见那金光结界下方刚好有个死人，吞了口唾沫，闭着眼踩下去，但脚还没碰到尸体，整个人就被一股强大的力量吸走。再度进入的世界阴冷幽暗，一条箭一般的长径有如黄泉，铺满白骨与鲜血，直通向一个不知名的地方。她打了个哆嗦，顺着这条路往前走。

走着走着，路上的鲜血与白骨越来越少，反倒逐渐被金色的兰花代替。在道路尽头，千万修罗金兰盛放之处，有一个人被枷锁禁锢，双手张开，与身体拉成"十"字，头却沉沉地勾着，长发也倦怠地垂下，发尾因异界空气轻微悬动。羲岚心中一凛，朝他飞奔而去："逸疏！"

听见熟悉的声音，逸疏缓缓抬头，却连露出意外眼神的力气都无，只是嘴角勾了勾。他每做一个细微动作，那些缠住他的藤条便会收紧，源源不断地榨取他的仙力，四周修罗金兰因此变得更加夺目。羲岚用子箫给的刀斩断他身上的藤条。解开束缚，他滑落在地。见他嘴唇苍白，浑身上下都是干涸的血迹，羲岚难过得快哭出来了，捧着他的脸道："逸疏，你保持清醒，我这便驮你出去。"

他双目空洞，碧色的眸子也暗淡无光："逸疏是个负心人，不配得到夫人的痴心。而我更只是负心人的影子，是夫人用千丈幻毫绘制的一幅画……夫人为何要这样傻，如此费心来寻我……"

羲岚用力摇头："我知道你不曾负心。一切都是误会，让我们错过了那么多年。”

“误会又如何，错了便是错了。是我背叛你，是我让你守活寡直到一生终结。即便你原谅我，我也无法原谅我自己。”

“我也有错啊。当年你当上仙尊，是我太幼稚，又太顾及自己那点尊严，跟你瞎说什么我想嫁给子箫。我若不这样讲，即便你忘记了一切，也不会闹到最后的局面。而且，你看，都是因为我，你才会变成如今这样……若不是为了救我……”想到逸疏的寿命与仙元，羲岚心酸得几乎说不下去，“不说了，我们扯平了，好吗？”

“你都不懂。即便到现在，我还是不能记得我们曾经心意相通过。我只记得我是如何伤害你、远离你，又是如何永远失去你的……”

“那又有什么关系，不过一年而已。你不记得当初我们心意相通，我们再重新开始就好。”说罢，她捧着他的脸，将嘴唇贴上他的，又退回来认真看着他，“现在，你可知道我爱你了？”

望着她湿漉漉的眼睛，逸疏的眼眶也红了。他喉结动了动，喑哑道：“我也爱你。”

“我早知道了，拆穿你，你还不承认。”

逸疏悲哀地笑了起来：“岚岚，你太傻了。我根本无法给你未来。上次是你成亲的日子，现在又是我最想见你的时刻，你总是这样出现在我面前，要我以后该如何……”

羲岚笑得比他灿烂，泪珠在眼中星子般闪亮：“打住，别说晦气话。我们还会有很美好的未来，不要放弃。想想你身边的人不是别人，是我，你的妻子羲岚。无论发生什么，我都会永远陪在你身边的。一起努力，好不好？”

逸疏僵了僵，只用尽最后的力气把她抱入怀中，深深呼吸着她发间、颈项的气息，再也不愿放手。羲岚本来是开心的，眼泪却大颗大颗滚下，后来放纵自己在他怀里哭出声来。他心疼得不知如何是好，只能紧紧抱住她，告诉她，他一直在。

她想起潼关失守后做的摇光山之梦。原来，梦里的她如此娇气，不是因为回到少女时代，而是因为在逸疏身边。现在重见逸疏，她和那时没什么区别。

把逸疏从封印中救出来，花子箫与他们叙旧了半日，便回到了鬼界。羲岚把逸疏带到驿馆休息两日，待他体力恢复些，准备与他出发回行在。临行前，逸疏进入睢阳城与张巡见了一次面，让张巡把尹子奇打残，万不可杀死。张巡好奇缘由，但想到提议者是邢少师，也未多问。

回到灵武后，听闻邢少师回来，天子不胜欢喜，军营士气大涨。但只有羲岚和逸疏自己知道，他只是一个幻影，寿命比凡人还短。此次被紫修禁锢，仙力严重折损，随着时间推移，他的生命力会越来越弱，不知能支撑到几时。凡人只能用千丈幻毫变化出一次实体，羲岚不再是仙体，不可能再画出无数个逸疏。所以，他们只能争分夺秒地完成最后的使命，助朝廷平定“安史之乱”，阻止魔族入侵中原，再寻得令逸疏幻影延长寿命的方法。

这个节骨眼儿上，有敌军阵营消息传来：安禄山病危，立安庆绪为太子，并让他即刻继位称帝。朝廷派遣的密探调查得知，其实安禄山已死。因为安禄山偏心段氏的儿子，总有废长立幼的念头。安庆绪对此极为不满，和属下串通好，把自己亲爹杀了。安庆绪做得极其隐蔽，安禄山之死依然动摇了军心。听闻这一消息，朝廷上下尽是欢呼。

当夜，逸疏以仙术穿行至范阳，潜入史思明军中，听见史思明在幕府里似叹气，又似松了一口气。儿子史朝义问他缘由，他一时松懈，说出了一个隐藏多年的大秘密。原来，史思明与安禄山是同乡，当初在安禄山父亲的葬礼上，看上了安禄山后母的人不止安禄山一人，还有史思明。安禄山娶了后母，史思明一直心有不甘。后来安禄山逃亡之际，有唐军路过部落，史思明带人把他们全部杀了，换上他们的铠甲喝酒庆祝。半夜他们喝得烂醉，他色胆大起，借机奸淫了安禄山的妻子。第二天，安禄山之妻服毒自尽，女儿不知所终。酒醒后史思明慌乱不已，又惧怕安禄山报复，与安禄山会合后，编造是唐军奸杀了安禄山妻女。因此，安禄山从一开始入朝就没安好心，他坐等这么多年，总算复了切齿之仇，却弄错了对象。

说到最后，不明原因的，史思明有些藏不住的得意。史朝义却沉默了。

逸疏把所见所闻带回灵武，羲岚和河泰都震怒不已。河泰道："难怪刺杀阿妮蛮的杀手是史思明的人！他怕东窗事发，真是卑劣无耻至极！我们得要让这獠死无葬身之地！"

羲岚原本想说点什么，但还是决定先与逸疏一起等候睢阳战况。

一个月过后，张巡射瞎尹子奇一目的消息也传到了灵武。逸疏这才放松了些，笑道："甚好。"

河泰疑道："为何甚好？直接杀了尹子奇岂不更好？"

羲岚道："不妥，杀了尹子奇，安庆绪会换将攻打睢阳，睢阳未必守得住；抑或是放弃攻打睢阳，转走迂回战略。现在朝廷资源匮乏，经不住他们的攻势。可是，尹子奇现在被激怒了，会盯着睢阳不放。"

逸疏道："躁兵必败。夫人聪明。"

"还是夫君比较聪明，这法子可是夫君想出来的。"说罢羲岚缠住逸疏的胳膊，把脑袋靠在他的肩上。

"你们，考虑一下别人的感受。"河泰抖了抖，险些翻倒桌面。

逸疏道："岚岚觉得下一步棋该如何走？"

羲岚提笔，在手心写了两个字。逸疏见状，也在手心写了两个字。随后二人一起摊开手。羲岚手心写着“离间”，逸疏手心写着“笼络”。二人相视一笑，心领神会。

接着，逸疏向天子提案，全力攻打安庆绪军，离间安、史二军，笼络史思明军。

史思明对安禄山妻女做的无耻之事，悄悄在安军中扩散开。叛乱时间过长原已动摇了安军军心，此后更有大乱之势。同年，唐军收复长安，安庆绪落败，带领仅剩的一千三兵马，自洛阳退师至邺城。不久后，史思明见和安军关系接近破裂，囚禁了安庆绪的使者，以其八万兵力、十三郡降唐。天子大喜，授他为范阳节度使，但逸疏认定他还会再叛，让朝廷不可对他掉以轻心。察觉他还在招兵买马，天子提高了警惕，密谋找人干掉他。天子到底年轻气盛了些，藏不住事儿，史思明发现朝廷的计划，再度叛变，率十三万人南下向邺城进军，一边观望，一边声援安庆绪，并拦截了唐军粮草。

唐军已围剿安庆绪长达四个月之久，见史思明前往救援，朝廷索性豁出去了，把六十万大军全部调遣至邺城，欲与安、史叛军决一死战。天子任命邢逸疏为中书门下平章事、羲岚为军中幕僚，率军十万前去支援郭子仪。

出发后第三日的晚上，遥山远水处，有人起一声羌笛，响彻满夜离愁。营中的羲岚正辗转难寐，听见笛声，即刻下床出门，却发现月夜甚美，如何个美法？星月高出山岭，水中有夜幕投落的星子，琉璃清辉摇荡着一叶扁舟，有人独卧江头。看见那衣袍，羲岚心中无限期待，提着衣摆，轻手轻脚地靠近。手刚碰上船篷，那人道：“适才我还在想，今夜极美，水天一色，上下是新月，不知我的心上人在做着什么梦，又在梦中会了什么人。结果眨眼工夫，她便出现了。”

羲岚不曾察觉，自己脸上已有了甜滋滋的笑。她本想，天黑之前他们才依依不舍道别，现在再见他，又有了小别胜新婚的喜悦，可是又要被他说成“引蔓故不长”了？没想到，他也一样。见他紫袍流淌在船头，她无所顾忌地走过去，拨了拨他的袍子，在他身侧坐下：“外面这样冷，邢少师却因为月色美便独宿江头。风雅。”

“这是妇唱夫随，染上了某人的不良习气。我从前可不是这样的。”

逸疏回过头来，微微笑着。他的鼻梁被月色与阴影分为两色，碧瞳恰好对着九霄清月，盈满了光华。这是羲岚熟悉的面容，怀念的笑容。波光荡漾在他们身上，让她不由得心中微微一动，原想调戏他两句，他却先笑道：“我们岚岚真是美如画，可惜人傻了点。”

“前面那句我听见了，不敢不敢。我夫君才是画中仙。”说到此处，她坏笑道，“我们还是先聊聊爱妾与爱女之事吧。”

逸疏沉默了顷刻，道：“我知道自己大限将至时，安排了晋蝶改嫁千鹤仙君。但她没同意，把女儿抚养到六百岁嫁人了，才自己也嫁给了一位灵仙，那是两百年前的事了。”

羲岚其实只是想逗他玩，但忘了世事漫随流水，距离她进入轮回，已过了近一千年。她叹了一声：“晋蝶对你确实是一片痴心。希望她以后能只得一人心，白首不相离吧。”

逸疏缓缓道：“羲岚，有时我真的挺恨你的洒脱。”

逸疏一向反应敏捷，再是棘手的难题，他总能很快给出最好的答案。这次他答得这样慢，一句话中不知包含了多少意思。羲岚知道他在痛苦什么，也不忍再调侃他，只是将手轻轻覆在他的手背上：“你知道我并不洒脱的。但是，我也不矛盾。”

逸疏的手僵了一下，眼中有明显的触动，而后揽过她，把她封锁在自己的臂弯中。不管她如何抱怨被勒得喘不过气，他也没有一点松手的意思。这一夜，那些缠绕他数千年的记忆再度涌入脑海。他还记得，初次在摇光山上以仙身与她相逢时，她望过来的眼睛虽然写满了顽皮，却又那么澄澈，令他莫名有了想保护她的冲动。随着二人相识，与她在一起每多一刻，这种冲动就会增加一点，从刹那变得漫长，最后变成了一生一世，永生永世。最终他甚至觉得，羲岚不爱他无所谓。只要她能幸福，那能让她幸福的人是不是自己，也无所谓。

羲岚依偎在他的怀里，有些孩子气地说道："逸疏，你说，喜欢一个人太多，是不是会觉得很辛苦啊？"

听到此处，他怔了怔，淡淡笑道："是。"

"那是不是会经常感到无能为力，觉得自己很没用，什么都做不好呢？"

"是。"

"那是不是会宁可牺牲自己，也要那个人开心呢？"

"是。"

"原来我还是会爱人的呀。"

"是我错了。"他低头吻住她，堵住她的嘴。可是，她说的每一个字都像尖刀，一下下割在他的心上。不管亲吻多久，都未能得到缓解。

他想，大概永远都不会好了。

乾元二年三月初六,六十万唐军在安阳、河北布阵，刚与史思明五万精兵交战不足半日，邢逸疏军、郭子仪军从南、北两方赶至，呈犄角之势。他们尚未布阵，忽然乌云密布，狂风卷地，三月天里飞落霜雪冰雹，战场上半数士兵大惊溃散。随后，一个身着绛纹玄袍的男子从天而降，绛发舞动，手捧红光，齿骨书卷在光中上下浮动。感受到此人来自魔界的杀气，两军的马儿都惶遽而鸣，脱缰而跑，摔踩死数千人。

逸疏策马上前，抵挡那魔族的去路。那魔族笑道："太微仙尊，我真是低估了你。上次便该亲手结果了你，不然哪会有今日之局面。不过现在也不迟，今日你们全都得死！”

逸疏道：“涵虚，你别忘了女娲补天后的战场规矩，神、仙、魔族不得在九州战争中使用上界之力。你身为魔界左尹，若擅自违背契约，后果自负。”

“打算撕毁契约的人可不是我，是我们尊上。”

“……紫修？”

“尊上说，他还是喜欢灭世大战，没心思陪你们小打小闹。”涵虚笑着举起手施法，高空中乌云如石，电闪雷鸣，轰鸣声响彻九州，“就用这六十万愚笨唐人和五万叛党的鲜血，来祭奠又一场神魔之战的开端吧。”

史思明从军中冲出来，屁滚尿流地翻身下马，跪在地上道：“左尹，左尹，您不记得我了吗？我是史思明，我是一直帮着魔界的！您杀唐军可以，可万万杀不得我啊！”

涵虚笑道：“魔界还需要你这种杂碎帮忙？拿你消遣，你还真当回事了。像你这种卖主求荣、两面三刀的狗杂碎，杀你我都嫌脏手。滚！”

史思明不敢多话，再度屁滚尿流地缩回了军中。此刻，哪怕两方军队跑至几十里外，都比不过空中乌云、雷电扩散的速度。涵虚朝天上瞥了一眼：“再见了，长安；再见了，帝王星。魔界占领中原的时候到了。”

眼见他作势要施法，忽然一道碧光从地面飞出，直冲向涵虚之处！羲岚惊呼道：“不要！！逸疏！！！”

但已经来不及了。涵虚往旁边闪躲，却还是被那道光击中了右胸。霎时间，天崩地裂，飞星冲天，涵虚捂着胸膛，咳了两声：“太微仙尊，你……”

逸疏的声音在空中冷冷回荡：“滚回魔界，告诉紫修让他收手，否则安阳河便是你的葬身之处。”

那团碧光再度撞向涵虚的左胸，又见雪海翻涌，阴山震动，涵虚当场咳出一口血来："你……你真是疯了……咳咳，真是……不要命了……"可是逸疏再没回答，只是一次又一次地击向涵虚，让他躲也躲不过。

羲岚原本心跳急骤，到后来也不能动了般，绝望地看着他们。她很想问，逸疏，难道就没有别的办法吗，你这样，是打算与我永别吗……可到底什么都没说，她不能干扰他。她知道，不到万不得已，逸疏不会这样做。

几回轮番攻击下来，只见天地为之变色，逸疏耗尽了所有仙力，似有与涵虚同归于尽之势。涵虚被攻击得一步步后退，不断咯血："太微仙尊，你就是个疯子……"他似有不甘，但因身负重伤，终于挥了挥袖袍，消失在一道闪电中。

之后，雷电停止，那团碧光也随之扩至青天，刺得人睁不开眼，而后消散在乌云中。酝酿已久的乌云却未曾远去，向九州大地洒下了三尺甘霖，冲洗了铁马暗尘、川原丹血，也灌溉了土壤山林、安阳河床。史思明军退守邺城，其余唐军均纷纷南撤，退守本镇。羲岚率领邢逸疏的残留部队，与郭子仪向河阳桥行军。正是梅子青时节，落花风雨略伤春。一轮残日中，断鸿悲声里，小楫孤泊安阳河畔。羲岚与郭子仪在夕阳中并排而行，二人久久无话，最终还是羲岚先开口道："对不起。"

郭子仪看着前方，坦然笑道："没关系。我知道你心中有别人了。"

"真看不出，郭尚书是这样心思敏感之人。"

郭子仪道："我是习武之人，心思可敏感不起来。我是'看'出来的。你第一次在大明宫使计坑我，一直在往前逼近，直至把我逼落至池塘中。但在灵武重逢后，我叫你'岚儿'，你却退了两步。"

他是常年行军之人，单挑、带兵、策略样样精通，对手的言谈举止轻微变动，都能引发他的警觉。羲岚也笑了，没再回话。他们一直沉默到抵达河阳桥。军营整顿好后，郭子仪开始整顿部队。羲岚下了马，牵马儿去河边饮水，却听见身后传来一个声音："岚岚。"

羲岚背直了一下，缓缓转过身去。眼见西日似金，云归红霞，孤河延绵千里，鸟飞不到长安城。逸疏半透明的身影出现在河畔，好似一幅未干透的水墨画，又似北落仙子笔下的繁花花瓣。

羲岚握紧缰绳，不敢有半点多余的动作："你是来与我道别的吗？"

逸疏无奈笑道："若再不走，恐怕真会彻底消散了。我得先回仙界，努力寻找活下来的方法。"

羲岚不知该如何作答。这个逸疏原本便是幻象，但因为太微仙尊力量十分强大，哪怕只有十分之一，也强过普通仙族。外加他自身的意志极强，才能侥幸击退涵虚。可是，现在他耗光了所有力量，即将彻底烟消云散，又有什么可能变回从前的逸疏呢？

"我知道你会觉得我的想法很荒谬，但你不也让我不要放弃么？"逸疏上前两步，伸手在羲岚的脸上"抚摩"了一下，"不到最后一刻，我不会放弃。只要能活下来，我一定会回来找你，与你再续前缘。"

羲岚强忍着眼泪，用力点点头："好。"

"你等我两年。两年我若没有回来，就嫁给其他人吧。"

"看在我们夫妻情面上，我等你三年。"羲岚含泪笑道，"答应我，尽全力。"

逸疏微微笑道："结发之约，不负不忘。"

满地残阳，长河饮马。虽旧山河仍在，但世事已变。夕阳之色穿透了逸疏的身体，他对她微微笑着，但身影越来越淡，连同那熟悉千年的笑靥也越来越淡。最后，此间再无深闺梦中人，只有孤城落晖，两岸花开。

邺城之战后，史思明兵返范阳。安庆绪军势大减，对史思明时卑时亢，并冒冒失失地应了史思明的邀约，带着四位兄弟及部下去范阳见史思明，结果被杀得一颗脑袋都不留。灭掉了心腹之患，史思明何其春风得意，自立为大燕皇帝，封了一堆后妃、将相，并使计让细作放消息说叛军思归，欲与唐军决战。唐天子很傻、很天真，逼得李光弼心不甘情不愿地去迎战，唐军再度大败。眼见江山军事重地又要落入叛军手中，史思明却给自己下了个绊子。

乾元二年，史思明命儿子史朝义等人筑城以储兵粮，好攻打、抵御在姜子坂的唐军，史朝义办事一向莽撞，忘了要为城墙抹泥。史思明见之暴怒，欲立军威，想把史朝义推出去斩首示众。史朝义吓得面如土色，跪下来把脑袋都磕破了。史思明放狠话说，攻下陕州再砍你这獠。细作把这消息带回唐军，羲岚看着只觉得分外耳熟，想史家父子这一出戏，跟袁绍和许攸的爱恨情仇略有相似啊。于是，在这月黑风高夜，她与河泰派了细作乔装潜入敌军阵营，与史朝义密谈两个时辰，大赞他额心有日角，乃帝王之相，有一计可助他称帝。史朝义喝道："鼠辈！我史朝义为子死孝，为臣死忠，怎能听尔等谗言，效仿安庆绪，图谋不轨，有僭越之心！"然后，他把史思明砍了，用毡毯裹着尸体，偷偷送回洛阳。

这事说明了，历史总是重复的，人丑还是要多读书。

史朝义确实比许攸狠得多，但能被人借刀杀人的人，脑子很可能也不会太好使。宝应元年，大唐新皇继位，派出身手颇好的朔方健儿、回纥兵北征，收复洛阳，逼得史朝义在华夏版图内抱头鼠窜。第二年春，史朝义逃回范阳，属下统统摇白旗，他走投无路，在范阳城外树林中找了一棵槐树，脖子一挂，两腿一蹬，结束了七年两个月的安史之乱。

蓟北收复，朝廷犒劳三军，重赏兵将。举国上下一片欢呼，杜甫代表流离失所的唐人发表战后感言："初闻涕泪满衣裳""漫卷诗书喜欲狂"，带着老婆穿过巫峡，回归洛阳。羲岚也跟着家人一同返回长安，一路上面带微笑，足踏祥云，飘飘然有释迦牟尼之姿。

战争结束确实舒爽，战后之事便没这么愉悦了。譬如河泰的事。他在刑期化为原貌这笔账，仙界可都记着。他也知道仙界都记着，所以自甘去了仙界极西领罚，只盼日后下黄泉、上奈何桥，能与阿妮蛮重逢。

回归长安后，羲岚发现，以前王孙公子在街上骑马，故意碰马的是娇羞娘子，不叫夏紫薇，便叫秋海棠；现在碰马的是老头，不是瘫死，便是病残，不给几百贯钱他决计不肯矫健地爬起来。为了不跟老头产生太多的爱与恨，王孙公子都换掉了紫骝、大宛等进口名牌，摘掉了金鞍玉勒，恨不得骑骡上街，连带影响了衣肆、鞋肆、帛肆、茶肆、酒肆等的生意效益。久而久之，这长安的"胡气"自然也少了许多。

造成这种现象的主要原因之一，是长安的物价调整略大，连盐价都从天宝年间的十钱一斗，涨到了两百多钱一斗，赋税还高得有点吓人。除了吃盐要交盐税、喝茶要交茶税，连喝酒也变成了限量的，还得交个酒税。奇奇怪怪的税如雨后春笋，让老百姓感到压力山大。搞不好以后敬酒要交个灌税，吃饭要交个膳税，蹲茅房要交个厕税，死人要交丧税，服丧完了要交除税[1]，交友要交友税，友税还得分个执友税和交游税，打哈欠要交个欠税，伸懒腰要交个伸税，天亮了交质明税，天黑了交晏朝税……皆大欢喜。这种税来税去的制度持续了几十年，只苛不缓。打个比方说，后来柳宗元被贬谪到永州当司马，遇见了一件挺神奇的事。因为朝廷需要某种毒蛇

[1] 除，指古人服丧期完脱丧服。

做的药材，若有人交这种药材可以免交赋税，但可能会被毒蛇咬死。柳宗元听了很气愤，捕蛇人却说我这样挺好的，总比交赋税被穷死饿死好。我们村儿的人都交税交死了。于是，柳宗元对自己的人生与智力产生了质疑，他作为当代一文豪，竟找不到言语反驳捕蛇人，只能留下一长串省略号。

郭子仪在安史之乱中立下剖符丹书之功，在军中绝甘分少，能得士卒之死力，即便李广、卫将军再世，也只能与他平分秋色。不久后，他娶了兖州府君之长女王氏为妻，天子封之为霍国夫人。羲岚参加了他们的婚宴，在婚宴上遇到了郑蕙，她已嫁做人妇，夫君正是天宝年间上元节的骚包胡服公子，这公子如今是郭子仪的僚属，导致她十分羞见当年被她贬得一塌糊涂的郭子仪。与羲岚重见，她先是惊讶羲岚容貌未老，又暗怪羲岚不懂珍惜。羲岚笑着送上贺礼，只在洞房之前，对郭子仪拱手道了一声珍重。结束了一堆长安的破事儿，她乔装出行，开始了她游山玩水、四海为家的人生。

黎明临行之前，羲岚骑马在长安城门稍作逗留。城内鼓声起起伏伏，长安仍旧是五剧、三条、控三市的长安，有千骑金吾，红尘佳气，玉辇络绎向侯家。眼前的景象与过去何其相似，又是何其不同。她想起天宝元年，她曾跟在叔叔身后，骑马长行在黎明的长安城内。那时，街坊间出现了芝麻饼胡商、与平康名妓惜别的风流诗人、参加科举留宿崇仁坊的雅士、备货去西市做买卖的豪绅……东、西、南、北四侧各自三道城门缓缓打开，东土金光渗入帝都，唤醒沉睡的巨龙。一百一十个坊被街道切割得方方正正，每条街道有五分之一坊宽，街旁的排水道都犹如河流。无论过多少年，东西市总有龙衔宝盖朱画阁，富贵狂夫七香车，有王孙公子携奴仆，骑骏马，走在繁华的街道。那时，大明宫是一颗璀璨的东北明珠，在金光的照耀下，护佑着千古帝都。随着旭日高升，都城面貌越发清晰，跨入城门的西域人眼睛也睁得越大，写满了对世界第一强国的憧憬……那是全世界最大、最繁荣的帝都。那是大唐的盛世，从今往后，不再重现。

李白在宝应元年便过世了，葬在了当涂县龙山东麓。当时，只差一年就能等到安史之乱结束，江山重回大唐李氏怀抱。但回头深思大唐今日情景，似乎也没什么好遗憾的。去李白坟头为他上香时，羲岚又觉得登龙山有点意趣。如果人死也能分个好坏，那李白算死得挺好的。

这夜，羲岚又在纸上画下了当年洛阳故人梦中的仙人。他没从画中出现，却出现在了她的梦中。他自月中走出，披了满肩光华。当她看见他的那一瞬，并没有去多想，这翩翩仙尊的身影，究竟是梦中的昔影，画中的幻影，还是良人的身影。她只知道，即便是开启了盛世的玄宗皇帝，一生始于辉煌，终于寂灭，也都不过弹指一瞬。然江山如烟，霸业如梦，历经转烛万事，看尽花月春风，都不过是为了这千年一次的月中相会……

画杏画桃画碧山，初春杏落坠画仙。
画诗画酒画车马，献酢车马凤阙丹。
东市骈阗高禄士，西市拂来富贵缘。
乌衣巷口和风过，射猎雕鞍故友迁。
乱世凄凄雪海烟，丰功百岁恁堪言？
杨妃闭月何同罪，圣驾孤鸾落世焉。
尚有文君哭茂女，松萝被妾牝玄间。
安得抱柱相思叹，再会七生梦见怜。
岁岁长安并蒂欢，千秋盛世北流川。
朱颜雾鬓烟消墨，浅笑桃源画里仙。

第十五幅画 桃源事

元和二年春，白居易新出炉的力作《长恨歌》广传于大唐，其中“在天愿作比翼鸟，在地愿为连理枝”变成了男女诉衷情最时兴的段子。“侍儿扶起娇无力，始是新承恩泽时”又变成了最时兴的黄段子。年少成名，文风清新脱俗，老妪能解，白天王无疑是中唐男女老少心中炙手可热的偶像。他没有一点偶像架子，反倒思路清晰，悬梁刺股，刻苦到满头少年白，创作出一部又一部代表作。《长恨歌》大热之后，他想起了给他带来灵感的裴老前辈，觉得如今只有白头宫女闲坐说玄宗，没能跟裴老前辈一样诞生在开元盛世，一睹那些历史浪潮、帝国兴衰，实在有些可惜。他又颇喜欢与她交流，四处打听她的下落，得知她已搬出城外，正在一片桃花林中颐养天年。

是时早春，冰面初解，韶光为春风而醉。白居易与妻子杨氏乘八尺轻舟，度万壑千岩，来到桃源深处，竹篱茅舍。门前站着一对男女，娘子楚腰纤细，郎君芝兰秀发，俱有仙人之姿。他俩对着茅舍作揖道别，转眼间一位满头白练的老太太走出来，慈眉善目地微笑着，目送他们离去。白居易认出了老太太的容貌，待他们走远，上前敛衽道：“白某与妻杨氏拜见裴老太太。”

羲岚道：“原来是白卿夫妇，怎的年纪轻轻的，头发都跟我一般白了？”

“居易料想，这才不负家君美姓。”

“你啊，和初次碰面一样，还是这样贫。”羲岚拄着拐杖，笑得没了眼睛，“白卿正处风华正茂之年，应该忙得不得了才对，今日怎会想到来看我？”

“上一回受教于裴老太太，一直对裴老太太的诗画与聪慧见解念念不忘，想再与您探讨少顷，不知可会叨扰了您老人家？”

“那自然不会，可惜我孙女和孙女婿刚走，不然你们年轻人之间可能更有话题。”羲岚开门请白居易入室就座，为他端上了胡饼与茶水。

杨氏道：“老太太的孙女和孙女婿是方才那两人吗？”

“是啊，他们都可喜欢你丈夫的诗了，那狂热劲儿，比我父亲当年迷恋李白的程度差不了多少。”

白居易惊喜道：“裴老太太连诗仙也认得？！”

“我还画了许多与他有关的画。”她抽出桌上被镇纸压住的缟素，翻出一张画。画上的李白喝得飘飘若仙，把脚搭在案上，一旁的高力士苍白清瘦，怀抱拂尘，点头哈腰，却是一脸尴尬。

“哈哈，好一张高公公脱靴图！”白居易拊掌称绝，又瞅了瞅羲岚手里的其他画道，“不知居易是否有幸一睹其他大作？”

羲岚把剩下的画都递给他，他翻了一会儿，发现画中的景象、事件与人物衣着均属开元天宝年间，画与画之间似乎还有微妙的联系，可以拼接成一个个故事。他目不转睛地盯着画道：“这些画可都有典故？”

“有的，每一幅画都是一个发生在几十年前的故事。我的儿孙偶尔会来看我，每当他们乖乖围在我膝下，便是要听我讲这些故事了。”

白居易翻了翻那叠画，喃喃道：“每一幅画都是一个故事……

裴老太太，晚辈斗胆，也想听您说说这些故事。”

“当然，只是这些故事很长，讲完会花很长时间。你若不赶时间，我可以为你一一道来。”

白居易收敛了笑意，正襟危坐，行了叉手礼，充满期望地看着她。她为他又添了些神泉小团，点燃宝鸭香炉，翻到第一幅画。画上也有春水桃花，一个小女孩在洛阳朱楼后院中散步，一群孩童则在桃花林里作画。羲岚双目变得柔和了些：“开元二十二年，这样算下来，都有七十年了吧……那一年，我还是个小丫头，故意炸伤了皇子，被父母送到洛阳，又被郑家千金带的熊孩子们激得画了一幅丹青仙……”

如此，一个白日过去，月满帝京，这竹篱茅舍却无月，是以隔了一庭修竹。室内良夜烛明，炉香焚尽，案上缟素仍在，盘碗却已空空如也。白居易忘了自己有多久无言，只是回过神来时，羲岚已打开窗扇，让稀薄的月光落入房内：“天色已晚，恐怕二位今晚要在驿站留宿了。”

白居易抽出一幅画端详许久。画上有一轮明月，明湖如玉鉴琼田三万顷。湖面一叶扁舟上，主角还是醉酒的李白。他手持金樽，眼神迷离，勾头对着湖面明月的倒影，身体摇摇欲坠。白居易道：“这幅画便是李太白在采石矶捞月溺水图吧？”

“是的。”

“虽然以前从未听过他捞月而死的传闻，但这一死法更似他的为人，诗仙也算是归得其所。”

羲岚但笑不语。杨氏道：“听您说到中途，我便心生佩服。原来裴老太太不仅是位智士，还是仙子托生的人儿。只是我有些好奇，从安史之乱结束后，您便再也没有提过邢……不，太微仙尊。他最终回来赴约了吗？”

羲岚笑了两声，反倒坦荡荡道：“你是想问我，最后可是嫁给了逸疏？”

杨氏脸微微羞红，未再追问。

白居易早发现了羲岚并未将故事说完，也察觉到羲岚如今子孙满堂，可万一夫君不是太微仙尊，话题岂不有些敏感，故而没有挑明问。直到妻子开口，他终于迟疑道：“居易有一事不解。若按裴老太太的说法，邢逸疏其人当年权倾朝野，应该名震后世才对，那居易从未听过他的名号，是不是因为他曾说过，他会在离去后消除自己存在的痕迹？”

“或许，他确实不曾存在过。”

“什么？”杨氏与白居易一同诧异道。见羲岚点头，白居易又道，“可是指他未能找到求生的方法，所以过世了吗？”

“他一开始就过世了。”

“……什么意思？”

“我告诉过你们，这是一个孩子们很爱听的长‘故事’。既然是‘故事’，那真真假假，虚虚实实，也不可得知。从头至尾，我只是喜欢把故事画成喜欢的样子，又讲成自己喜欢的样子。”

白居易夫妇皆语塞。羲岚道：“现在我还有第二个故事，或许比较接近真实，你们可想听听？”

“好！”

翌日，曲江畔有文人吟诗作赋，放目一船春色，十里湖光。白居易独自站在曲江旁，只觉得“岁岁年年花相似，年年岁岁人不同”。这一片景色，想来与当年并无不同。而另一个故事哪怕他没见过，也忘不掉了。

乾元元年，史思明反，举国上下血流千里，放目尽是冠缨豺狼，死伤如积。李白因参加永王东巡，被流放至夜郎。乾元二年，关中大旱，天下大赦，流者均能重获自由。李白在流放途中遇赦，情绪大好，当下驾舟东还。途经白帝，他写下了惊风雨泣鬼神的名篇："朝辞白帝彩云间，千里江陵一日还。两岸猿声啼不住，轻舟已过万重山。"只是好景不长，李白被常年颠沛流离的生活拖出一身病，回到金陵便卧床不起。乾元二年，史朝义自立为帝。李白鬓虽残，但心未死，哪怕一生故作洒脱，但安史之耻未雪，臣子之恨不灭。他只恨不得壮志饥餐胡虏肉，笑谈渴饮突厥血。同年，李光弼统领东南八道行营节度，出镇临淮，凭轼东征，进攻反击史朝义大军。得知这一消息，李白请缨杀敌。可行军途中，他的病情加剧，从马上摔下来，被送到族叔李阳冰家中，此后再也没有起来过。后面的事都与白居易听说的所差无几。他写下《临终歌》交予李阳冰，叹其一生大鹏飞振八极，却中天摧之力不济，遗恨而亡，享年六十二岁。

有些真相比白居易听说的还要惨上那么一些。例如杨贵妃的下落。羲岚画里的杨贵妃被唐玄宗送到了东瀛，二人虽此生不得再见，却有书信往来，算是成就了又一段牛郎织女的佳话。白居易听说的是民间流传的故事，即是他写在《长恨歌》里的那样："六军不发无奈何，宛转蛾眉马前死。花钿委地无人收，翠翘金雀玉搔头。"也就是说，军士们强迫李隆基赐死杨贵妃，李隆基无能为力，只能赏她一段白绫，让她在佛堂前的梨树上了结了性命。听羲岚说第一个故事时，白居易还略感欣慰，只道是外传杨贵妃已死，实际她真在那"忽闻海上有仙山，山在虚无缥缈间"的岛屿上。

然而，在羲岚告诉他的第二个故事中，贵妃的结局可是令人目瞪口呆。到马嵬坡时，将士们已经积怨太深，个个心肺都被狗吃了般，把杨国忠拖下马剁成肉酱，压根儿解不了气。看见杨玉环在马车中半隐半现的婀娜身姿，他们咆哮着要李隆基赐死她，以免日后复国她报仇雪恨。李隆基脸都白了，但杨玉环没有。一早从大明宫逃出来，她就知道自己不会有好下场。她默默流着眼泪，不敢发出一点声音，平静地对李隆基说道："说玉奴是祸国红颜，那未免高估了玉奴。因为在玉奴心中，陛下从来都是千古明君。纵观古今青史，有哪一个朝代不是盛极必衰，又有哪一个朝代不是否极泰来。开元盛世，并非陛下一人之功；大唐之难，亦非陛下一人之过。现如今玉奴愿意接受赐死，也并非因为承认了外界虚无的罪名，而是因为玉奴不愿成为陛下的负担。只愿此去一别，陛下一生平安长乐。”

李隆基泪流满面地拉住她的手不放，可外面士兵叫嚣得厉害，鼓声喧天，几乎要把叛军都吸引过来。她往外瞥了一眼，不经他同意，便当着李隆基的面假传诏敕，要了白绫，掀开车帘。诚然，外有宦官捧白绫跪在马前，但她还没走下车去，黑压压的军士人头便冲了过来。他们把她从马车中拽下来，当着李隆基的面，一个个冲上去行尽畜生之事。杨玉环都没有时间引决自裁，便受遍羞辱，死于乱军之中。但将士们恨她，才不管她是不是活的，该怎么糟蹋便怎么糟蹋。最后她死无全尸，连一块完整的丝帛也没有。确确实实是“花钿委地无人收，翠翘金雀玉搔头”。李隆基捧着她零落的尸体，也确确实实是掩面救不得，血泪相和流。那一刻，马嵬坡上的槐花都开了，满地落红满树蝉，两棵槐树连成了夫妻树，结下连理枝。云碧天高，一对海燕栖于枝头，被人声惊散，又回高空飞成双。可惜万丈红尘中，只有李隆基一人的哭声。

这后面的事，也与白居易写的差不多：

“临别殷勤重寄词，词中有誓两心知。七月七日长生殿，夜半无人私语时。

在天愿作比翼鸟，在地愿为连理枝。天长地久有时尽，此恨绵绵无绝期。”

第二个故事和第一个故事差别之大，让人有些扛不住。但令白居易印象最深的，却是最后一个差异：邢逸疏其人，从未有之。

羲岚一生中做过无数关于北落仙子的梦，诸多梦境拼凑起来，让她想起了前世大部分的记忆。战乱中花子箫出现，又告诉了她逸疏的苦衷、他们的误会，让她懊悔得五内俱裂，卧床数月。从始到终，她与逸疏只有过短暂心意相通的时光，从那以后，便永远地错过了。以为她神魂俱碎后，他痛苦万分，丧失了求生意志，耗仙元研制仙术，以己为容器，为仙界锻造了万把神器，而后仙元与魂魄俱毁，在神魔边戍战场中与世长辞。从那以后，世间徒有太微仙尊的记载，再无梦中人逸疏。

河泰确实存在。他初次与羲岚相遇，身边并无邢逸疏，不过是她发现了他的仙身，他和她聊了聊仙界的往事。

在第二个故事中，阿妮蛮也死了。但死之前，她并没有与河泰许下奈何桥之约，因为他们没有找到阿妮蛮的尸体。贼军养了一群羌狗，河泰在狗群中找到沾满血的玉镯，才知道发生了什么。这些羌狗头部硕大，凶猛残暴，被饿了几天几夜，都是留着准备放到战场上用的，一个阿妮蛮被丢进去，自然连骨头都找不到。而且河泰知道，这个玉镯是阿妮蛮在酒肆初逢一位郎君之日，邀请他留宿，他作为一夜欢爱的补偿礼。从那以后，阿妮蛮再也没有见过这位郎君，他却一直住在她的心里。自始至终，她都不知道有雨神郎君河泰这个人。最终河泰又回到了曲江池畔，衔着镯子，与天罚千年的孤独做伴，继续亲眼见证着千秋朝代的变迁。

在骊山想要杀杨玉环的人是羲岚。因为她从河泰那儿得知，杨玉环与李隆基的结合终究会害了大唐。她自我挣扎了一段时间后察觉红颜祸水这一结论是谬论。若李隆基真心愿意大治天下，哪怕是孤鸾之命，也动摇不了他半分。因此，唐王朝的衰落不可避免，一个小小的杨玉环，不过是条导火索。

与郭子仪解除婚约是真，却并非因为邢逸疏的介入，而是因为郭子仪生性风流，订亲之时便告诉羲岚，他会像战国孟尝君收纳食客那样纳妾，让她有许多姐妹相陪以排遣寂寞。她无法接受如此结果，与他和平道别，嫁给了一个性情豁朗的新晋进士，此后晚食当肉，安步当车，过着平淡的小日子。

总之，一切的美好，都只是羲岚笔下的画卷。是她画出了采石矶捞月而死的诗仙；是她画出了杨玉环远在东瀛的锦书思念；是她画出了阿妮蛮与河泰的奈何桥之约；是她画出了开元年间洛阳桃花下的仙人；是她画出了长安骏马上、曲江池畔的翩翩邢少师……她觉得人生苦短，犹如薤露，儿孙们长大会经历各式各样的不圆满，她只希望他们尚且年幼时，尽可能地给他们圆满。

午时，白居易离开曲江，骑马来到西市。是年，李纯皇帝以法度制裁藩镇，圆满了李氏江山的再度统一。帝京有辐辏车马，十丈红尘，距离鼎盛时代已过了近百年。儿时读过诸多关于昔日长安的名句，此刻都一一进入白居易的思绪：卢照龄眼中繁华的“南陌北堂连北里，五剧三条控三市”，王维笔下旧梦般的“云里帝城双凤阙，雨中春树万人家”，孟郊恣意洒脱的“春风得意马蹄疾，一日看尽长安花”，杜甫心中战乱哀愁的“长安城头头白乌，夜飞延秋门上呼”……而最令他喜爱的一句，莫过于李白那一句“长相思，在长安”。

“长相思，在长安。络纬秋啼金井阑，微霜凄凄簟色寒。孤灯不明思欲绝，卷帷望月空长叹。美人如花隔云端……”

白居易有些烦闷，进入酒肆中坐下，想喝上几斗酒消消愁，但酒还没上来，他就听到后面有人念起了他的诗：“今天表演的娘子是胡姬，真稀奇，有点‘风吹仙袂飘飘举，犹似霓裳羽衣舞’的味道呀。”

“你这话说得就跟不是长安人士一样，长安以前胡人可多了，即便现在不常见，小时候总见过许多。居然用写杨贵妃的诗来形容胡女，我瞎了，什么都没听到。”

“杨贵妃又怎么了？祸国红颜一个，结局还跟褒姒一样只是下落不明，我看啊，她就该死掉。”

“不然。有传闻说她的确是死在马嵬坡了。”

“怎么可能，玄宗皇帝如此宠幸她，都说她被送到倭寇国了呢。”

“这话题说不清楚，不说了，不说了……”

听到此处，白居易蓦然睁大眼，想起羲岚在故事中提过一开始画笔的事，后来也是不了了之。正巧这时博士为他送来了酒，他抬头道：“博士知道李白是如何死的吗？”

博士想了想道：“在采石矶醉酒捞月而死的。”

白居易心跳也加快了几拍：“他不是在李阳冰家中病死的吗？”

“有这一说法啦，不过小的更相信他是捞月而死的，毕竟他写了那么多关于月亮和酒的诗，这才是他的作风嘛，哈哈。”

白居易蒙了。这段子明明都是裴老太太瞎编的，除了他，就只有她的子孙们知道。怎么一夜间，长安这么多人都在讲她的故事。于是，他问博士是否认识羲岚。博士思来想去，摇摇头，只问他可是什么名门人士。他来不及回答，付钱离开酒肆，策马再度去了桃源。

苔深竹响，花团粉白，桃花簇拥庭院。一棵桃树下，羲岚老神仙下凡般笑迎他，听他把疑问连珠炮一样提出来。她道：“我早猜到了聪明如乐天，定会再来。如此，我再与你说说第三个故事。”

“居易为裴老太太搬胡床来。”

“不必，这故事不长。记得我祖母在世时曾对我说：‘既然相信一件事，那便认准了它，千万不要动摇。万物既如此，信则有，不信则无，命运亦然。’”

白居易似懂非懂道：“晚辈受教。”

羲岚转过身去，对着门外的三条曲径道：“想西汉王莽专权时，蒋诩称病挂冠还乡，在住宅后院的竹林里开了三条小径，只与友人求仲、羊仲往来。如今，我这竹林里也开了三条小径，分别通向自家蔽庐、骊山坟堆、桃源深处。”

她指着自己的房子道：“这一条通往蔽庐，适才我也说了，我玉环姐每年都会寄信与我。回到自家蔽庐里，我可以翻阅她所有的锦书，说明第一个画仙的故事是真的。”

她指了指第二条路：“在骊山坟堆里，有我玉环姐的坟头。算来清明将近，若我去了这条路，便说明第一个故事都是编的，事实是残酷的，画笔也是假的。

“而这第三个故事里，同样没有千丈幻毫这支画笔。故事可真可假，有残酷的一面，也有美好的一面。我无法改变历史与天下，却能改变自己。我因有所求而有所奋发，有所奋发而有所得。如天下之人皆有此想，兴许第一个故事也能成了十成的真实。而我为逸疏付出不求回报，他同样爱我至深，努力寻得了与我相守终生的方法。因此，即便没有这支笔，我依然‘画’出了那个赴约丹阳的良人。我与逸疏，终于白头偕老，恩爱一世，并在此生结束后，同回仙界……”她指着最后一条通往桃林的路说道，“若此话当真，我那颇有姿貌的华发夫君，此刻已闲持贝叶书，在桃源深处等我。你觉得这三种设想，哪个是真的？”

白居易思索片刻，作揖道：“实在是难以预料。可否请裴老太太指点一二。”

东风醉人，花气袭人，在这粉黛仙境中卷起细浪叶响。远有流水泠泠，近有茂林修竹，装点了乱花飞絮。这是白璧青钱买不到的良辰美景，是百年春秋中，最为动人的早春午后。

羲岚微微一笑，拄着拐杖，走向三岔路口：“你且看我走哪儿去。”

全文完

君子以泽

二〇一六年六月十五日写于上海

H U A X I A N

画仙

画杏画桃画碧山，初春杏落坠画仙。
画诗画酒画车马，献酢车马凤阙丹。
东市骈阗高禄士，西市拂来富贵缘。
乌衣巷口和风过，射猎雕鞍故友迁。
乱世凄凄雪海烟，丰功百岁恁堪言？
杨妃闭月何同罪，圣驾孤鸾落世焉。
尚有文君哭茂女，松萝被妾牝玄间。
安得抱柱相思叹，再会七生梦见怜。
岁岁长安并蒂欢，千秋盛世北流川。
朱颜雾鬓烟消墨，浅笑桃源画里仙。

画仙

画仙

生　如　纸　　人　如　画

画仙